求学之光

我十一岁开始的他乡求学日记

林墨 著

中国文联出版社

图书在版编目（ＣＩＰ）数据

求学之光：我十一岁开始的他乡求学日记 / 林墨著
. -- 北京：中国文联出版社，2022.9
ISBN 978-7-5190-4884-6

Ⅰ．①求… Ⅱ．①林… Ⅲ．①日记－作品集－中国－
当代 Ⅳ．① I267.5

中国版本图书馆 CIP 数据核字（2022）第 100070 号

著　　者　　林　墨
责任编辑　　周　欣
责任校对　　尹利青
装帧设计　　晓　攀

出版发行　　中国文联出版社有限公司
社　　址　　北京市朝阳区农展馆南里 10 号　　邮编　　　100125
电　　话　　010-85923025（发行部）　　　010-85923091（总编室）
经　　销　　全国新华书店等
印　　刷　　廊坊佰利得印刷有限公司

开　　本　　710 毫米 x1000 毫米　　1/16
印　　张　　30.25
字　　数　　320 千字
版　　次　　2022 年 9 月第 1 版第 1 次印刷
定　　价　　86.00 元

序一：让求学之光照亮梦想

林刚丰 [1]

一

儿子两岁，开始识字，四岁就能够独自一人待在新华书店阅读一个多小时。从那时候开始，他就是新华书店最勤快最小的读者，并且去一次他会挑一两本书回家。书看得多了，儿子写起文章来就板有眼。记得他读小学二年级的时候，我拿他写的一篇文章放到六年级的语文课堂上当范文，后来我告诉学生，这是一个二年级小朋友写的，他们都不相信。

二

"儿子，你去美国之后。一定要准时准点的跟妈妈视频。我们家三个人，我们两个男人，一定要照顾好家里的这个最亲爱的女人。除此之外，你每天要写篇文章，把你的所见所闻所感发表在微信朋友圈，你不发表出来，妈妈会睡不着的。"

就听了我这样的一个交代，儿子去美国开始，就准时准点的在微信朋

---

[1] 林刚丰，字古井，号龙来风人，若存书院创始人。深耕中国基础教育30年，曾任中小学校长14年，完成家庭教育咨询近千例。著作有《爱的教育》《烦恼就是爱》等，累计发表教育类随笔2500多篇。

友圈发表他的求学日记，一直到他高中毕业，从不落下。这也是让我们一家人身虽各在天涯，心却在咫尺，安心度过一个又一个分离的日日夜夜。

这本书里面的文章，就是他自己从几百万字的日记里面筛选出来的，大都跟学校有趣的教育生活相关，取名为《求学之光》，也道出了他一路走来内在的光明与快乐。

三

他人问的最多的："你怎么舍得把这么小的儿子送到美国去呢？美国有亲戚吗？他妈妈过去陪吗？"

我说："就他一个人去的，我们美国也没有亲戚。"

他人还问："儿子英文能跟上吗？在那边不孤单吗？学习跟得上吗？"

我说："林墨是我家的独子，他是我家的三分之一。有他在家里的日子，家里永远充满天伦之乐。为什么要把这么小的他送出去留学，很重要的一个原因是因为我自己八岁的时候，我的父亲就去世了。从小我就没有一个男人压着我，控制着我。也就有了我今天的野性、冲劲、原创力，和永无止境的独立探索。我觉得这是林墨爷爷牺牲后用半辈子命给老林家注入的一种教育的光茫，即必须要在教育上放开下一代。我想我必须要继承父亲遗留的这份精神财产，让林墨受益。于是，我就放养，给他更多的自由自在空间，让他在更大的天地里面去认识自己发现自己实现自己。

"还有一个因素，是我相信读万卷书不如行万里路。当今世界是平的，一个孩子从小要有正确的世界观，就得看到体验到融入到真实的多元的世界。

"还有，林墨小学二年级学完就跳级去了四年级，对他来说，完成国内小学学业，就省出了一年的时间。本来就让他出去试一试，玩一玩，看一看，一年之后回来上初中。想不到这个孩子出去之后，如鱼得水，自己想多玩一玩，多看一看，不想玩了，就回国插班。就这样，初中三年，林墨既完成了美国加州初中课程，也完成了国内初中课程，并且还很轻松。

"海阔凭鱼跃，天高任鸟飞，我觉得林墨越来越长成鹰一样了，能承受孤独又能融合陌生的文化环境。更难得的是，他无论在哪个学校，在哪个寄宿家庭，都得到了老师、同学、监护人的全然爱。走到哪，他都有那么多爱他的人，帮助他、教育他、管理他、呵护他、批评他、扶持他。一路走来，凭着满满的爱走出了独属于自己的求学之路。"

四

我从事中国基础教育 30 年，林墨妈妈也是一位非常优秀的小学音乐教师。

我觉得一个孩子，一定要让光成为他生命的本质。特别在求学做人的路上，充满光的孩子，他一定能够展开双翼，把自己的真诚分享给这个充满光的世界。他会去创造属于自己的独特的光，成为自己，成为世界。拥有光的热情、光的速度和光的慈爱。

我特别的开心，儿子在 18 岁成年的时候，在他上大学去追寻更高的学问之际，出版了他的第一本日记体专著。对他来说，这是追逐光成为光的信念，也是我们老林家巨大的精神之光。祝福《求学之光》，能够给更多的求学者一点点温暖一点点照亮。

五

最近常读鲁米的诗句以自勉。

你生而有翼，
为何竟愿一生匍匐前行，
形如虫蚁？

——鲁米

这是我最喜欢的诗句，虽寥寥几笔，却振聋发聩。很多生而为人，终极一生，不管童年、青年、中年，甚至老年，他都像躲在蛋壳里头的那个雏儿，当然，他也有可能是跳出蛋壳却又永远长不大的那只小鸡，忘了自己是可以展翅高飞的鹰的后代。鲁米告诉我们，每个人都是应该从破壳而出那刻起，就按照人性的自由快乐、担当与使命成为蓝天白云下最骄傲的风景。当然，光靠破壳而出的天赋是远远不够的，他需要一同陪伴他成长的父母、社会给予他爱与教育，关系与文明。愿看到这本书的父母，能看见《求学之光》背后的家庭教育全然爱的支撑，做足够好的父母，无条件地关注孩子，让下一代都能在求学之光的照耀下，实现梦想。

六

儿子，祝福你！继续开创更光明的求学之光，活出自己，这就是你对世界的最大祝福。

序二

程宝山 ①

一日，永康崇德学校校长林刚丰先生给我许多电子文稿。他说："这是我儿子林墨在美国、英国读书时写的一些文稿，现想结集出版。你帮忙看看，能否为这本书写点东西。"

"好的，我先看看。"我说。这是盛情难却之时的托词，其实心里是这样想的：平生与教育结缘，看过学生文章无数，多是看得枯燥无味，除了感到心累之外又能写些什么呢？

我打开了第一个名为"2014—2015年美国旧金山求学日记节选"的Word文件，发现是日记体的文章汇编，刚读到第二篇"2014年1月20日"，就勾起了我的好奇心。因为作者这样描写旧金山的第一印象："支撑着疲惫的身子，摇摇晃晃地走上了车。在旧金山的马路上，每一辆车都像逃难似的往前开，也不怕发生事故。马路很宽敞，但因为年久失修而显得坑坑洼洼，凹凸不平。马路的两旁是一幢幢低矮的房屋，它们大多画满了一些奇怪的图画，横在路边，供人观赏……"拍案叫绝！十一二岁的孩子，小学五年级的学生，竟然能有如此文笔，那后面的文章该是如何得了？

①程宝山，别号荷锄深山，生于浙江永康，中学高级教师，出版过多部教育著作，至今年逾古稀尚还耕耘不息。

于是我挤出时间，饶有兴致地开始阅读。正如作者自己在《新征程》一文中所洞见的："随着时间的推移，年龄的增加，心智的成长，自己所遇到的事件也会更加丰富多彩。"后面的人物事件果然更加精彩，思想认识更加成熟，文章体裁也由日记体变成了洞见体。花了多个日夜，我终于读完了这二十余万字的二百余篇文章。从美国旧金山的库埃里兰、圣地亚哥的沃伦沃克，到英国的丁克洛斯、威斯敏斯特，我跟随着林墨求学的足迹，身临其境般地游历了一番，其境其地、其景其物、其人其事、其思其想，让我大饱眼福，大启心智。我禁不住为之点赞："少年可畏，这本著作真的值得一读！"

对于学生和家长来说，这是一本极其有趣的故事书。美国、英国的教育到底是怎么样的？从小学到初中、从初中到高中外出求学的人将会碰到什么事情？有哪些生活与学习的常识、方法与技巧？这可是一个人人关心可又很难找到答案的问题，然而在这本书中，在作者的笔下，全变成了故事。从旅程到求学，从课堂教学、考试到各种丰富多彩的活动，从学校教室、食堂到宿舍，从校长、老师、阿姨到同学、室友、房东等等，全是有趣的故事。况且这些故事都是作者亲自参与的，写出来当然不一样，那叫一个引人入胜、妙趣横生，而一切问题的答案，就全在这妙趣横生的故事中。

例如写美国的选课走班："今天是开学第一天。美国的初中，每一节课都在不同地方上，我们得背着书包在各个教室之间来回走。早上，我上完第一节课后，因为没有课程表，只能像个无头苍蝇一样到处乱窜。正好看见大部队，就钻了进去。一看，原来是六年级的英语课！第三节课，我又跟着大部队，跑到了数学教室。点名时，名单簿上还是没有我的名字。当我告诉老师我的名字时，她说我是她上一节课的学生。……看来今天的课，我都上错啦！"

例如写上美术课："今天我们学的是用墨水画素描，美术老师让分配员给我们墨水和笔、纸。但在这个过程中，她不让我们讲话。我拿了笔，在纸上画起来。我想画一个盒子，可是墨水太黑了，我把盒子涂得全黑。没有影子，形状还更像一只鞋子。我只得把它改成一只鞋子。时间快到了，我的纸上还是只有一个黑不溜秋的东西。我只能叹了口气，因为我画得实在太烂了！"

例如写做礼拜："作为一个信奉天主教的学校，我们学校每周上三次教堂……同学们排好队进了教堂，一排排坐下，背后音乐响起，同学们拿起福音书，哼两曲不着调的上帝颂歌，然后就得坐下，听老师讲上帝，讲圣经，叽里呱啦，呜哩哇啦。这个时候，我就会四处看看，看看一个又一个倒下的同学们，脸颊紧贴在前方的架子上，或是低着头，看看一个又一个新赶去会周公的家伙，听听倒下来额头敲到前方架子的几声脆响。"

例如写群殴校长："今天是丁克洛斯这个学校建立的纪念日，各种活动结束之后，还有最厉害的重头戏：暴打校长。我们的校长被锁在特制的一个枷锁里，只要一块钱，就能有五块装满了水的海绵，可以向校长随便扔。这可激起了我们广大学生的兴趣，终于可以出口气了，平时高高地站在演讲台上够也够不着，现在终于可以堂堂正正地以捐献爱心的名义打校长。校长的女儿身先士卒，撸起袖子冲上去就扔了五次……"

对于学校的校长、教师这些教育的实施者以及专家、学者这些教育的研究者来说，这是一部极有价值的美英教育案例大全。全书以一个孩子（作者林墨）的视角、认知、语言及笔调，详尽地描述了美英四所学校的学科教学情况，包括课程设置、时间安排、任课教师、课堂教学，作业的布置与批改，考试的种类、命题与成绩等详细情况，让读者明白其与中国教育的不同之处；详尽地描述了美英四所学校的多种教育活动，包括万圣节、感恩节、国际交流日、海洋周、野营训练、班干部竞选、模拟联合国、职业测试，包括橄榄球赛、宿舍答题大赛、机器人比赛、投资比赛、炒股大赛、设计大赛等活动的开展情况与具体实施过程，让读者明白学校原来可以这样办！另外，在本书中作者时常用调侃的笔调去描写、评价老师，这对老师来说无疑是一剂良药，会让你突然明白你的学生在想些什么，这对改进自己的教学与谨言慎行都大有裨益。

　　而对于作者自己，这是一本极其有意义的传记，记录着自己在成长过程中的一个个脚印，形成了一条非常清晰的人生轨迹。作者林墨，少年聪慧且又得到良好教育，前途不可限量。我相信他将会以此为开篇，写出更多精彩的著作，描绘成功的人生。

2019 年 11 月 22 日

自序一

之一：回看美国文章

我今天看了一会儿我在美国学习生活时候的文章，因为要选几篇有代表性的出书。一篇一篇地看下去，感觉以前的自己还是非常厉害的，写文章的感觉都和我现在不太一样，更加活跃，更加阳光，有一种小孩子的冲劲。

那个时候我好像才十岁十一岁，但是一看这个文笔，虽然略有些幼稚，但是字里行间充满了各种描写，把自己的所有情绪都能化为文字，想到什么写什么。这些描写的文字并非白纸黑字的死板，而有一种小孩子特有的灵性，透过小孩子眼睛里才能看到的想象力还有创造力。每一句话都是那么有趣，感觉我以前的所有被遗忘的场景都再次在我的面前重现了。从我第一次到美国教室里的那种好奇，努力，还有微微的无助。再到不断地适应了美国生活时候的快乐，和我的小伙伴 Dehong 啊、皓哲啊玩耍时候的兴奋。和美国同学相处的那种新鲜感还有兴奋感。在大叔家生活的温馨感，像家一样的美好幸福。那半年就那样子过去了，非常快，我也从什么都不会变成了初窥门径，不得不说，我还是有些语言天分的，一下子好像就听懂了。从不断的失败当中获得乐趣，从不断的却不起眼的努力中获得成功，这或许也是我一直以来养成的习惯。

从第一个学期再到第二个、第三个学期，我身边的人和事情都发生了卓越的变化。许多同学不见了，也有许多新同学突然地出现了。Yibo 哥哥也突然出现在我的生活里，他那个时候九年级也刚刚毕业，来这里上高中。不知不觉地，他就成为了我的哥哥一样的人物，我什么都要仰仗着他才好。那一年我也经历了许多我从来没有经历过的东西，每天都是异常欢乐，不管发生了什么事情，总是开开心心，我觉得真挺不错。

洞见：我第一次去美国时候的各种经历造就了我现在的性格和待人处事的态度。要是过去的某一个东西突然改变，我也不会像现在如此。而回首过去，我记起来了无数正在被慢慢忘却的记忆，他们就在我的心底，唯有文字能将他们唤醒。

2019 年 7 月 24 日

之二：忆圣地亚哥

我是在初二的第一个学期去圣地亚哥读书的，好像也是临时才决定的事情，从圣地亚哥回来也是临时决定的。在沃伦沃克学校待的时间总共加起来也只有一个学期而已。这几天我看了那个时候写的文章，也是感慨万千。

去圣地亚哥之前我读了中国的初一，影响颇深，初一奠定了我的学科基础，至少在国外数学和科学都可以吃好久的老本。中国的学习方法也实在是深入人心，我接触到了轻微应试教育的影响，再去投入美国这个特殊的教育环境里面，感受也是颇深。虽然少了很多好奇，但是也多了很多分析还有感受，笔法反而没有刚刚去的时候华丽，但是文章"趣味性"还是经久不衰的一个特点。

沃伦沃克学校的活动还是很多的，在Kathy家的活动也还很多，在去学校之前我就已经结识了一些好朋友，这也为我的学校生活"铺砖盖瓦"。我还记得我在卡特琳娜岛浮潜的时候因为太冷被捞上来的事情，也记得和Nico两个人在一艘划桨船上豪言壮志却落在最后面的尴尬。记得在死亡之谷好久好久的堵车，还有在酒店吃洋葱火山的兴奋。到了学校，紧接着的就是各种学生会竞选，黑马Davy，看起来一股子学霸气质的Randy，还有杀出重围最后成为主席的Lily。我也记得橄榄球场上被六年级小朋友撞倒，所有运动都是C队的无能为力。去好莱坞玩耍住的比佛利山庄，吃的Baja墨西哥卷……还有好多好多事情，一下子全部涌上心头。

洞见：如果回忆，一定会有开心的和伤心的事情，这要取决于你当时看世界是什么样的态度。如果你现在积极向上，努力地去参与到各种活动里面去，那么留下来的一定会是丰富多彩的、快乐的、无法忘怀的回忆。

2019 年 7 月 25 日

之三：回看英国

现在想想，不知不觉地，我来英国两个年头少一个学期的时间，也已经算是好久好久了。在丁克洛斯的日子，其实也就是那么短暂，也好像已经分别在光年之外，但其实也刚刚过去。我曾经目睹着一大群人的离去，现在要身体力行，总感觉有些悲怆。

我第一次去英国的时候，感觉英国的什么东西好像都很稀奇，每去一个地方都会被英国的各种建筑吸引。丁克洛斯这个学校，历史虽然比不上那些特别老的学校，但是至少也有一两百年，它的各种建筑也还是令第一次去的我感叹，还有如此漂亮的学校。从第一次住下来，第一次碰到所有的同学，第一次上各种课，每一个场面都是牢牢地印在我的脑海里。我不是一个非常外向的人，我可以很活跃，但是也不想给别人增添不必要的麻烦。还好有 Kevin 哥，和他同一个监护人我也是幸运，他让我能够缩短我的适应周期，而且同为中国人也是有了坚强的意识后盾，总之就是让我的生活丰富多彩，异常的嗨皮。

我刚去英国时候的文章也和现在有很大的不同，刚开始去很明显会更加好奇，言语中透露着激动、未知，还有一丝隐约的喜悦。然而久了之后，参加了各种大的小的活动，见识了所有较好的同学，我开始找不到有趣的东西来写，现在想想写什么其实都能写，只要写出来了，不论什么过了一段时间都会非常新鲜。

洞见：在没有去一个地方之前，那个地方仿佛是不可想象的。在刚刚到那个地方的时候，那个地方的每一丝空气都是那么稀奇，而当你熟悉那个环境之后其实也没有什么大不了的，离开时才会再次发现其实看起来大不了的东西原来也那么珍贵。

2019 年 7 月 26 日

之四：我的 2018

2018 年已经过去了，现在是 2019 年，我写的《林墨洞见》的年份也应该改了，说实话，也是有点不习惯。不过写两天，就习惯了。我觉得在此有必要写一下 2018 年的总结，不用非常详尽，避免又臭又长，挑紧要的。

第一件顶顶的大事，就是我从中国的学校出来，改到英国学习了。我以前也去过美国，中国美国两头跑，换了很多个学校，每一个学校也都能很好地适应下来。但是这次去英国就不一样了，我到英国去，是注定要在那里读到毕业为止了。像美国小学回来，我还可以刚好上中国初中，美国初中八年级回来，我还可以回来上中国八年级。但是这次我去，还想回来的话，就是高中了。初中回来我或许还有学校可以上，或许还可以跟上学习进度，但是高中回来的话，一是根本没地方读，二是根本跟不上进度，那就是自取灭亡。所以在英国就得破釜沉舟，背水一战了。现在在英国学校过得也算滋润，成绩排名还是比较前茅，朋友也还算多。羽毛球我也进了校队，炒股比赛短线我也已经是全英第十名，能够进入第二轮，也算是展示了自己的能力。各种考试和比赛，我也彰显了自己的实力。各种诗歌文学比赛，我也展现了中国人在这方面的实力。总体来讲，还不错。

第二个大事，就是我去申请英国别的高中。其实丁克洛斯也有高中，只是中国人太多，升学率虽然还可以，但是也不及我接下来要申请的学校。于是我就去申请了：哈罗、圣保罗、七橡树和威斯敏斯特这四个名牌高中。申请高中需要一轮又一轮的考试和面试，我的考试成绩还算可以，四所学校都已经进入了面试环节。面试环节，不仅仅是学校挑我们的过程，也是我们确定自己要不要进这个学校意愿的过程。一个好的学校，适合你的学校总会早早地就显现出来，你也会尽全力争取被那个学校所录取。威斯敏斯特的录取还不知道，但我现在已经被圣保罗和七橡树所录取，七橡树是无条件就读，圣保罗还要看 GCSE 的成绩，要有六个 A* 和一个 B，有点挑战性，但还是可以接受的。所以我目前还是选了圣保罗，有些压力才好。

洞见：每年都会有一些大事情发生，改变了你的人生走向，或者是在心智上影响了你，促进你的成长。我们要从这些事情中学习，从这些事情中成长，也应该回顾这些事情，想想他们为什么如此重要，自己应该如何进步。

2019 年 7 月 27 日

自序二

今天我在看老爸帮我挑选出来的非常多的日记，从以前 2014 年在旧金山爱德大叔那里的一直到现在威斯敏斯特的都有，大概要编在一起，出一本书，心里还是格外的有些激动，也有些不知所措。

求学相关的书有非常非常的多，大多文字也都是非常的华丽，写那些书的人也是高手中的高手，他们可能考上了哈佛，斯坦福，现在已经在分享自己成功的秘诀。也可能他们的书是父母写的，写他们如何培养出一个哈佛、耶鲁的孩子。这些书，至少我是不会去看的，趣味性一般都不是那么的强，说教似的。他们教你这些东西，有些你也学不起来，可能他们本来就是天才。我曾经问过我的一个天才同学他的成功秘诀，他只是说老师上课上过的东西他听过一遍就能全记住，仅此而已。这可不是所有人都能够学习的。我这本书，不会告诉你应该要怎么成功，因为我到现在都还不能算成功。我只能告诉你我平常的时候做的是什么样子的事情，做那件事情的时候心路历程是什么样子的。因为在我写那篇文章的时候，我怎么知道自己能不能够成功呢？我的这些文章更加注重的是让你可以用我每一天的视角来看英国和美国的这个世界。看看那个时候的我是怎么想的，把我的最真实的想法都告诉你们。如果我真的成功了，也希望我写的这些文章会有参考价值，对大家能够有帮助。如果你觉得没有什么帮助，当然，我会争取让我的文章更加赏心悦目，让你开心。

　　"求学之光"这个名字，本来就是一开始想在那里的名字。听着还是蛮好听的，有一种奇妙的历险记的感觉。本来也有别的名字参加竞争，"求学四部曲"什么的，都没有这个名字来得有灵性。我一直都非常喜欢"光"这个词，虽然它看不见摸不着，但是都隐隐约约在我们四周存在。有光的地方就有希望，正是这些希望，这些光填充了我的精神世界，让我一直能够开心快乐。我取这个名字，是为了把我在求学路上快乐的事情，把我的光都分享给大家。

　　还记得我第一次出国学习，就去的都柏林，一个离旧金山大概三四十分钟车程的小镇，学校的名字是 Quarry Lane School，非常奇怪，但是我也根本没有在意。我那个时候的文笔虽然略有些幼稚，但是字里行间充满了各种描写，把自己的所有情绪都能化为文字，想到什么写什么。这些描写的文字并非白纸黑字的死板，而有一种小孩子特有的灵性，透过小孩子眼睛里才能看到的想象力还有创造力。每一句话都是那么有趣，感觉我以前的所有被遗忘的场景都再次在我的面前重现了。从我第一次到美国教室里的那种好奇，努力，还有微微的无助。再到不断地适应了美国生活时候的快乐，和我的小伙伴，Dehong 啊，皓哲啊玩耍时候的兴奋。和美国同学相处的那种新鲜感还有兴奋感。在大叔家生活的温馨感，像家一样的美好幸福。那半年就那样子过去了，非常快，我也从什么都不会变成了初窥门径，不得不说，我还是有些语言天分的，一下子好像就听懂了。从第一个学期再到第二个、第三个学期，我身边的人和事情都发生了卓越的变化。许多同学不见了，也有许多新同学突然的出现了。Yibo 哥哥也突然出现在我的生活里，他那个时候九年级也刚刚毕业，来这里上高中。不知不觉地，他就成为了我的哥哥一样的人物，我什么都要仰仗着他才好。那一年我觉得我从一个小孩子变得稍稍的长大了一些，我仍然会用小孩子的眼光去看问题，但是也会有更加强大的耐性。

初二的第一个学期，我去了圣地亚哥的 Warren-Walker 学校，然后寄宿在 Kathy 和 Kai 的家里。去圣地亚哥之前我读了中国的初一，影响颇深，初一奠定了我的学科基础，至少在国外数学和科学都可以吃好久的老本，他们的数学课我都是做自己的事情。在别的课我则发挥出最好的自己，我记得我在英语课写过一篇关于犹太人大屠杀的悼诗，洋洋洒洒写了三四页，老师看了之后竟然为之动容。我得到了莫大的成就感，或许这就是美国的一种学习办法，因为从此以后我就知道要不断地发挥和展示出自己的特长。中国的学习方法也实在是深入人心，我接触到了轻微应试教育的影响，再去投入美国这个特殊的教育环境里面，感受也是颇深。虽然少了很多好奇，但是也多了很多分析还有感受，笔法反而没有刚刚去的时候华丽，但是文章"趣味性"还是经久不衰的一个特点。

沃伦沃克学校的活动还是很多的，在 Kathy 家的活动也还很多，在去学校之前我就已经结识了一些好朋友，这也为我的学校生活"铺砖盖瓦"。我还记得我在卡特琳娜岛浮潜的时候因为太冷被捞上来的事情，也记得和 Nico 两个人在一艘划桨船上豪言壮志却落在最后面的尴尬。记得在死亡之谷的好久好久的堵车，还有在酒店吃洋葱火山的兴奋。到了学校，紧接着的就是各种学生会竞选，黑马 Davy，看起来一股子学霸气质的 Randy，还有杀出重围最后成为主席的 Lily。我也记得橄榄球场上被六年级小朋友撞倒，所有运动都是 C 队的无能为力。去好莱坞玩耍住的比佛利山庄，吃的 baja 墨西哥卷……每一点每一滴，都是无比的快乐、开心。

又回去中国附中上了一年学，在初三第二个学期，我再次出国，这次不去美国，而是大西洋另一端的英国，在名不见经传的切尔滕汉姆，就读于丁克洛斯学校。丁克洛斯是一个非常好玩的地方，我们 Tower 宿舍的 Kevin 大哥刚好也是和我同一个监护人，很多事情都有他照应，让人对于这个陌生的英国学校宽心了很多。我也非常感谢我们的宿舍管理老师

Mr Poxon，我的 tutor Mr Evans，还有 matron，在这两年当中给予了我莫大的帮助和照顾。如果说在威斯敏斯特的日子是和高手过招，决战武林之巅的话，那在丁克洛斯的生活则像是缓慢舒适的乡活，一切都是那么舒服，大家也都不是天才，但是也都有自己的独特的、活泼的性格特征。经常把我举起来模仿 WWE 的 James，格外淘气的 Josh，气质很像约翰逊的 Edmund……每一个人虽然不是很完美，但是聚在一起就非常的欢乐。

我本来感觉丁克洛斯已经是一个完美的学校了，想了一想，还是要继续努力，去申请更加好的学校。我一共申请了四所学校，圣保罗，哈罗，七橡树，还有就是威斯敏斯特。虽然我感觉我考试都考得不错，但是面试还是非常艰难的一道坎。面试的时候，特别是在威斯敏斯特和圣保罗的面试，我深深感受到了自己思维的欠缺。没有那么灵活，对知识点的把控没有做到很好，对于新知识的理解速度和探究能力也还是非常的弱。不过还好，我四所学校里头也拿到了三个录取通知书。威斯敏斯特是最晚发过来的，我本来还在七橡树和圣保罗里面艰难地抉择，后来威斯敏斯特同意了，那我就过去了。

而现在在威斯敏斯特，和那么多天才们一起学习，一起交流，每时每刻都深感自己的能力有限。我也不知道他们为什么会那么聪明，也可能是因为他们早就习惯了威斯敏斯特的教学方式。他们不仅仅学科成绩优秀，另外的能力，包括各种技术，计算机，舞蹈，等等，都令人惊叹不已。在他们里面，或许我有时候成绩和竞赛会比他们好些，但大家都能拿到 A+，也没有什么神气的东西。这些学习性的东西，说实话，大家都不会有任何歧视的倾向，因为大家都心知肚明，在这个学校的每一个人都在这个国家最最聪明的一群人当中，也没有任何的分别。只有误外的一些活动，才可以展示自己和别人的与众不同之处。有的人会去专注于音乐，毕竟什么钢琴十级，小提琴十级在我们学校还是一抓一大把，他们开自己的音乐会，或者去参加各种乐团，而我这个肯定没有办法做到，我连一支唢呐的音都吹不准。也有的同学搞艺术和文学，他们写出来的文章，也获得过国家奖项，虽然我写不了优美的文字，但是我写过诗歌，于是我也把自己的诗歌送上去和他们一起比赛，不为得奖，只是为了好玩。别人大多数的特长我都没有，还好有个炒股大赛，我也是发挥出自己的特长，远远地领先在前头，成功地让同学以为我爸爸是个银行家。我也报名了 EPQ，虽然远远没有做出来，但是我还是在自学一大堆东西。我也创建了一个战争桌游俱乐部，虽然现在它才刚刚结束它的第一次活动，在规则上，游戏性上，还有背景资料的收集上，都还需要有非常多的加强和改进。参加的人数刚开始也是寥寥无几，但是这本来就是一个不断进步和发展的过程，我还是要把它打造成一个好玩、有意义、有产出的俱乐部。我最近也在不断地钻研厨艺，不敢骄傲，但是至少要比学校的饭菜好吃上几倍。周末做菜也会经常找人来吃，顺便还可以一起玩玩聚会游戏什么的，也是非常舒坦。除了这些，还有什么零零碎碎的小东西，这里也不展开来了，当然我还有很多东西想着要做，而我也有无穷多的机会，可以让我做自己想做的事情。

过了这么多年，小时候的我或许真的十分喜欢美国的那种轻松愉悦的教育方式，而长大了一些，不得不感叹应试教育的重要性和必需性。不同的教育方式会发掘你的不同的潜力，而我们最渴望的就是能够发掘自己全部的潜力。本来成长就是一段不断地变化自己的学习环境而适应这个学习环境的过程，你越到竞争激烈的地方去，你越感到提升自己的能力，加油努力的紧迫性。而你从竞争激烈的地方回到轻松的地方，你就会感觉到无所适从，自由散漫，这种对于自己虚度时间的自责也能够驱使你到更好的地方去。

目　录

第 *1* 章

美国旧金山求学

2014 年 1 月 18 日	003
2014 年 1 月 20 日	004
2014 年 1 月 25 日	005
2014 年 1 月 28 日	007
2014 年 1 月 29 日	009
2014 年 2 月 1 日	010
2014 年 2 月 4 日	011
2014 年 2 月 6 日	012
2014 年 2 月 19 日	013
2014 年 2 月 20 日	014
2014 年 2 月 28 日	015
2014 年 3 月 1 日	016
2014 年 3 月 4 日	017
2014 年 3 月 5 日	018
2014 年 3 月 6 日	019
2014 年 3 月 22 日	020

2014 年 3 月 25 日   021

2014 年 3 月 26 日   022

2014 年 4 月 3 日   023

2014 年 4 月 9 日   024

2014 年 4 月 12 日   025

2014 年 4 月 16 日   026

2014 年 4 月 29 日   027

2014 年 4 月 30 日   029

2014 年 5 月 1 日   031

2014 年 5 月 2 日   033

2014 年 5 月 3 日   034

2014 年 5 月 14 日   035

2014 年 5 月 21 日   036

2014 年 5 月 24 日   037

2014 年 5 月 25 日   038

2014 年 5 月 28 日   039

2014 年 6 月 4 日   040

2014 年 6 月 5 日   041

2014 年 6 月 10 日   042

2014 年 6 月 16 日   044

2014 年 6 月 17 日   045

2014 年 9 月 3 日   046

2014 年 9 月 4 日   047

2014 年 9 月 6 日   048

2014 年 9 月 9 日   049

2014 年 9 月 12 日　　　　　　　　　　　050

2014 年 9 月 13 日　　　　　　　　　　　051

2014 年 9 月 14 日　　　　　　　　　　　052

2014 年 9 月 17 日　　　　　　　　　　　053

2014 年 9 月 18 日　　　　　　　　　　　054

2014 年 9 月 29 日　　　　　　　　　　　055

2014 年 10 月 3 日　　　　　　　　　　　056

2014 年 10 月 5 日　　　　　　　　　　　057

2014 年 10 月 10 日　　　　　　　　　　058

2014 年 10 月 20 日　　　　　　　　　　059

2014 年 10 月 21 日　　　　　　　　　　060

2014 年 10 月 23 日　　　　　　　　　　061

2014 年 10 月 24 日　　　　　　　　　　062

2014 年 10 月 25 日　　　　　　　　　　063

2014 年 10 月 30 日　　　　　　　　　　064

2014 年 11 月 8 日　　　　　　　　　　　065

2014 年 11 月 9 日　　　　　　　　　　　066

2014 年 11 月 10 日　　　　　　　　　　067

2014 年 11 月 13 日　　　　　　　　　　068

2014 年 11 月 18 日　　　　　　　　　　069

2014 年 11 月 19 日　　　　　　　　　　070

2014 年 11 月 21 日　　　　　　　　　　071

2014 年 11 月 26 日　　　　　　　　　　072

2014 年 11 月 28 日　　　　　　　　　　073

2014 年 12 月 1 日　　　　　　　　　　　074

2014 年 12 月 4 日   075

2014 年 12 月 7 日   076

2014 年 12 月 8 日   077

2014 年 12 月 9 日   078

2014 年 12 月 17 日   079

2014 年 12 月 18 日   080

2014 年 12 月 19 日   081

2014 年 12 月 26 日   082

2014 年 12 月 30 日   083

2015 年 1 月 13 日   084

2015 年 1 月 16 日   085

2015 年 1 月 21 日   086

2015 年 2 月 12 日   087

2015 年 2 月 28 日   088

2015 年 3 月 6 日   089

2015 年 5 月 13 日   090

2015 年 6 月 9 日   091

第 2 章

美国圣地亚哥求学

2016 年 8 月 10 日   出发之前   095

2016 年 8 月 12 日   初来乍到   097

2016 年 8 月 28 日   圣地亚哥小记   099

2016 年 9 月 1 日   拉斯维加斯之行 1   100

2016 年 9 月 2 日　拉斯维加斯之行 2　　　　102

2016 年 9 月 3 日　拉斯维加斯之行 3　　　　104

2016 年 9 月 7 日　开学第一天　　　　105

2016 年 9 月 8 日　学校生活　　　　106

2016 年 9 月 9 日　美国的课堂　　　　107

2016 年 9 月 16 日　野营第一天　　　　109

2016 年 9 月 17 日　野营第二天　　　　111

2016 年 9 月 18 日　野营第三天　　　　113

2016 年 9 月 19 日　野营第四天　　　　115

2016 年 9 月 20 日　野营第五天　　　　117

2016 年 9 月 22 日　竞选风波 1　　　　118

2016 年 9 月 23 日　竞选风波 2　　　　119

2016 年 9 月 27 日　竞选风波 3　　　　121

2016 年 9 月 28 日　竞选风波 4　　　　122

2016 年 9 月 30 日　竞选风波 5　　　　124

2016 年 10 月 2 日　竞选风波 6　　　　125

2016 年 10 月 20 日　美国同学　　　　127

2016 年 10 月 28 日　万圣节的准备　　　　129

2016 年 10 月 29 日　万圣节舞会　　　　131

2016 年 11 月 1 日　万圣节之夜　　　　133

2016 年 11 月 5 日　高中游记　　　　135

2016 年 11 月 6 日　高中游记 续　　　　137

2016 年 11 月 22 日　星光大道　　　　138

2016 年 11 月 23 日　环球影视城　　　　139

2016 年 11 月 24 日　大宅　　　　140

2016 年 11 月 25 日　感恩节　141

2016 年 12 月 5 日　ISEE　143

2016 年 12 月 8 日　圣地亚哥的冬日　145

2016 年 12 月 9 日　音乐会　146

2016 年 12 月 15 日　加速器　147

2016 年 12 月 18 日　紧张　148

第 3 章

英国丁克洛斯求学（上）

2018 年 1 月 6 日　离开　153

2018 年 1 月 7 日　飞机上　155

2018 年 1 月 8 日　抵达　157

2018 年 1 月 9 日　第一天　159

2018 年 1 月 10 日　几节科学课　161

2018 年 1 月 16 日　食堂　163

2018 年 1 月 17 日　CCF　165

2018 年 1 月 24 日　外国人们　167

2018 年 1 月 30 日　老师们　169

2018 年 2 月 5 日　无敌　171

2018 年 2 月 7 日　捕猎关系　173

2018 年 2 月 10 日　图书馆　175

2018 年 2 月 19 日　辅导老师　177

2018 年 2 月 20 日　Cheers　179

2018 年 2 月 23 日　橄榄球　181

2018 年 2 月 24 日　室友 2　183

2018 年 3 月 7 日　八卦　185

2018 年 3 月 17 日　决赛　187

2018 年 3 月 18 日　跟踪　189

2018 年 3 月 21 日　Matron　191

2018 年 4 月 17 日　新的寝室　193

2018 年 4 月 23 日　零食风波　195

2018 年 5 月 3 日　做买卖　197

2018 年 5 月 9 日　中文考试　199

2018 年 5 月 13 日　诗歌比赛　201

2018 年 5 月 14 日　James Pollard　203

2018 年 5 月 15 日　Fahed　205

2018 年 5 月 18 日　Ms.Vickery　207

2018 年 5 月 21 日　中文考试（2）　209

2018 年 6 月 4 日　复习　211

2018 年 6 月 12 日　布里斯托　213

2018 年 6 月 15 日　诗歌朗诵 1　215

2018 年 6 月 16 日　诗歌朗诵 2　217

2018 年 6 月 23 日　军训第一日　219

2018 年 6 月 24 日　军训第二日　221

2018 年 6 月 25 日　军训第三日　223

2018 年 6 月 26 日　军训第四日　225

2018 年 6 月 27 日　军训第五天　227

2018 年 6 月 28 日　军训第六天　229

2018 年 6 月 29 日　军训第七天　231

2018 年 6 月 29 日 /7 月 1 日　回国　　　　　　　　　　　　　233

第 4 章
英国丁克洛斯求学（中）

2018 年 9 月 2 日　新征程　　　　　　　　　　　　　　　　237

2018 年 9 月 5 日　上课第一天　　　　　　　　　　　　　　239

2018 年 9 月 6 日　英语课　　　　　　　　　　　　　　　　241

2018 年 9 月 7 日　新生　　　　　　　　　　　　　　　　　243

2018 年 9 月 8 日　Water Polo　　　　　　　　　　　　　　245

2018 年 9 月 11 日　室友（4）　　　　　　　　　　　　　　247

2018 年 9 月 17 日　MAA　　　　　　　　　　　　　　　　249

2018 年 9 月 19 日　威斯敏斯特　　　　　　　　　　　　　251

2018 年 9 月 28 日　UKiset 考试　　　　　　　　　　　　　253

2018 年 10 月 4 日　哈罗考试　　　　　　　　　　　　　　255

2018 年 10 月 5 日　Critical Essay Dinner（1）　　　　　　257

2018 年 10 月 6 日　Critical Essay Dinner（2）　　　　　　259

2018 年 10 月 10 日　筹备，投资比赛　　　　　　　　　　261

2018 年 10 月 11 日　投资！练习轮　　　　　　　　　　　263

2018 年 10 月 12 日　练习轮结束　　　　　　　　　　　　265

2018 年 10 月 13 日　七橡树　　　　　　　　　　　　　　267

2018 年 10 月 15 日　失误　　　　　　　　　　　　　　　269

2018 年 10 月 18 日　投资比赛　第一周　　　　　　　　　271

2018 年 10 月 23 日　研究股票的进一步　　　　　　　　　273

2018 年 10 月 26 日　刻南瓜灯　　　　　　　　　　　　　275

2018 年 10 月 31 日　万圣节　　　　　　　　　277

2018 年 11 月 2 日　圣保罗　　　　　　　　　279

2018 年 11 月 3 日　威斯敏斯特　　　　　　　281

2018 年 11 月 10 日　哈罗　　　　　　　　　283

2018 年 11 月 13 日　团队数学竞赛　　　　　286

2018 年 11 月 14 日　Coursework　　　　　　288

2018 年 11 月 17 日　圣保面试　　　　　　　290

2018 年 11 月 24 日　威斯敏斯特面试　　　　292

2018 年 11 月 25 日　斟酌取益（1）　　　　　294

2018 年 11 月 26 日　斟酌取益（2）　　　　　296

2018 年 12 月 5 日　A-Level 介绍　　　　　　298

2018 年 12 月 8 日　动荡　　　　　　　　　300

第 5 章

英国丁克洛斯求学（下）

2019 年 1 月 4 日　出国必带清单　　　　　　303

2019 年 1 月 10 日　职业测试　　　　　　　305

2019 年 1 月 11 日　单人房的利弊　　　　　307

2019 年 1 月 12 日　House Quiz　　　　　　309

2019 年 1 月 23 日　TGI　　　　　　　　　311

2019 年 1 月 26 日　第一轮总结　　　　　　313

2019 年 1 月 30 日　Constantine（2）　　　　315

2019 年 2 月 1 日　六国橄榄球赛　　　　　317

2019 年 2 月 2 日　考试之后的谈话　　　　319

2019 年 2 月 14 日　情人节　　　　　　　　　　　　　321

2019 年 2 月 19 日　学生炒股大赛第二轮　　　　　　　323

2019 年 3 月 2 日　威斯敏斯特新生介绍日　　　　　　325

2019 年 3 月 11 日　食堂阿姨　　　　　　　　　　　　327

2019 年 3 月 19 日　英语 GCSE 口语　　　　　　　　　329

2019 年 3 月 23 日　Vlad Popeta　　　　　　　　　　　331

2019 年 3 月 25 日　Mr.Chapman　　　　　　　　　　　333

2019 年 3 月 28 日　Constantine 的最后一天　　　　　335

2019 年 4 月 25 日　我的室友　　　　　　　　　　　　337

2019 年 4 月 28 日　室友的音乐　　　　　　　　　　　339

2019 年 5 月 14 日　学习的庞氏骗局　　　　　　　　　341

2019 年 5 月 15 日　集体复习、独自复习　　　　　　　343

2019 年 5 月 17 日　低年级同学　　　　　　　　　　　345

2019 年 5 月 22 日　知识还是方法　　　　　　　　　　347

2019 年 5 月 25 日　群殴校长　　　　　　　　　　　　349

2019 年 5 月 27 日　写程序　　　　　　　　　　　　　351

2019 年 6 月 5 日　生疏　　　　　　　　　　　　　　353

2019 年 6 月 6 日　Barnaby　　　　　　　　　　　　　355

2019 年 6 月 7 日　Henry Blunt　　　　　　　　　　　357

2019 年 6 月 8 日　中国高考作文　　　　　　　　　　　359

2019 年 6 月 9 日　Isaac Barlow　　　　　　　　　　　362

2019 年 6 月 17 日　Mr.Poxon　　　　　　　　　　　　364

2019 年 6 月 19 日　Alton Towers　　　　　　　　　　366

2019 年 6 月 20 日　离开　　　　　　　　　　　　　　368

第 *6* 章

英国威斯敏斯特求学记

2019 年 8 月 28 日　再出发　　　　　　　　　　　373

2019 年 8 月 30 日　开学第二天　　　　　　　　　375

2019 年 9 月 1 日　伦敦游记　　　　　　　　　　377

2019 年 8 月 31 日　吃饭　　　　　　　　　　　　379

2019 年 9 月 2 日　威斯敏斯特教堂　　　　　　　381

2019 年 9 月 3 日　大师　　　　　　　　　　　　383

2019 年 9 月 6 日　数学课　　　　　　　　　　　385

2019 年 9 月 7 日　SAT 模考　　　　　　　　　　387

2019 年 9 月 8 日　周日的住宿生活　　　　　　　389

2019 年 9 月 9 日　土耳其烤肉卷　　　　　　　　391

2019 年 9 月 11 日　我的宿舍　　　　　　　　　　393

2019 年 9 月 13 日　威斯敏斯特的中秋节　　　　　395

2019 年 9 月 14 日　September Saturday　　　　　397

2019 年 9 月 17 日　教小学生国际象棋　　　　　　399

2019 年 9 月 18 日　薯片　　　　　　　　　　　　401

2019 年 9 月 20 日　保护环境游行　　　　　　　　403

2019 年 9 月 21 日　EPQ　　　　　　　　　　　　405

2019 年 9 月 22 日　机器人比赛　　　　　　　　　407

2019 年 9 月 23 日　威斯敏斯特的同学　　　　　　409

2019 年 9 月 24 日　比萨　　　　　　　　　　　　411

2019 年 9 月 28 日　卡拉 OK 之夜　　　　　　　　413

2019 年 9 月 29 日　日本祭　　　　　　　　　　　415

2019 年 9 月 30 日　威斯敏斯特的各种讲座　417

2019 年 10 月 1 日　国庆节　419

2019 年 10 月 2 日　戏剧演出　421

2019 年 10 月 3 日　学生炒股大赛　423

2019 年 10 月 4 日　保险箱设计大赛　425

2019 年 10 月 5 日　模拟联合国大会　427

2019 年 10 月 6 日　机器人大赛（2）　429

2019 年 10 月 7 日　宿舍答题大赛　431

2019 年 10 月 11 日　半个学期的生活　433

2019 年 10 月 12 日　打代码　435

2019 年 10 月 16 日　我的世界　437

2019 年 10 月 18 日　初入 dover　439

2019 年 10 月 22 日　dover 小镇　441

2019 年 10 月 28 日　物理材料研究　443

2019 年 10 月 29 日　亚美尼亚访学生　445

第 *1* 章

美国旧金山求学

2014 年 1 月 18 日

　　经过 5 个小时的长途跋涉，我们终于到达了上海浦东国际机场。在高架桥上往下看，一片雾霾之下，是一架架飞机和连绵不断的航站楼。车慢慢开近了，航站楼愈加突兀，巨大的玻璃窗户闪着金光，似乎在迎接我们的到来。不一会儿，车停了。前方是一条蜿蜒的汽车长龙，一直绵延到航站楼内部，就像一群爬向蚁穴的红蚂蚁，浩浩荡荡地进发。我往左看，我们住的酒店就像一个阔别已久的亲人早早地等候着我们。我们在高架桥上开了好久，终于到了温馨的港湾——酒店。站在酒店平台上，宏伟的航站楼展现在我们面前。一盏盏的灯光照耀着我们的眼睛，让我的眼睛朦胧起来，感受到一股无与伦比的奇怪感觉。那是一种浓浓的，而又十分甜蜜的温馨感，使我久久地沉醉其中。

2014 年 1 月 20 日

　　支撑着疲惫的身子，摇摇晃晃地走上了车。在旧金山的马路上，每一辆车都像逃难似的往前开，也不怕发生事故。马路很宽敞，但因为年久失修而显得坑坑洼洼，凹凸不平。马路的两旁是一幢幢低矮的房屋，它们大多画满了一些奇怪的图画，横在路边，供人观赏。这儿靠着海，日光一照便闪耀着粼粼的波光。往水天相接的地方看，几座高塔耸立在水边，就像一个个将军守护着边境。车开到了桥面上，一束束阳光透过栏杆间的缝隙，洒在桥面上，也洒在我们的脸上，让我们感受到一股前所未有的温暖。车慢慢地开进了一个小山坡中，在树林的掩映下，我们就这样无声无息地慢慢地开着。翘首望去，前方是一片富有生机的绿色，多么让人心情愉悦的绿色，就像一道严密的警戒线，拦住了灰尘，带来了绿色。我们的家就在这片小山坡上，映着朝阳，是那么的美丽壮观！

2014 年 1 月 25 日

上午 9：30，三两步下了楼，来到餐桌前，放眼一看，几个大饼躺在盘子里。卷起一张大饼，配上枫树糖浆，放入口中。那可是数不尽的香甜可口，人吃此物，就好比饮玉液琼浆，沉醉于此，须臾不可觉醒。

上午 10：00，坐在车上，面向旧金山，开呀开。我们驶上了金门大桥，左右两旁是一望无际的大海。海面很平静，缓缓地泛起一丝涟漪。时不时有海鸟在天空盘旋，鸣叫，一派和谐。

上午 10：45，我们终于来到了旧金山。置身在一片钢筋水泥大楼里，向上看，恍如落入了万丈深渊。停好车，我们尾随埃得叔叔冉冉而行。走过一家购物中心，穿过一条马路，便到了传说中的"慢缆车站"。面前的这慢缆车好生奇怪，有头而无尾，有尾则无头，真真假假，假假真真，不知是头还是尾。

我们上了车，不一会儿，车便载着我们往前行。突然，在一家店铺前，有一个人行走时突然浑身颤抖，倒了下来，莫非是癫痫突发？

整辆车停了下来，一车怜悯的目光全部投到了那个人身上。工作人员连忙下去抢救。大约停了 20 分钟，在这段时间里，人们没有一丝怨言，只有满满的爱心。

上午 11：21，我们到了著名的九曲花街，从顶上往下看，枝枝叶叶层出不穷，叶片娇嫩欲滴，是一幅春天景象。

上午 11：40，我们到了渔人码头，突然埃得叔叔手指一座雕塑，叫我去拍照。我不知真假，飞快地冲过去。没想到那座雕塑竟转过身子，向我伸出手来。我吓了一大跳，飞快地跳出圈子来，扑向妈妈。在远处一看，吓！竟是一个人！

中午 12：15，肚子饿了，我们挑了一家"森林"餐馆。此处野兽盘踞，常常发出震耳欲聋的吼声。我点了一个巨无霸汉堡，抢先尝了一口，啊！真是难吃！我又尝了一口妈妈的饭，真是绝世佳肴！

中午 12：45，我们吃完饭，去拍照。站在凉风习习的海边，听着海狮的悦耳鸣叫，看着薄雾笼罩着的大海，真是惬意。

下午 16：30，噢！打道回府咯！离别了旧金山，我们还恋恋不舍。好想坐慢缆车！

2014 年 1 月 28 日

　　躺在床上，辗转反侧，又糊涂，又清楚。听得门口一声"Linmo"响，连眼睛也来不及睁，便扑一下声来个仰卧起坐，起来了。忙忙吃好早饭，就坐上车，奔向库埃里兰小学。

　　学校是怎么样的，我今天才算见识到：学校是个不大的半圆形，零零散散地坐落着几座房子。在这个学校，二楼就是平地，车可以通过马路开上来。跟着埃得叔叔，走进位于二楼的一个小教室。一推开门，便感觉十几双异样的眼睛盯着我，让我不停地哆嗦。在十几只眼睛的"攻击"下，我就像被遁龙桩遁住了一般，四肢麻木，连嘴巴耳朵也变得迟钝了，老师说什么我一概不知道，只是麻木地坐下，说 yes……

　　不知过了多久，我被中文给唤醒了过来，一个中国人在向我招手，招呼我去一个地方。我跟着他到了一个教室，几个中国人围着桌子坐着。我心里大为高兴，激动地想：我真的找到了患难同盟，太棒了！当我还沉浸在有中国人的喜悦中时，从门口缓缓进来一个英语老师，用英语流利地说："我是一个美国人，我不会说中文，现在让我来教你们英语。"此话说完，底下一片哗然，几乎没有一个人响应。老师无奈地开讲了，叽里呱啦……我置身在英语之中，一头雾水。好不容易下了课，我们又回到了我们各自的班级，我现在才知道，这是 L-01 班。有重大发现！这个班里竟然有一个会说中文的！她叫胡庆如（Jamie）。她就像超人，把我从水深火热之中救了出来。

　　下午三点，终于放学了。一抬头，便看见埃得叔叔站在门口，哟！放学咯！

2014 年 1 月 29 日

今天实在太有成就感了，每当我想起来，就会小小地得意一会儿。

早上第一节课是数学课，老师发给我们一人一张试卷，试卷很简单，二位数乘三位数什么的，我一下子就做完了，可是最后一道题却全是英语。我一下子被难住了，就像吃鱼吃到最后，不小心把整个鱼尾吃了进去，噎着了。最后，我还是没有做出来。接着老师在黑板上列出了几个算式，我一看，简单极了！但又不知道干什么。疑惑中，我偷偷瞥了一眼同桌的小白板，上面列满了算式，还有一个用圆圈圈着的醒目的答案。我明白了，原来是让我们进行计算。我飞快地计算，这题目也太简单了，虽然有 a，但 a 又不是未知数。我花了十秒钟，把白板高高举起。

哇！全班第一！而且准确率极高！老师也表扬了我，好棒的感觉！

2014 年 2 月 1 日

我们学校竟然还有才艺展示课！

今天下午体育课后，我们回到教室，令人心情振奋的才艺展示课开始了！全班静悄悄的，没有一点点声音。老师开始抽签，她抽出一根竹签，上面写着一个小数字。立马就有一个同学上来，拿起自己准备的东西，依次给我们发下去。这次，是三张纸，两张卡纸，一张软纸。她开始教我们做小灯笼，先把大的卡纸对折，用剪刀剪出几处口子，再展开。沿着剪切面将两条宽粘贴在一起。这就成了灯笼的雏形。接着，我们用小一点的纸剪成一个小纸条，粘贴在灯笼的顶部，这就变成了灯笼的把手。最后，我们把软纸剪成六条，粘贴在灯笼的底部，一个小灯笼就做好了。接着，是包装礼物。那个同学给了我们彩色纸和一个小盒子。我一直在猜测这里面是什么东西，是玩具？是食物？还是一个大大的惊喜？

回到家，我拆开一看，哇！糖果！气球！好棒啊！

2014 年 2 月 4 日

我们的老师很胖，肚子圆鼓鼓的，就像加菲猫。她很和蔼，喜欢笑。她好像从来都没有批评过我们，张嘴就是 good、great 什么的。上课的时候，她总是慈祥地望着我们，脸上漾起一圈一圈的皱纹，显得很有亲和力。在她的课堂里，我们回答错误了也没有关系，她只是微笑着说一声 no，然后继续让我们发言。

这里的同学们相貌各异，有黑人、白人还有黄种人。虽然相貌不同，但这里的人都很有礼貌。如果路被人挡住了，要过路的同学就会轻轻地说声："Excuse me."如果不小心碰乱了别人的东西，他们会立刻摆回去，并说对不起。另外，这里的同学都非常热情，对人也很好，会力所能及地帮助有困难的同学。跟中国的课堂比，美国的课堂要有趣好几倍。这不只是个体的原因，而是所有人努力的结果！

2014 年 2 月 6 日

今天我们学校组织去法院参观，我们班也不例外，8：30 准时上了车，就往法院进发。车大概开了一个小时，到了一个建筑物前。那座建筑物非常壮观，精致的雕花，洁白的墙壁，还有高高飘扬的美国国旗，真是少有！只不过当时我的注意力不在这里，而是在马路对面的麦当劳上。我们坐在阶梯上吃了点零食（我没有吃，因为今天午饭是买的）之后，便进入了这座建筑物。这里的守卫很森严，刚进门就是安检。我们顺利通过安检之后，在大厅停了下来。接着一个阿姨叽叽喳喳地讲些什么，我全部没有听懂。只知道讲完后我们又马上出了这个建筑物。我当时在心里抱怨道：真麻烦，进去只为了讲些东西，难道害怕有人袭击吗？

接着，我们可就真的进了法院，我们轻轻地走路，轻轻地上了楼，来到法庭里。看着法庭的一切有秩序地进行着，我还真有点云里雾里的感觉。才进行到一半，我们就离开了法院，我以为是去吃饭，结果又去了一个地方。讲了几句之后，又回到了法庭。我被这一切搞晕了，恨不得倒头便睡。过了一会儿，我才弄清楚，原来是让我们扮演法官等人，真没意思。等到一点半，我们才吃上麦当劳。

今天真没意思啊！不过应该这就是所谓的实践活动吧？

2014 年 2 月 19 日

埃得叔叔，照顾我最多的人。

刚来时，我在机场碰见一个面容和蔼，有着淡淡的一字胡须、大腹便便，而又毫不迟缓的人；他讲得一口好英语和菲律宾语；每当我告诉他不会读的单词时，他总是很有耐心地一遍一遍帮助我……

他很会料理生活。我们第一次来美国，肚子饿了，要吃午饭。他便问我们要吃什么，是汉堡还是什么食物。我们毫不犹豫选择了汉堡，到了汉堡王，我们疯抢着美食，而他却静静地坐在一旁，看着我们狼吞虎咽，自己却不吃一点东西。

他很善良。妈妈送我来美国上学的那几天，他怕我和妈妈睡在一张小床上太挤，便又扛了一块大床垫让我们睡。

每天我们在家一日三餐都是他帮忙，可我们却没有看见他吃了些什么。每当我们问起，他总会拍拍大肚子说："我很饱。"

他总会早早地起来，早早地干活，等到我们下来，一切都已经准备妥当。每当我们将要出门，他总会嘘寒问暖。不管我们要去多远的地方，他总会带我们去，毫不埋怨。

这是在我刚来时看见的埃得叔叔，他勤劳而又善良，深得我喜爱。

2014 年 2 月 20 日

埃得叔叔，家里最勤快的人。

埃得叔叔每天都起得很早，起来后，他便开始烧早饭、准备我们的便当。当他把什么都忙完了之后，我们起床了，他又得照顾我们了。

每个周末，艾瑞姐姐都要去很远很远的地方学舞蹈，埃得叔叔便亲自送她去，顺便也捎上我们。车开了很久，埃得叔叔还是没有一丝疲惫的样子。等把艾瑞姐姐送到培训部，就带我们去图书馆。路上正好又遇上堵车，把埃得叔叔累得直打哈欠。

有些时候，他也会带我们去超市。从家里到超市可不近，少则二十几分钟，如果堵车还会更久。可埃得叔叔一周却带我们去两次超市，甚至更多。

埃得叔叔喜欢买彩票，这是我们有目共睹的。刚开始，我还不知道埃得叔叔买的是什么，有可能是优惠券，有可能是门票，反正每天买一张。一个星期下来，埃得叔叔就积攒了一大把。他便带着我们去超市一张一张兑奖。最近几天，埃得叔叔又买了几张，家里便又多了一把彩票。

这就是我看见的埃得叔叔，非常勤奋，能吃苦耐劳。虽然爱买彩票，但我还是喜欢他。

2014 年 2 月 28 日

数学课，是我最爱的课。数学课的到来，意味着我不是倒数，而是前几名。每天 8∶30，就是我一天最快乐的时光了。

整理好作业，就在位置上等着老师来上课。Mrs.Libman 款款而来。我的心情是多么愉悦，仿佛手里握着一张满分试卷，竟有些飘飘然了。

果然，上课后不一会儿就是家庭作业检查。他们一个一个报着答案，到了第九个的时候，全班鸦雀无声，我很奇怪，抬起头张望四周，发现全班同学正注视着我。我尴尬地低下头去，结结巴巴地挤出几个词语来，缓慢地说着。突然，前面突然出现了几个不会的单词，它们就像几只吊睛白额大虫，阻挡住了我的去路。我只得慌忙求助同桌。同桌果然够义气，告诉我读音。就在"武松"的帮助下，我终于化险为夷。

全部报完之后，我看了看试卷，不禁激动地直说 yes，一个错都没有，卷子上全是"√"，没有"×"。

接着，老师给我们出题。我已经懂老师出题的套路了，前面全是简单的，到后面还会玩些小创新，不过都难不倒我，手起笔落，老师立刻给予我微笑。

还是数学课最好，我只有这个不是倒数的。

2014 年 3 月 1 日

　　今天我迷上了数学题，自从我看见了惠妮姐姐出的题目，我的脑细胞就停不下来了。本来想歇歇，可休息了将近一个月的脑细胞这回可不想停下来，总想找一点事来做。为了长进英语，我准备把问题改编一下，然后讲给大叔听，让大叔也做做。

　　我看了电子书上的数学题目，专拣能改编翻译的做，这些问题只够我抓耳挠腮一小会儿，自己做完以后我就用英语讲给埃得大叔听。每次我结结巴巴地对埃得大叔说完的时候，他总会似懂非懂地点点头，开始动起脑来。埃得大叔每次都不懂，这个正中下怀。我又一点一点详细地为埃得大叔做解说。就像在课堂上一样，站在埃得大叔面前，仿佛又回到中国似的。

　　埃得大叔做过的题目，我都给我的同学做，中国人可真聪明，三下两下就解决了，美国人哪里比得上？特别是曹依铭，做得最快，值得表扬。

　　过了好久，艾瑞姐姐才回来，我又故技重演，艾瑞姐姐竟然也被难住了，过了好久都没能解决。我为我们中国感到自豪。

　　数学数学我的最爱，停呀停呀停不下来！

2014 年 3 月 4 日

今天特别奇怪，早上到学校，发现教室门紧闭着。几个同学站在教室门口，身上穿着睡衣，再看里面，两个班的同学围坐在几张大桌子旁，吃着，喝着。饮料水果摆了一大桌，还有老师在旁边煎饼！更重要的是：他们都穿着睡衣！我们在外面等了好久，他们才放我们进去，这个时候，食物已经吃光了！

今天我们没有了数学课，数学课被画画占领了，可我不知道他们在干什么，也就没有画。我一直痴痴地坐在位置上，直到上英语课。

英语课还没有上完，奇怪的事情又来了。我们要去听一个作家的课。这可真是奇怪，明明我们的英语课都还没有上完，我们怎么要去听一个作家的课呢？

这个作家的课真没有意思，同学觉得他很幽默很有趣，可我觉得他一点意思都没有。一张嘴巴叽叽呱呱地讲着，可我一句话都没有听懂，只看见一张乱糟糟的图画。

下午又是他的课，笔记密密麻麻地写满了一大块白板。同学们纷纷举手，我似乎知道一些，可又不是很确定，也不敢举手，只得在我的座位上坐了一下午。

回家我问了埃得叔叔，为什么今天可以穿睡衣。他说，今天是睡衣节，不过穿校服也好。

2014 年 3 月 5 日

今天我破格没有手头作业，而是记拉丁美洲、南美洲的地理名词。

4：30，我兴致勃勃地走到埃得叔叔跟前，等着埃得叔叔宣布今天的内容。今天的内容是——地名！我实在是讨厌记地名，以至于精神涣散，浑浑沌沌。拉丁美洲还算简单，7 个国家而已，南美洲可就多了，13 个国家，除了秘鲁和智利，其他都是很难的。

我是抱着 100%（美国 100% 表示满分）的心态来记单词，以补我的多次 0%，让同学刮目相看。以前只用读读就行了，可现在我还要拼写，光是 13 个国家就让我应付不过来，现在还要加上首都！我一遍遍地读，一遍遍地写，还是记不住，要埃得叔叔提醒才能勉强写下来。

不一会儿，1 小时就过去了，而我连什么国家在哪里都没有记清楚，更别提更难更烦琐的首都了。

8：00 的时候，埃得叔叔又让我记地区了，方法还是老办法，埃得叔叔把地图给我，我一个一个地写，埃得叔叔看我写得对不对，我还有很多有待加强，真糟糕啊！

为了明天不是鸭蛋，记呀记呀……

2014 年 3 月 6 日

今天一到学校，心里就想着地理测试。那一个个地名，纠缠了我一整天。

数学课前，我一直没有事情做，趴在桌子上。突然，脑海里蹦出一张地图，上面密密麻麻地写着地名。我突然惊醒：赶快记吧！逆转大鸭蛋！赶快记吧！让大家刮目相看！我找出一张纸，在上面标注了记号，便一个一个写起来。拉丁美洲很简单，但要注重细节，毛毛躁躁得不了高分。我是都写出来了，但总是多字母，少字母，14 个地名，一半是错的。我一遍又一遍地写，才改了一点点。

南美洲甚是麻烦，首都特长，久记不住，反而连国家也忘了。我有几个国家就是搞不清楚，也在拼命记。

终于考试了，一张大地图发了下来，上面标着序号。我真想得100分，可惜是不可能的，我现在只能超级细心地做，极力增高分数。我的笔在一个单词前停住了，我想啊想，就是想不出来，只得放弃了这宝贵的2.5 分。

我气馁地把试卷交给了老师，老师定睛一看，连忙称赞，我太开心了，蹦蹦跳跳去告诉埃得叔叔，埃得叔叔笑而不答。

2014 年 3 月 22 日

　　我们学校有一个特殊的东西，让很多人垂涎三尺 ，也让不少人为此很伤心。那就是——一种小纸条。

　　它可以通过很多种途径来获得，但极其难，只有通过不断的努力和运气，才能获得几个。小纸条主要来自考试的满分，可是一定要大考试，如果是小考试的话，不管怎样都没有用。

　　我们班上有一个人很可怜，他的小纸条可谓是空前绝后的"多"啊！达到历史最高数量负 29 个，还以每天一至两个的速度增多！他也很懊恼，为什么会这样？

　　今天我让班上所有人大吃一惊，在今天发数学作业的时候，老师首先顿了顿，用最嘹亮的声音说出：我要把 4 个小纸条给 Linmo！我太开心了，连忙走上讲台去领奖。哇，全班沸腾了，一双双眼睛紧紧盯着我手上的小纸条，我顿时感觉到一股无上的荣耀。

　　如果你实在不能得到小纸条，那你就只能靠运气来获得宝贵的小纸条了。有时候因为一些事情，我们可以获得一个小纸条。

　　集足一定数量的小纸条，我们就可以在活动里兑换奖品，至于什么，我也不知道。

　　小纸条，神秘的小纸条，你不知搞晕了多少人啊！

2014 年 3 月 25 日

美国学校可真是奇怪，那一件件事情，放在中国可谓是匪夷所思。我出来，还真是见识到了不少。

1. 中国上课能不能喝水？能不能削铅笔？答案只有一个，不能。除了老师，无论是谁上课干这种事情，都不免一通骂。但在美国，上课削铅笔、喝水都没有关系，除非老师特殊规定了。

2. 我五年级经常迟到，哪一次不是羞愧不如"逃"进来的？在这里，迟到一小会儿根本没有关系，我也没有一次迟到过。英语小课上迟到也只是说几句罢了。

3. 中国上课那个早啊，7 点钟就开门了，8 点前就得上课，真是累啊。在美国，8 点钟，准时开门，不偏不倚，早一分钟也不行。如果 7 点来等，还不急煞了？

4. 美国的教室似乎从不扫地，手一抹就是一把灰，地上一块一块的斑点污渍清晰可见。地板还是光亮的白色，把脏东西衬托得更加显眼。

5. 他们的衣服，你猜有多少？ 14℃ 的天气，短袖短裤，丝毫不冷。我们包了一层又一层，这才好。他们校服外面几乎不穿东西，也根本不能穿，为何？我也不知道。

还有很多很多，思绪不能一下子全部倒进来。我还会发现更多奇怪之处，请期待。

2014 年 3 月 26 日

今天我要继续说美国学校的不同和奇怪之处。

1. 中国学校看中的大部分都是分数，有了分数就有地位和荣耀，分数不行其他东西都免谈。如果考得很差，还得进办公室。在美国，哪有什么分数多少之分？考了 80 分跟考 60 分没有多大区别，甚至考了零分也是提醒说下次努力。我根本不知道哪些是好学生，哪些是坏学生，只知道他们都很厉害。

2. 老师改完每一张试卷时，她不会马上给我们，而是等到周五再发。但也不是每一周的周五，而是有一个循环的周期，有时候隔三周，有时候隔两周。每当到这个时候，就是我们最快乐的时候。老师只会祝贺考得好的同学，而不会骂考得差的同学。

3. 这个学校没有课间休息时间，所以我们也没有办法去上厕所。想去只有两个时间：点心时间和午餐时间。更奇怪的是，厕所明明大得很，足以容下 50 个人，可我们上厕所还需要排队！

4. 一个班 20 人封顶，一个年级只有三个班，你信吗？不管你信不信，这个就是美国班级的人数了。跟中国完全不一样。中国一个班顶一个年级。

我也实在想不出别的了，我还得继续探索发现，到时候还会有更奇怪的事情与你们分享。

2014 年 4 月 3 日

　　大麻烦！大麻烦！科学作业该怎么做？看不懂，听不懂，我到底该怎么办？

　　今天晚上，我做作业，数学非常简单，我很快就做完了。可科学就不简单了，虽然说没有多少，只有六题而已，但难度可是数学问题的十倍啊！我看了又看，还是没有一点头绪，这下可有大麻烦了！

　　密密麻麻的英语，一串串地排列在纸上，变化莫测。就像一把锁，锁住了我的思维，使我只能把问题思考一半。题目可以说根本做不来，看来我只能求助埃得叔叔了。

　　埃得叔叔来了，看了我的问题，也待了一会儿。不过埃得叔叔还是明白了，开始对我讲解起来。我依旧听得云里雾里，依旧还是不懂。我把我的无奈告诉了埃得叔叔，埃得叔叔叫我用翻译器。果然，翻译出来，我就明白了埃得叔叔在讲什么，可是我还是不会做！

　　过了一会儿，埃得叔叔开始忙他的事情了，又只有我一个人了！我用翻译器查啊查，总算把题目看懂了。可惜对于答案，我还是一无所知。果然，没有埃得叔叔可不行啊！

　　我做了我能做的所有题目，还剩下两道。其中一道还算简单，只要知道怎么拼我就会了。可另一道挺难，蒙了好一阵子。不过埃得叔叔也还是挺厉害的，竟然能把题目解释得那么清楚！

　　科学，难难难！

2014 年 4 月 9 日

　　我的美国同学有很多，大大小小的班级加起来，一共不下 40 个。可我认识的却少得可怜，大概只占了一半而已。

　　我发现美国人的名字都很奇怪，什么肯尼迪、什么杰米，一个更比一个难记。就我那个班，区区 20 个人，可我才只记住 19 个人的名字。还剩下一个人的名字没有记住。

　　我们班上只有一个会讲中文的，她就是杰米。她就像是一个老师，指挥着我做这做那。一下子叫我写作文，一下子叫我做作业。上课无聊不能趴在桌子上……今天中午的社会科学课，我觉得很无聊，就趴在桌子上。她看见了，叫我写故事。可是我更想看二年级的书，她就是不让。我只好写，写呀写。终于写了两段话，我想杰米肯定会让我做其他的了。没想到她看了看，说：不够！我顿时感觉天旋地转……

　　在中午休息的时候，我很喜欢玩一种球类游戏。这游戏说难也不难，说简单也不简单。但要一遍一遍地玩，然后慢慢地变得更加厉害。我现在还处于新手水平，能跟我玩的，也只有麦克他们了。

　　今天下午西班牙语课，大家都走光了，只剩下我一个人在教室里。碰巧老师要送东西给其他老师，于是我就充当了邮递员的角色，感觉还真不错！

2014 年 4 月 12 日

今天有一个叫作 movie night 的活动，从 5 点到 8 点。

虽然我们到得晚了一点，但还是赶上了这个活动。我们一进门，就有几个女生出来对我们说："Dehong 已经在里面了。"Dehong 果然出来了，还给我们每个人一个深深的拥抱。接着，他又随着麦克一起去厕所了。过了一会儿，又有几个男生出来说："Dehong 现在有人。"Dehong 果然又出来了，不过这次可是哭哭啼啼地出来的。紧接着，他向我倾诉了一肚子苦水……

电影是《疯狂原始人》，我以前已经看过，所以现在觉得没有意思。不过吃饭的时候倒是挺不错的。两块咸肉比萨，还有薯片什么的，真是不错。因为我，麦克，Dehong 和蒋皓哲都是中国人，所以皓哲会提出一个食堂三结义。不过让我恼怒的是，皓哲说我和麦克只算半个人！不过这也不能影响我们的感情，食堂三结义之后，我们依旧聊得很欢。

在美国公共场合看电影，最重要的就是安静。如果你在看电影时非常吵，老师将会提醒你。如果还是很吵的话，老师将会走到你身边提醒你。如果你依旧很吵，那好，你将会被拉出去。皓哲还是很幸运的，在第三次幸运地躲过了。

看电影的时候，我发现我的尿特别多。过几分钟上一次厕所，大大小小一共上了五六次。而且都是在精彩的地方去上。真奇怪啊！

不管怎样，我还是喜欢这个 movie night，因为这里很好玩！

2014 年 4 月 16 日

做完数学作业，我一般只要五分钟。可是今天的数学作业，却让我做了一个小时！

普通的数学作业，两面，只有 15 道题目。并且超级简单，我根本不用思考，也不用死任何一个脑细胞。

可是今天的比较特殊，不是做数学题目，也不是写数学报告，而是叫我们做很多很多个立方体。我向来不喜欢手工，一叫我做东西，我觉得我的头就大了一倍。

我向埃得叔叔借来剪刀和固体胶，拿出纸，就开始剪。我的刀法十分臭，剪得曲曲弯弯的，一个正方形就像八边形似的。埃得大叔的固体胶很有黏性，这点很好。不过对于我来说，黏性强就不好了。那固体胶黏在我的手上，我不停地搓，结果弄得到处都是。

我手中的剪刀扭来扭去，剪出了一个个奇怪的图形。现在我的主要任务是把它们都粘到一起。这些纸很软，我必须很用力地按和压才可以把它们粘在一起。可惜，我的胶弄得到处都是，我的纸也粘得到处都是。自然，我的那一个个立方体也不会好看。

我剪了又剪，粘了又粘，终于把全部的立方体给做好了。虽然很难看，但那可是花了我很多心血啊！于是，我为了犒劳一下自己，从冰箱里拿出酸奶来吃。味道真不赖！

2014 年 4 月 29 日

今天我终于知道小纸条是干什么的了，原来它不是小纸条，而是抽奖券。

今天下午，老师在白板上画了几个表格，上面画着一些数字。我以为那是哪一个项目所需要的小纸条数。结果同学说我可以放任意数量的小纸条，我顿时蒙了，于是准备先不放。

老师一声令下，一群同学拥过去放小纸条。等到大家都放完了，老师开始慢慢悠悠地抽出一些小纸条来。老师一个一个地抽，我们也一次次地紧张。老师抽 10 个人，然后就不抽了。那 10 个人都非常开心，因为他们都"中奖"了！

现在我终于知道了，原来小纸条就是抽奖券，放得越多，抽中的几率也就越大。可惜啊，我的小纸条数量不多。我看中了三个项目，就投了好多抽奖券进去。不停地盼着中奖，老师报一下，我就紧张一下，期盼着快点中奖。很可惜，我的运气不佳，竟然把所有小纸条都输掉了。

我的运气很差，每一个都没有赢，还赔了全部。Dehong 运气就超级好，他明明只用了一张小纸条，却赢了，可我放了五张却没赢！

同学有很多很多抽奖券，多的有 100 多张，少的只有负 49。他们运气好不好，靠的是几率。他们抽奖券多，一放就是十几张。那几率也太大了，老师一连几次都抽到同一个人。

　　抽奖的项目多种多样，有冰淇淋聚会入场券、可以不用做作业、免费裙子……可惜，它们都与我无缘。

2014 年 4 月 30 日

　　我们班有 20 个人。他们的特点都不一样，有的爱玩，有的爱学习，还有的爱说笑。这里是我做的他们的排行榜。

　　No.1　Neha。Neha 是我们班上公认的学霸，几乎所有第一和一百分，都被她收入囊中。她知道老师教过的所有公式和定义，还有很多专业术语。她是小纸条最多的一个，一周可以得 10 个。

　　No.2　卡纳。卡纳是比较神秘的，有时候他无影无踪，可一下子又出现在教室门口。下课时，总有人走过来把他带走……他最拿手的是地理，下棋当然也不错。

　　No.3　Adeeb。Adeeb 是很温柔的一个人，待人和气，也很懂礼貌。他运气很好，实力也不错，总能让人大吃一惊。

　　最爱哭的人 Zac。Zac 很强壮，但他的心理承受能力不行。遇到很难的题目，比如他总是做不出来的，他就会眼圈发红，说话变得哽咽起来，最后眼泪还会喷涌而出。

　　最淘气的人胡庆如。她在我们班是唯一一个懂中文的，她虽然是个女孩，但比男孩都淘气。她在上课时故意发出古怪声音，经常在我不注意的时候打我几拳，还悄悄伸出脚去绊人。

　　最少小纸条的 Elan。Elan 的小纸条是负数，比我少。我也不知道他的小纸条到底是怎么减掉的，只知道他和 Neha 正好相反，有时候一周能减 10 张小纸条。

最高的同学（暂时不会拼）。他最高，比皓哲都高。投篮和拿东西对他来说只是小菜一碟。他一伸手就可以拿下天花板上的钩子，所以他经常帮人拿下东西。

2014 年 5 月 1 日

　　我们班有 20 个人，隔壁班也有 20 个人，加起来一共有 40 个人。他们都有各自的优点缺点，当然个性也不一样。

　　运动健将——肯尼迪。　别看肯尼迪是个女生，她可是运动健将。最拿手的就是我们经常玩的球了。可别小看她，那个球在我手中十分笨拙，可一到了她的手上，就立刻灵活起来。扣杀、防守，应对自如。只她一个，就把我们弄得措手不及。当然，也有人打得过她——Bambos。

　　好朋友——Ellen 和阿米娜。她们俩是一对很好很好的朋友，形影不离，不管在哪里，她们总是在一起。休息时间，她们在一起说话，一起聊天。吃饭时间，她们坐在一起，看看说说，谁也不寂寞。

　　无人敢惹——皓哲。皓哲无疑是没人敢惹的一个。年龄、身高、力气都有得天独厚的优势。尽管 Dehong 有时候还是会惹恼他的，但只敢惹一次，因为第二次他惹不起。

　　三寸不烂之舌——Dehong。Dehong 嘴巴的损人技术是大家公认的，正因为那样，他才会经常引起众怒。有一次他说 Michael 是烧卖，结果被扁了一顿。

　　Helpful——罗文。自从我来到这里，她就经常帮助我，告诉我这个班的事情，告诉我这个班的规则。不懂的，她教我，我想和老师说但不敢说的时候，她帮我拼命地举手。她帮了我很多很多。

最从容——Nande。Nande 是个不折不扣的非洲裔。他说话很幽默，也很好玩，他的从容也不是盖的。一次老师给我们分配话剧的人物，老师说道："这个角色是很重要的，他很滑稽，还有点傻，经常出糗，他是……"下面有人接嘴："Nande。"班上立刻笑开了，大家都等着 Nande 表态。没想到 Nande 说："是的。"人群顿时平静了下来，我为他暗暗喝彩。

2014 年 5 月 2 日

　　这个星期，有一个新同学加入了我们隔壁班，他将和我们一起学习。现在，两个班一共有 41 个人了。

　　初出茅庐。他刚来时是星期二，老师说他是菲律宾人。他一来，我们就感觉到一股强大的气场。果然，刚来第一天，他就给了我们一个惊喜。那天的数学课上，老师叫我们回答问题，我想菲律宾人肯定很不懂英语，所以我就得意起来，以为自己不是最后了。结果他让我大吃一惊，超级棒的英语再加上明了的数学术语，真是奇怪啊！这为他给我的印象奠定了基础。

　　渐露头角。他来的第二天，正好也有数学课，因为我们在同一个教室上数学课，所以我能观察到他。我发现他虽然才来了一天而已，但他非常的聪明，能做五年级的所有东西，而且做得不错。老师也对他称赞有加，他真厉害！

　　毕露锋芒。我用了几个月的时间，交到了一些好朋友。同样是插班生，他只用了 2 天就交到了一群好朋友，这速度，是我不可比的呀！他擅长数学，地理也有触及。最让我惊讶的是，他玩球上手飞快，而且技术超级棒，和 Alex 差不多。

　　神奇的新同学，无人能敌。

2014 年 5 月 3 日

今天是什么 international 日。一年级至五年级都要介绍一个国家。我们五年级是加拿大。

早上 8：30，我们的参观正式开始了。整个活动大概分几步来进行，我们去参观各个年级，然后让别的班来参观我们。我们首先去了幼儿园，他们介绍哪个国家我已经记不清了，只朦朦胧胧记得叫什么比亚。因为是幼儿园，他们没有学太多单词，介绍起来比较模糊，但也很不错了。

我们去了一年级，他们介绍 Argentina，虽然这个国家不坏，同学们介绍得也不错，但我们的注意力还是在办公桌下面的小鸡身上，而且他们煮的 Argentina 食物实在不合我们胃口，我觉得怪怪的。

我们介绍的国家是加拿大，五年级嘛，自然要新奇一点。所以我们用幻灯片来介绍。老师的幻灯片技术不太好，所以只是很简单地做一下。在我们的幻灯片里，介绍了加拿大的城市、体育、食物、歌曲等等。虽然只有九张，但还算比较全面。老师做了一个超链接，连接到了一个网站，那里有震撼人心的演讲。

2014 年 5 月 14 日

　　上课听不懂的时候，是我最尴尬的时候，老师在上面讲了一大堆，我坐在下面一点都听不懂。同学问我，我什么也不知道。

　　我刚来的时候，真的是一个也听不懂。老师在教室前面讲得眉飞色舞，唾沫星子满天飞，可我一个也没有听懂，只得趴在桌子上傻呆呆地看着老师。因为那时候我还没有任何书，所以我什么也做不了，只能趴在桌子上打盹。

　　过了一个月，我得到了几本一年级的练习册。我终于有事情做了。上课闲着没事就写一下，做一下。不会的就用我的翻译机翻译一下。总之，在我听不懂的时候，我就做。慢慢地，我把一年级的都做完了。

　　老师迟迟没有给我二年级的书，我又没有事情做了。有些时候是很讨厌的，你想休息，精神却异常的活跃。所以我从家里带了一本三年级的练习册过去，解决了这个问题，因为我又有作业做了。

　　在没有作业做的时候，周五总是最无聊的，因为周五早上既没有考试也没有活动，科目是那些语法，真让我无聊。

　　不过好像上课听不懂的时候也是可以看书的，我也没有试过，只是听别人说。

　　现在上课我能听懂许多了，自然也不会那么无聊。我总结出了几点关于上课无聊的办法：打盹、看书、做作业、发呆……我经常发呆和做作业，因为我做累了就喜欢发呆，也算是休息吧！

2014 年 5 月 21 日

　　这个星期有一个特别的，我们学校独有的活动——Ocean Week。

　　估计这个活动每个学年都会有，每个年级甚至班级都会有这个活动。这个活动可以让我们知道更多关于海洋的知识。

　　昨天我们刚到教室就惊讶不已，原本整齐规矩的教室，现在已经变得一片蓝。天花板上铺着深蓝的纱，灯光一开，缥缥缈缈的蓝色立刻罩住了教室。我们手工绘制的模型挂在天花板上，非常漂亮。

　　既然是海洋周，那么我们就要学一些关于海洋的知识。我们先学了 benthic zone, mesopelagic zone, bathypelagic zone 和 abyssopelagic zone。然后我们学习了鲨鱼的身体构造，并知道了各个部位的名字。今天下午，我们还听了潜水员海底追踪鲸鲨的故事。

　　这么多活动，我觉得最有意思的就是听潜水员讲在海底追踪鲸鲨的故事了。他们说他们在伯利兹的一片海域开始下潜，在海底找到鲸鲨并跟着鲸鲨游的故事。他们让我知道了其实鲸鲨并不凶猛，而是非常的温顺。他们也让我们对海底世界多了一份好奇心。

　　既然有 Ocean Week，就应该会有制服。每年的制服都是不同的，像去年的是海星，今年的是鲨鱼。我们可以只穿这么一件，不穿校服也可以。

　　当然啦，这个 Ocean Week 的作业还是挺多的，又是画画又是写话的，非常的忙。但每一样作业都跟 Ocean Week 这个主题息息相关。

2014 年 5 月 24 日

　　今天是 Ocean Week 的最后一天，也就和以前的那个国际交流日差不多，我们参观各个教室，各个班级也来参观我们。

　　因为我没有做任何的海洋生物，所以我也没有任何东西介绍，只能和别人一起。因为 Adeeb 是我的好朋友，所以我跟他一起。我主要是负责招人打广告的，把人拉到 Adeeb 这边来就是我的任务。

　　刚开始时我还没有和 Adeeb 一起，也没有什么任务。人一群群地来了，都往后面挤，而我就躲在后面。我躲在墙角，不停地说："I do not know anything."还好他们都没有注意到我，否则我真的要糗大了。

　　两个班参观过后，我们去参观别的班。我们到了他们的教室，然后坐下来开始听。他们为我们讲一些关于海洋生物的事情。他们讲完之后，让我们每人找一个人问问题。我还不太会问，于是就需要一个人来帮我。于是作为我的朋友 Adeeb 就和我一起去问问题。

　　接着，我们就回到教室去讲解。我正式成为了 Adeeb 的帮手，帮他拉人，鼓掌……

　　我的拉人台词有很多，比如："神奇的鲨鱼，神奇的鲨鱼，快来看啊！"还有："Adeeb 的超级鲨鱼，来这边，来这边。"虽然招了半天还是没来什么人，但我也努力过了。

　　我们忙了一个上午，参观、问问题、招人，真是快乐啊！Ocean Week，真快乐！

2014 年 5 月 25 日

下个学期我还是要来美国，理由有很多很多……

1. 我还要学更多的英语，要更多地与美国人交流，了解更多的风土人情，然后结交更多的朋友。以后可以把爸爸妈妈带到美国玩。

2. 我还要体验更多的美国风情，或者做一些在中国所不能做的事情。还可以增长许多知识。

3. 这里的下个学期就是初中了。在读中国的初中之前，我想先看看美国的初中是怎样的。然后再读中国的初中，尝试下，看看有没有什么大的不同。如果老爸的学校也要建初中了，我还可以给老爸说说美国的初中是怎么样的。

4. 我们学校有很多活动，有些我还根本没有参加过，我想参加更多的活动，再顺便介绍给老爸。

5. 这个学期我只得了一点点小纸条，少得连 20 个也没有超过。我一定要在下个学期得更多的小纸条，然后去抽奖。

6. 我在我们班里也是交了几个朋友的，比如 Adəeb、Ellen、Elan 等。虽然我不知道他们下个学期还要不要回来上学，但我还是希望他们回来，一起学习一起玩耍。

7. 埃得大叔还是欢迎我们继续住他家，埃得大叔可以给我欢乐和勇气，还可以带我去野营，可以带我去打猎……

　　解剖鲨鱼，这也是我们 Ocean Week 的活动之一。只是不知学校因为什么原因，把这个活动推迟到了今天。

　　今天早上，我看到课程表上有写着什么解剖。我非常的奇怪，那究竟是解剖什么呢！这时，我突然看见了教室中悬挂着的玩具鲨鱼，我终于记起来了，是解剖鲨鱼！

　　果然，不一会儿，我们就被叫到教室外面去解剖。老师先让我们摸一摸鲨鱼的背部，我觉得稍微有些硬，因为比较干了。然后说一说那些鱼鳍都叫什么名字。一切都讲完了，我们才开始解剖。

　　我们在特定的位置上切两条横线，然后用剪刀从中间剪开，这样鲨鱼的内脏就已经展现出来了。一打开，里面就有一些液体油乎乎要流出来。那种液体的颜色就像橄榄油，油乎乎的，还散发着几许鱼腥味，十分恶心。老师先让我们把 liver 给剪下来，那是两块油乎乎的东西。估计油就是从 liver 里面出来的。接着老师叫我们剖开鲨鱼的肚子。因为鲨鱼小，肚子也小，里面根本没有装什么东西。我发现鲨鱼肚子里有一些管子，是牢牢地长在鲨鱼的肚子上的，老师说那是肌肉。

　　接着就比较难了，我们要继续解剖一直到鳃。我的解剖能力不行，剪呀剪一直到了一块骨头，再也剪不进去了。杰米那边就好多了，剪的地方毫无差错。我好羡慕她。

　　今天的解剖鲨鱼，真有意思！

2014 年 6 月 4 日

今天我们有一个活动，叫作 Field Trip。就是坐船到海上去参观，去学习。

我们是在中午 12 点到船上的，这艘船比较大，里面能容下很多的人。不过这里面的设施还是比较旧的，没有那么新，但非常好用。

我们在一个小教室里面坐下，船上的工作人员开始为我们上课。老师第一个教的是怎么样使用船上的马桶。老师说冲马桶时得用脚踩住一个按钮，然后把一个把手压五次，这样就可以了。

介绍完之后，老师把我们小组带去船尾，我们要撒网捕鱼。我们先把浮标投出去，浮标慢慢地跟在船的后面。然后我们再把网撒下去，五分钟后，我们齐心合力，一起拉网，终于把网拉了上来。里面有几尾鲨鱼和一条加利福尼亚舌头鱼。加利福尼亚舌头鱼的样子非常奇怪，没有尾巴，就像一根舌头一样。

接着，我们到船头的甲板上，去拿海水和浮游生物的样本。我们用一个试管把它们装放起来，接着有用。我们接着又回到了我们的教室，用各种不同的仪器来测量不同的数值，包括温度和盐度。

最后，我们又用一个生锈的，但又非常好用的工具来挖海底的淤泥，然后来研究居住在海底的生物。很多人把淤泥涂抹在脸上，说是非常好，其实很脏。

通过这次的 Field Trip，我学到了很多关于船和海洋生物的知识。

2014 年 6 月 5 日

今天在学校，我写了很多很多作业，忙活了几小时。

早上我们没有数学课，同学们都在教室里写什么东西。我没有任何事情做，一直发呆和睡觉，都觉得没有什么意义，于是我就去问老师。

我和老师说："老师，我想做一些事情。"老师突然就变得笑容满面，脸上的皱纹一条一条地舒展开，非常的奇怪。老师让我写 ABCDEFG……一直到 Z。每个字母之间空三行，我估计是要写什么东西。我的猜测果然是正确的，我写完所有的字母之后，老师就叫我以每个字母为开头，写一句或两句话。不过那些句子都是要写我在学校做过的事情。有一些字母非常的简单，比如说 I 和 W，但有些就非常的难了，比如 X。

我开始先做了一些我能想出来的句子，这些句子不只要通顺，还要写在学校的事情。实在是非常非常的难。不过这么一点点小困难是难不倒我的，我用词典来查出我知道却又忘了的单词，然后用它来写一个句子。

我写出来了 25 个，还剩下一个最难的字母，那就是 X。以 X 开头的单词是非常少的，而且意思又非常的难懂，所以我不会。我问老师 X，老师叫我问班上学习最好的 Neha。

Neha 翻了好久字典，这才找出一个麻烦的单词来，意思是害怕。

写完了之后，老师再叫 Neha 教我在每个字母后再写一个句子。那是很麻烦的事情，不过在 Neha 的帮助下，我还是成功了。

最后老师叫我把这些句子弄成一本书，就叫 Abcbook。

2014 年 6 月 10 日

今天我们学校有个活动，一直办了整个上午。

今天早上，学校的露天足球场上放上了一点器材，好像是要做什么游戏之类的。而且我们五年级要穿什么衣服，说是唱歌的队服。

我跟着我们的大队伍，一直到了室外足球场上的帐篷坐下。那时太阳还不是很晒，我也不觉得热，但我还是擦着防晒霜。我的旁边放着一大箱水和食物，好想吃。我们随后举行了一场小型的唱歌比赛，是全校的，一个年级一首歌，其实也就 20 分钟而已。

唱歌唱完了，我们开始一个班一个班有秩序地玩耍。我们第一个去的是充气城堡。我们首先从一个圆筒里面钻进去，那个小筒只有两米长，中间比较窄。我奋力一冲，冲进去了，可因为脚用不上力，卡在了中间。钻过了这个筒之后，后面还有一个差不多的，还是比较简单的。最后你只要爬到顶上然后滑下来就行了。

这些都不是重点，重点是——浇水。千万别以为那是给植物浇水，其实那是给我们浇水。水从我们的头上浇下去，看着很湿，其实很好玩。刚开始我还不敢试，看着同学们兴高采烈地走上去，却一身湿漉漉地回来，真是有点恐怖哦。其他同学都湿了，只有我和少数几个同学没有湿。于是，几个同学一起，把我抬到浇水的人下面，一浇，哇，好棒的感觉！虽然衣服湿了点，虽然头发湿了点，但阳光对我来说已经没有任何杀伤力了。在结束前我们大部队又都浇了一次，结果结束后整个班都坐在草地上晾干衣服。

最后我还有一个满意的地方，那就是，点心很好吃！

2014 年 6 月 16 日

美国与中国有着非常多的不同之处，请听我细细道来。

1. 中国开车出去得好久才能上高速，而在美国，家门口出去一会儿就是高速公路，一转弯就到了高速公路上，非常的快捷，且非常的方便。更没有什么麻烦的收费站。

2. 美国有很多小型的购物中心，里面有餐馆、超市、银行和很多很多设施。它们分布在高速公路边、马路边或是人群密集区。有了它们的存在，我们可以随时到那里面去买一些东西或是吃顿饭。

3. 美国的人行道红绿灯杆上有一个小小的按钮，上面有字和图案标着。即使那样，我还是不懂那究竟是干什么的。好像按了按钮之后就可以让红灯快点结束。

4. 美国的小区不像中国的小区，中国的小区大多是分层的，一户人家拥有一层。美国的小区就不一样了，都是一幢幢别墅，一户人家住一幢，非常的漂亮。

5. 美国的公办学校好像很少，一般都是民办学校居多。所以各个学校的活动和规则都是不同的。就像我们学校和其他的学校都与众不同。

6. ……

还有很多很多，明天接着写！

2014 年 6 月 17 日

　　今天，我们到超市去买了礼物。因为我要回中国啦！礼物有很多很多，使我今天就得开始整理我的箱子。

　　我的箱子还算大，里面能装下好些东西。我首先把书放到箱子的底部，因为书比较硬，也比较结实，不容易折断。我的书可是有很多的，不是仅仅几本，而是有很多很多。一本又一本地铺满了箱子的底部。那时阳光很晒，非常的热，但我还在辛勤地工作着。手来手往，又累又热的。不过我最终还是整理完了。一堆的书堆在那里，好像也还不错。在我整理的时候出现了一个问题，我给同学们买的食物很难装。我给同学们买的食物都是一管一管的，一管跟一个笔筒差不多大。十管的话体积很大，并且很重。

　　我刚开始是散着把食物放进去的，一管一管在里面滚来滚去的，一不留心就会散出来。于是我把剩下的几个袋子拿来装食物。果然奏效，食物再也不会滚来滚去了。这个问题解决了，还有一个问题，那就是在我尝试把箱子盖上的时候，拉链拉不了了。那可真是急人的，怎么拉也拉不上去。我仔细查看了以后才知道，原来是里面的书摆得不好，把外壳给撑大了。上下两个壳大小不一样，所以拉不上去了。我只得从头开始，再次整理书。我又花了很多力气把上面的东西移开，重新整理书，不过我还是成功了。

　　今天真累，不过很有意义。我要回家啦！

2014 年 9 月 3 日

我又回美国了。今天是开学第一天。

到了初中，每一节课都在不同的地方上。我们得背着书包在各个教室之间来回走。如果你一不小心丢了课程表，就得和我一样，到处跑了。

早上，我上完第一节课后，因为没有课程表，只能像个无头苍蝇一样到处乱窜。正好看见大部队，就钻了进去。结果点名的时候没我座位，我就纳闷了，应该不可能的呀！结果进去一看，原来是六年级的英语课！等上完，我头都晕了，懵懵懂懂地跑出来，吃饭了！

第三节课，我又跟着大部队，跑到了数学教室。点名时，名单簿上还是没有我的名字。当我告诉老师我名字的时候，她说我是她上一节课的学生。

看来今天的课，我都上错啦！

2014 年 9 月 4 日

今天我可没有上错课，因为今天我带了我的课程表。

让我惊讶的是，今天的第一节课竟然是美术。我背着书包，像走迷宫似的走在长廊上。走了好久，我终于找到了美术教室！太棒了！我走进去，里面在学素描。我从来不擅长画画，也从来不喜欢画画。虽然我认真地画，但那个杯子始终像一个锅。这节 88 分钟美术课，是我有史以来上过的最长的一节课。

ESLclass 有五个教室，分别是不同的课程。一节也是好久。那里面都是中国人，其效果相当于在中国请了一个外教上课。我的 ESL 同学都差不多九年级十年级了，很爱讲话，而且讲的都是中文。

下午最后一节是体育课，我们换了一个看起来很野蛮的女老师。凶巴巴的，但她几乎擅长所有体育的项目。

2014 年 9 月 6 日

今天早上第一节课就是科学课，Dr. Ripfel 教我们为什么能闻到气味。

刚开始，老师拿了一个盒子，里面分别装着 20 个不同东西的小管子。有的很难闻，有的则很香。我很幸运拿到了两个小管子。一个 9 号，一个 19 号。

我迫不及待地打开第 19 号管子，闻了闻。啊呀，这味儿，简直比臭豆腐还臭。我不敢多闻，又打开了另一个管子。一股清香顿时散发出来，这是薄荷味口香糖的味道！难道是口香糖？

接着老师让我们离开座位，闻一闻对方管子的味道。我就坐在自己的位置上，守株待兔。很多人来了，到我这里闻了闻。啊，超级美味的口香糖。不过我就纳闷了，口香糖不是 gum 吗？怎么变成 bent 了？

我没有找到我的伙伴，但我知道了其中一个是 bent。最后，老师公布了伙伴列表。我的第 19 号是 clove，丁香。第 9 号则是薄荷。

最后老师介绍我们为什么能闻到气味。他说气味通过空气飘进鼻子里，在鼻子里有些感应器。气味就像钥匙一样，到对应感应器的口子里，感应器就会传送消息给大脑，我们就知道这是什么了。

2014 年 9 月 9 日

作业好多，虽然看起来只是几张而已，但实际做起来还真的是"超级多"。

在众多科目当中，数学当然是最简单的一个。美国初一阶段的数学非常简单，大概只有我们中国五年级的水平，所以我 5 分钟就做完了。

第二难的是 ESL write 2，同样也很简单。只要写一些东西就好了。

但是另一个 ESL 就没有那么简单，我要从网上搜索关于一个洲的三所大学。还有写它的介绍。我搜索了一下，满屏幕都是一个知名大学，其他不知名的根本查不到。我非常奇怪，不过最后还是找到了。

最难的是科学，我需要分别用几句话描述科学、物理科学、化学、天文学、矿物学、考古学、地理学、物理学、气象学这九个名词。我用了一个多小时把它们都做完了。

啊，真累！

2014 年 9 月 12 日

　　美术课是我觉得最难的课之一，我不喜欢画画，也不太会画画。但在美术课上，我必须画得好看，否则我只有零分。

　　这几个星期，我们都学素描。在美术里，我最不喜欢的就是素描。可是这几节课，我们偏偏学的就是素描！

　　今天我们学的是用墨水画素描，美术老师让分配员给我们墨水和笔、纸。但在这个过程中，她不让我们讲话。我拿了笔，在纸上画起来。我想画一个盒子，可是墨水太黑了，我把盒子涂得全黑。没有影子，形状还更像一只鞋子。我只得把它改成一只鞋子。

　　时间快到了，我的纸上还是只有一个黑不溜秋的东西。我只能叹了口气，因为我画得实在太烂了！

2014 年 9 月 13 日

今天体育课，我的表现非常好。

Dehong 是对方那个队的，对方队攻击力很高。Kumail 和 Alex 的攻击力也不是吃素的。我们队的王牌是卡纳，不过他是守门员。

比赛开始了，一开始对方就开始速攻。那时卡纳还不是守门员，和我挤在前线。一眨眼的工夫，球就被传到后线。正当我们往回跑的时候，球进了。我们不气馁，开始往对方那边攻击。Dehong 在那边嬉皮笑脸，不过我知道，我们会赢的。

正当我们攻击的时候，球被奇妙地截断，对方又进攻了！我往回跑，就在那踢球的一瞬间，我安全抵达，吃下了这一记"狠球"。球正好砸在我胸口上，不过我没事。第二次，我用脚又截了一个球。几乎整个比赛，我都是大肉盾。我截断 N 次，挡住 3 次以上进球，最后遍体鳞伤。

不过呢，我还是有进攻的，我辅助两次，两次都进了。

今天我虽然遍体鳞伤，但我还是很自豪，哈哈！

2014 年 9 月 14 日

这个学期，我的寄宿家庭来了个新的中国学生——Yibo。我和 Yibo 哥是好朋友，我们一起玩，一起学习，还一起学英语。

今天早上，我 8 点就起来了，一看哥哥还在睡懒觉，便下去喝了一杯豆浆。正好，在我上来的时候，哥哥已经醒了，正窝在被窝里看手机。我没打扰他，又回去看了一会儿书。

书看完，我去找哥哥。Anti 和埃得大叔都出去了，给我们留下了一烤炉的鸡。Yibo 哥说他很饿，想吃一点东西。我想到了比萨宅急送，可是我又不知道电话号码和网址，只得作罢。

面前是 Yibo 哥饥饿的表情，我该如何是好？这个时候我突然想起了汉堡包。

对啊，汉堡包，鸡肉番茄汉堡包！我火速切了几块番茄，和鸡肉一起夹着，给 Yibo 哥送去。看着 Yibo 哥满脸满足的表情，我好开心。

我总是一个跑腿，给 Yibo 哥端水的跑腿，但我很开心，因为我可以为他服务了。

2014 年 9 月 17 日

今天我们有 ESL reading 课，老师让我们做迷你的大学展。

所谓的大学展，就是我们做的一个大学的旗帜，再介绍给别人。我要介绍的大学是"PSU"，也就是宾夕法尼亚大学的缩写。宾夕法尼亚大学也是美国一个比较好的大学，本杰明·富兰克林在 1740 年的时候建造了这个大学。

老师让我们几个坐在前面，拿着自己的旗帜，别人来的时候就向他们介绍。有好多人到我这里来，我不停地讲，不停地讲。每一次都更加完善自己的介绍。

在为别人介绍的时候，我突然想起，昨天我也是到处跑，听别人介绍的。虽然是听，但也要写，特别是写的时候，特别累，往往写得头昏眼花。

大学展，收获颇多。

2014 年 9 月 18 日

　　埃得大叔以前每天要给放学回家的我上课，现在改为读书了。

　　读书读书，既然读了，就要把它读好。当然，发音和句子间的停顿很重要。书里面有很多我不会或者很长的单词，必须得问大叔才行。不过有时候大叔也会跟我开开玩笑，比如说弄出点奇怪的发音。

　　我觉得，最累的不是写，而是一个单词一个单词地说。我的发音有时候不会很准，在读很长很长的句子的时候，就读得结结巴巴的。不过我还是挺过来了。

　　我喜欢书里的那个主人公，他很调皮捣蛋，总是想出异想天开的点子。有时还有点自恋，但我还是喜欢他。

2014 年 9 月 29 日

　　这几天的科学课，我们在记录蚕豆在各种土壤生长的情况。

　　十天前，老师发给我们每个小组十五颗蚕豆，让我们分别种在沙子、泥土和沙子泥土的混合物里。我们用老师的时间表，按时浇水。这之后的第二天，我们发现种在沙地里的豆子长得特别快，一下就有了 2 厘米，泥土里的特别慢，根本没有动静。

　　第三天，老师让我们浇水，我们发现浇在沙子上的水一下子就渗进去了，而泥土上的水却迟迟没有渗透下去。我稍微浇得有点多，不过应该没事。

　　第六天，我们惊奇地发现，种在泥土里的竟然发霉了！种在沙子里的高度高达 16 厘米，但很瘦。在混合物里的，虽然长不高，但成活率很高。已经活了四根。

　　第八天，沙地里的蚕豆变得更高了。不过混合物里的长得更加强壮了，而且更高。现在混合物里的蚕豆高度的平均值已经超过沙子里的了。

　　小小豆苗，茁壮成长吧！

2014 年 10 月 3 日

这几天体育课，我们玩了很多的球。排球、篮球还有足球。

虽然说篮球是我最喜欢的体育项目，但在这几次的球赛中，我根本帮不上忙。

就拿今天的球赛来说吧，还是打半场，五打五。我不管是站在对方的球架下还是站在空旷无人的地方，都没有人传我球。尽管这样，我还是不住地抢篮板球。不过今天，我连抢篮板球都不行，都被那个投篮不准又强壮的家伙抢走了。他给对方加了好几分。

足球也不错，但是太危险。有一次我向球冲去，球却被同学一脚踢飞，结果没中球门，倒是打中了我的肋骨。我只能忍住疼，一瘸一拐地走向球门。

球，球、球。

2014 年 10 月 5 日

在我们学校，几乎所有中国人都要上 ESL 课程。ESL 的意思是：English Second Language（英语第二语言）。

我一共有三节 ESL 课，一节写作、一节阅读，还有一节听力。我最喜欢写作课，因为它这几天的活动是写一本儿童书。

在活动刚开始的时候，我兴致勃勃地策划。刚开始的时候是想到两国战争，接着又是一堆人比武。正当我兴致勃勃地策划的时候，我的合作伙伴的一句话把我的思绪给冲走了。他说的是："用我的方案。"我开始失望起来，不过随后我又很开心，因为老师立即否定了他的方案。

昨天，我和我的合作伙伴各自向一位朋友介绍我们的方案，我们进行得非常顺利，只等下一个星期就可以画画了。

我的方案，最棒！

2014 年 10 月 10 日

有一件很糟糕的事情，是我做不了科学作业了！

在这个星期二的科学课上，老师教我们怎么样在科学网站上注册。只有那个网站里面有在线科学书，所以那是在家里写科学作业的唯一方法。

我一回家就开始注册，结果忘记了注册所需要的密码。那个密码是统一的，只有用它才能注册。我只能发邮件去问，结果邮件一去不复返。

第二天，我得到了密码。果然注册成功，可是在我登录的时候，又出现一个麻烦。我的账号完全无法登录。为什么呢？我也不知道。于是我又注册了一个账号，结果还是不行。

今天晚上，我又注册了一个号，还是不成功。实在是太糟糕了，我登录登录登录，结果发现了一个问题。在网站上，我刚一登录进去，就被啥东西给踢出来了。而且按多了就会出现系统错误，真奇怪。

奇怪奇怪真奇怪！

2014 年 10 月 20 日

从上个月起，每天的科学课都要观察蚕豆苗的生长情况。我们组是第三组。

老师给我们 3 个泡沫塑料杯子，接着给我们三种不同的土：种植泥土、沙子和沙子泥土的混合物。我们要在每一种土里面加上 5 颗蚕豆。

第六天，非常奇怪的是。种在沙子里面的蚕豆长得非常快，才六天，就涨到了 8 厘米高，但只长了一株，而且非常的瘦。相反的是，虽然混合物长得不是很高，但很多。

第九天，在浇水之后，种植泥土明显地发霉了。而沙子里长出了一株新的幼苗，同样也是瘦瘦的，但长势很旺。混合物里面的植物达到了 4 株之多，而且非常肥硕。

第十二天，现在沙子的优势正在消退，因为它越来越瘦，虽然它很高，但实在太瘦了。尽管它有 32 厘米，混合物可是已经长成 30 厘米了。

第十五天，混合物里的比沙子里的还高了。而且有更加多的植物，还更加强壮。

第十九天，哇塞！才这么几天，混合物就已经长成 63 厘米高了。63 厘米，这是超过半米的高度！虽然它不是竖直的，它几乎是贴在地面上的。

主要来说，混合物远远比沙子好。至于种植泥土，我想那是意外。

2014 年 10 月 21 日

　　明天和后天是家长会日。中国的家长会，家长是像我们一样坐在座位上，听老师讲话。如果中国的家长会是上普通课，美国的家长会可以说是小班教学了。

　　美国的家长会非常的奇怪，如果我们的家长要参加家长会的话，需要在一个网站上申请过才行。多么奇怪啊！

　　还有，家长会的时候，如果我们学生想去听家长会的话，我们也可以去。一个会议基本上是半个小时，我想应该没有人想去听，多无聊啊！

　　有时候老师也会邀请我们去开家长会，我就收到了我的科学老师的邮件，他叫我在网站上注册一个账户然后申请，不过我没有申请成功。

　　家长会，是好还是坏？

2014 年 10 月 23 日

今天我们又开家长会，大叔是和我们吃完饭之后去的。我也不知道他和多少个老师开过会，我也不知道老师是怎么评价我的。

在家里，我有无数种猜想。也许是很好的评价，也许是一点也不好。不过我可以肯定的是，数学的汇报一定不会差到哪里去。因为数学非常非常的简单，我每次都是满分，而且也做得非常快。体育课我觉得也不会太差，长跑我跑得也不是很慢啊！

大概下午 5 点钟的时候，大叔回来了。听到车库缓慢开启的声音，我鸡皮疙瘩都起来了。总感觉世界末日即将来临。

果然，最糟糕的还是 ESL 课了。不知道为什么，其他科目的作业或者纸只要放进包就不会丢。ESL 课的作业刚做完就从背包里面消失了。

除了这个，我还莫名奇妙地被扣了很多分，奇怪到头了！

我准备用几个文件夹，把 ESL 的作业装进去，我就不信它们还会失踪！

2014 年 10 月 24 日

　　今天的科学作业说难也不难，说不难却非常的难。

　　我们需要在今天一整天，想好 3 个关于科学展览会的方案。明天一定要做好。那些方案还是要有试验性的。想好一个主题，到底要怎么进行试验，这个才是最难的地方。

　　一个个的方案在我脑子里面闪现，可是都被我无情地取消。因为它们全是不能被试验的。突然想到在书上我看到过一个试验。但是它叫什么呢，要用什么材料，我却不知道。

　　我已经想了好久了，可是什么头绪也没有。那么久，我几乎傻坐着。我想了很多很多的东西，没有一个成立。突然，我想到了一个点子，紧接着，和老妈的视频中，老妈也来帮我了。好幸运！

　　啦啦啦啦！

2014 年 10 月 25 日

每周五放学，我都要去国际象棋特长班。

今天是特长班的最后一天，我从容地吃了几口草莓，喝了几口橙汁，还顺便拿了一包薯片。我就坐在我的位置上，等待着挑战的同学。我的总战绩是 3 胜 2 负。有一盘被别人用五步就干掉了，哎。

我等呀等呀，橙汁实在是太好喝了，薯片也太好吃了。可是还是没有一个人来挑战我。终于，有一个老师来了，虽然他是音乐老师，但他说要向我们挑战。

我沉着应战，一开始，我的步调明显比那个老师快。但他注重防守，我的棋子明显攻不进对方的防护墙。我也只能开始防守。那个老师突然发动攻势，一个兵一个马和一个车向我的基地攻过来。但是我的基地坚固得像铁一样，我们正在不停地进行等量交换，但是他吃掉的棋子明显比我的多。

我想到非常好的诱杀方法，用马和兵再加上将军的配合，把对方的兵给干掉了。接着我又用经过深思熟虑的方案，把对方干掉了。

感觉真好啊！

2014 年 10 月 30 日

　　今天体育课上，我们玩了曲棍球。我以前从来没有玩过，只知道曲棍球有一个像镰刀的棍子，和一个球。

　　老师发给我们每个人一根棍子，那根棍子看起来非常奇怪。不过那根棍子是真的像镰刀。曲棍球的球像一个塑料版的柿子饼。我们只需要用棍子去赶球就好了。

　　我拼命地赶着球，脚突然间不听使唤，我就狠狠地摔了一跤。我的屁股和脚都好痛，不过没关系。

　　我发现打曲棍球不能用蛮力，要把力用在曲棍球"曲"的地方。赶着球打，用巧劲，才能让球的速度变快。

2014 年 11 月 8 日

从 ESL 课里，我整理出了一些老师的规则。

1.　不服从规则就会糟糕。老师的规则永远是对的，只要你服从了，你就不可能做错。

2. 做什么事情都要快。速度是第一，要不你在课上完成，要不当作业。反正还有很多知识要讲。

3. 没带？很糟糕。没带书本是最糟糕的，第一次没带还好，很多次没带就糟糕了。

4. 考多少分？没问题。作业更重要。一样作业就有 10 分，考一次试才 20 分。作业显然更重要。

应该还有很多很多，我会整理出来的。

2014 年 11 月 9 日

在我的那么多课里，到底哪节课最好？我总结了很久，总算得出了结论。

第一名：数学课

实在是没有比数学课更好的课了。这里的课程非常的简单，我每次都能很快地做完。顺便再做完老师所谓的"非常难的题"，再打个小盹。没有比那个更美好的事情了。

第二名：体育课

体育课的时间非常好，下午最后一节课。在做完一大堆运动的时候，还能够享受放学的快乐，实在很赞。再说体育课的运动也非常的有趣，各种各样的运动不仅能强身健体，还很好玩。

第三名：工程学课

工程学是我们唯一一个可以拼来拼去的课，我总是喜欢在电路板上创造一些新的电路。不过唯一的缺点是老师太忙了，对我们组不理不睬。

2014 年 11 月 10 日

今天早上 9 点钟，沉浸在美梦中的我被无情地叫醒了。我竟然忘了今天要去狗狗大赛。当然，我们只是去观看。

我们坐了一个多小时的车，终于抵达了比赛的地方。一进去，就看见好多好多狗。有些狗很小，但它们的毛发很长，像一根根钟乳石似的悬挂在狗狗身上。参赛狗狗的毛大多数都很长，有一些狗的毛一圈一圈地扎起来，像一朵朵蝴蝶结。

听说参加这场比赛的狗狗都是某个地区的冠军。在我的眼里它们看起来都是一样的，只是有些狗的体型较大，有些较小。

有很多宠物美容师在比赛的场地上。他们一个个看起来好专业，一喷，一梳，每只宠物都变得漂亮了。

我倒是不知道它们是怎么比赛的，只知道总会有一个冠军。

2014 年 11 月 13 日

我的课程排行榜（2）

第四名：科学课

科学课可是很难的，有很多很多的作业和规则，但是我觉得它不坏，我喜欢科学课，因为在科学课上我们可以做很有趣的试验。还可以跟同学们交流，用英语，多好！

第五名：ESL 阅读

我有三节 ESL 课，其中我觉得这节课是最好的。为什么呢？那是因为在这节课里可以提升英语。阅读课，我们要阅读啊！我们有时候还有一些课本剧表演，有些剧本内容很幽默。

第六名：ESL 写作

ESL 写作主要是训练我们的写作。写作不是很好玩，要非常的认真才行。一堆语法弄得我喘不过气来。因为没有有趣的活动，也不太好玩，我只能把它排在倒数第一。

2014 年 11 月 18 日

　　我有很多很多老师，他们分别教不同的课。现在我要公布我的老师排行榜。对于这个排行榜，我一直很纠结，不过今天我还是决定下来了。

　　第一名：Ms.Clack

　　Ms.Clack 是我的 ESL 老师。你可能会很惊讶，我的 ESL 老师不是会经常变换规则吗？即使那样，我也觉得她挺好的。首先，在有什么节日的时候我们总会有一个 party，那个 party 总是很好玩的。其次，她很擅长帮助我们。只要有学习问题，找她就能解决。

　　第二名：Dr.Ripfel。他是我的科学老师。他看我们的时候总是带着微笑。他的课堂规则非常的严格，有时作业也特别多。不过他总是在帮助我们，关于科学的问题，找他就行。

2014 年 11 月 19 日

今天我要继续的是我的老师排行榜（2）。

第三名：Ms.Ganski。她是我们的数学老师，她和其他老师一样，都非常的和蔼可亲。她非常擅长数学，每天上课前，一道热身题和一个笑话总是必不可少的。有时她非常的严厉，但通常她总是挂着个微笑。她总是很忙，不知道是生病还是怎么的，经常有老师给她代课。

第四名：体育老师（名字不会拼）。在我见过的所有美国老师里面，她是最严厉的。她说一我们就说一，她说二我们就说二。不过在她的课程里面，我们也得到了很好的锻炼。

2014 年 11 月 21 日

今天我老妈从中国飞过来了，她是在我上学的时候到的。

下午，她是坐着大叔的车来接我的。老妈身穿一件蓬松的灰黑色衣服，一路款款微笑着过来了。她的微笑依然那么美丽，从老妈的眼睛里，我能读出兴奋与快乐。

我和老妈回到了家。我发现房间里，多出了几箱"庞然大物"，厨房里也一样。它们是老妈来了的象征，是幸福的开始。晚上，老妈说要给我烧中国菜——笋干骨头汤！这可是久违的美味，是老妈的经典。汤水咕咕冒泡，是欢悦的号角，是美味的象征。我吃了好多好多……

老妈来了，真好。

2014 年 11 月 26 日

今天是 11 月 26 日，是感恩节的前一天。因为明天晚上我们打算要通宵购物，所以把感恩节晚餐放在今晚。

不知道是什么时候准备的，冰箱里突然多了很多东西。数数大概有四五样吧。土豆泥、奶油、樱桃酱……我就纳闷了，这些东西我们平常都不吃，买来也没有什么用啊。另外，我还发现了南瓜派，难道是感恩节？

晚上，下楼一看。客厅的那张桌子上，摆放得井井有条。厨房里传出异样的香味，闻起来就像火鸡。火鸡！我急忙奔下楼去，哇哦！一只烤好的火鸡稳坐在盘子上，酱汁四溢。大叔把酱汁倒了出来，一倒就是大半桶。

终于准备吃饭了，我们各自坐下。各种好吃的漯满了桌子。沙拉、薯条、土豆泥、玉米，各自散发着清香。当然，最为显眼的还是那摆在正中的巨大的火鸡。两只巨大的腿弯曲着，好像是叫我们赶快吃掉它。我还是喜欢薯条和玉米，于是抓了便吃。我们一块儿分享着食物，顺便还聊了些事情，不胜喜悦。

2014 年 11 月 28 日

昨天是感恩节，而今天是黑色星期五。这两天是购物的旺季，是美国人最疯狂的购物时光。

昨天晚上，沃尔玛的队伍很长很长。从收银台到后排货架，弯弯曲曲的像一条长龙，少说也有 20 米长。奥特莱斯商店门口的队伍也非常的长，简直是人山人海。

购物店大多都已经开始大甩卖，打着清仓的牌号，扛着 off 的旗帜。轰轰烈烈地向我们的钱包冲来。有的打五折，有的特价。有些店为了卖东西，迫不得已特价之后还打折。有些店，不顾成本，搜肠刮肚地招揽客人。特价打完折之后还送赠品。可有些店，大品牌，一点折扣都不打，可还有那么多人买。

今天和昨天，老妈去超市买了好多东西。大包小包超大包，终于全部买完了。

2014 年 12 月 1 日

今天早上，明明有万千睡意，辗转反侧，却迟迟不能睡着。因为今天老妈要坐飞机回中国了。

紧抱着被子，缓闭眼睛。眼前是一片黑暗，也是淡淡清亮的忧伤。尝试着删除脑中所想，但是弹窗又一个个蹦出。不胜伤感，昏昏沉睡去，又猛然惊醒。

在车上，哈欠一个个涌来。一个接着一个，从我的嘴巴里面接踵而出。不知道它们跳出来干什么呢，像一个个小精灵，瞬间就隐身在空气里面了。它们总是在观看，观看我们的生活。它们什么都知道，我也瞒不住它们，只好一一道来。

在机场，最后挥一挥手。是神销魂散地拥抱，月饥饿覆盖了伤感。我已拜托，我的小精灵们去打听消息，保护我的老妈。

2014 年 12 月 4 日

　　从星期一开始，信息课正式加入了我的课表。

　　这个学校没有计算机房，所以我们的所有电子设施都是自带的。电脑，耳机……而且信息课的老师其实不是教信息的，而是教数学的。所以，他一点都不想讲，只是把讲课权交给了视频。老师坐着看他自己的电脑，我们边看视频边忙活，也就只能这样了。

　　视频上教我们做的是 sketchup，是一种设计建筑物的软件。它看着很好玩，其实不然，有些时候很烦人。视频上指挥员做的，行云流水，瞬间就出来一栋高楼大厦。我们模仿画风，结果只做出来一只蜥蜴。不过要是你真的认真去做，也是可以做出一座大房子的。

2014 年 12 月 7 日

我想每个人都应该有一门自认为最难的科目，我自然也有。现在我要把我的最难科目排行榜给一一列出。

第一名：科学课。科学课的英语专业术语，有些词很难懂。而且我们的科学课，不是按照 ESL 的课程标准，而是按照美国六年级学生的标准。同学做什么题，我就得做什么题，整整一页文章。

第二名：ESL 听力。我把这节课放到第二名不是因为它的难度高，而是因为老师比较健忘。重要的事情，老师第一天说了，第二天就彻彻底底地忘记了，即使有人提醒她，她也不会记起来。但是那些零碎琐事她记得最牢，不连贯的课堂把这节课的名次提升了。

2014 年 12 月 8 日

我的最难科目排行榜（2）

第三名：ESL 阅读。ESL 课通常都是很麻烦的。老师的规矩是特别严格的，一不小心就落进了老师秘制的圈套。更何况老师还是一个考试狂人，每一个课时，甚至只是记几个单词，都会有一个考试。有时候我们还没有准备，就慌张地拿起笔，迅速进行答题。那是非常胆战心惊的感觉。

第四名：ESL 写作。这节课的老师和 ESL 阅读的老师是一样的。所以它们的难度不相上下。之所以这节课稍微比上一节课简单，是因为我们把大部分的时间都花在了活动上，而不是考试。但是活动也不比考试简单多少，只是相对来说我没有那么多压力而已。

2014 年 12 月 9 日

我的最难科目排行榜（3）

第五名：信息课。第五名、第六名和第七名的名次非常难选择。因为它们都是比较简单的课。我觉得信息课稍微更有一点技术含量，所以就把它放在了第五名。信息课我们主要做的是 sketchup，是一种创造建筑的软件。我们需要用各种线条和形状，去建造一个自认为完美的建筑物。

第六名：数学课。数学课是我最擅长的科目，特别是美国的数学课。非常非常的简单。我拿起笔，笔下生风，写下串串符号与数字。老师说的，我都会做。我一般都是在课上把作业完成。完成之后，再打个小盹也无妨。

最简单的科目：体育课。体育课被冠名于最简单的科目是因为它不太用脑。只需要玩，有些时候会做些运动，但那也难不倒我。

2014 年 12 月 17 日

今天是期末考试的第一天，考数学和科学。期末考试一共有 4 天，一天考两门课。经过一段时间的复习，我胸有成竹。

科学课的考试不是很多，只有四页。里面也没有很多题目，全部加起来 50 道左右，最后面还有一道简单的送分题。老师发下试卷之后，我们就飞快地动起笔来。我看着每一道题，它们看上去都很简单，但又深藏不露，总有一个很难的单词断后。有些题目因为老师的小疏忽而显得不合逻辑，但是我们还是把题目给改正了。这里的考试很严谨，只听到笔声唰唰和老师的声音，也没有人抄袭。我拼命地做，终于用 45 分钟把它做完了。

数学考试格外简单，我非常非常慢地去做，竟然在 15 分钟之内就做好了。

今天的考试很顺利，可是明天还要继续。

2014 年 12 月 18 日

今天是期末考试的第二天，还剩下两天。考完之后，我们迎来的是美好的寒假。今天考的科目是 ESL 阅读和电脑。总体来说也不是很难。

ESL 阅读：ESL 阅读的考试与以前的第一单元测试大同小异。阅读＋写作＋单词配对，都是老一套了。老师说要上交所有的手机，考试考完才能收回，还好我没带手机。单词配对的题目简直是太多了，一个个字母和解释在我眼前飘来飘去的。选择题倒也还好，我也都做得出来。做完试卷后要干什么才是主要问题。看书吧，一个多小时，书都看完了，更何况那本书我在昨天也看了一遍。玩电脑吧，会被没收。别无选择，我只能看书。

电脑：电脑考试其实很简单，只要用 sketchup 做一个房子就好了。我看见同学们造的都是小别墅，我造了一个大的！我觉得我的看上去真的挺好的。做完后，我们又一起看了电影，真是热闹非常。

2014 年 12 月 19 日

今天是期末考试的第三天，也就是说，明天是最后一天上学。今天考的是 ESL 写作和 ESL 听力。

ESL 写作：ESL 写作也算是一门麻烦的学科了。它的考试可谓是"耗时久，特麻烦"的。看上去小小的，4 页的题目里，包含了众多的语法和两篇作文。记住，要写这作文还没有那么简单，我们还需要先写预告，再写文章构造，才能开始写作文。我花了半小时去做语法题，又花了整整一个小时去写作文。其他的科目我只用 50 分钟，这个科目让我用了 1.5 个小时。

ESL 听力：ESL 听力的考试分成两个不同的部分，听和说。我们听一段录音，然后根据录音的信息选择答案，这是听的考试。我们看一些图片然后说出图片里包含的内容，这是说的考试。这些考试不是特别的难，也只是一般般而已。

2014 年 12 月 26 日

昨天，是圣诞节。是千万人期待的节日，等待圣诞老人从烟囱里掉下，等待一个个礼物出现。

大叔忙得很，把圣诞树给组装好。东边一枝条，西边一枝条，底下还有个底座，忙得不亦乐乎。不只这样，还有灯和挂饰。彩灯像个绳子，绕着树围了一圈又一圈。挂饰垂在枝条上，与树依依相偎。

狗狗好像也闻到了圣诞节的喜气，向圣诞树冲去，把一个个挂饰当作骨头乱咬。或到处撒尿，或逃跑，我们一个个急得手忙脚乱，它们却玩得不亦乐乎。

我们的邻居们都已经做好了圣诞节的准备，房檐上，灌木旁，大门中间，到处都有圣诞的踪迹。只有我们家显得有点寒酸，只有一个灌木上挂满了灯。

晚上，圣诞老人好像来过。轻轻地打开门，从壁炉前走过。是小偷？是大叔？还是神祕的圣诞老人？没有人知道……

礼物也做好了献身的准备，一个个蹲在圣诞树旁。大人，小孩，跑到它们前面玩耍的时候，才是圣诞的意义。

2014 年 12 月 30 日

风，冷冷地扑过我的脸。在我耳边，轻轻地告诉我，寒假已经过去一半多了。　过了，也过了罢。在这寒冷的季节里，也不知道做些什么。总想着要出门吧，一打开门，一阵阵风的怒吼，把我弄得皮冻骨头酥。动不得，站在那里像一块大石头。还是赶紧回家躲进被窝看书啦！

圣诞节，老是想着要下雪，堆雪人，打雪仗，可盼到的只是飕飕的风，昼夜不停地吹响它的号角。你看，把出门的人们，都刮回家里了。光秃秃的地上，连树叶也没了影，只有一座座的小堡垒立在山丘上。

风，能不能给我们带来雪花？

2015 年 1 月 13 日

我们 ESL 课的老师 Ms. Clark 去参加培训了，要一个星期不来上课。

Ms. Clark 请的代课老师是一个博士，她学过很多东西，很多种语言。她曾经教过大学、高中还有小学。我个人认为，从哪个方面看，她都比 Ms. Clark 强。

因为她是代课老师，她的上课程序和 Ms. Clark 一模一样，只不过没有 Ms. Clark 严格。Ms. Clark 是非常严格的人，说一不二。她说什么我们就做什么。她收的作业，从来都是到期了就收，过期了就不管。这个老师还不是非常严格的，老师总是同意我们的理由，她从不说：nope，too bad。她总是笑眯眯地看着我们，总是帮助我们解决问题……

明天我们又要重新见到 Ms. Clark 了，我觉得又期待，又沮丧。

2015 年 1 月 16 日

今天的体育课，我们玩了 Capture the flag。好像叫什么夺旗赛，我们的目标是到对方区域去拿来旗帜之后成功逃脱。不过如果你在对手区域被抓到的话，那你就要被送去对手的监狱。干等着队员来解救你。

游戏开始了，对方的阵容包含了很多肌肉发达的同学。再看我们这边，明显逊色得多。果然，我们一堆人都挤在一边，完全没有人专注防守和进攻。我们的人一个个进了对方的监狱，就再也救不出来了。而对方的人进去了，下一秒钟就被救出来了。我想去进攻，但是没有用啊，我单枪匹马冲也冲不进去。结果对方发动了攻击，我们就输了一局。

第二局，我们有了几个好队员，但是在对方的强烈攻势下，还是输了。

夺旗战，真难啊！

2015 年 1 月 21 日

科学课从来都不是很难，最难的是 Science fair。

Science fair 就是一个比赛，先是学校选拔，然后是 county 选拔。我是第一次参加那个比赛，所以我知道的也不是很多。但是我知道的是，我们要做一个试验，什么样子的试验都行，只要那个试验是可以被测试的。老师的要求很严格，但是达到的话其实也很简单。

我的试验特别的简单，但是也特别难做表格。我的试验主要是观察，但是如果要做成表格的话就非常的难了，而且我的试验非常耗时间，需要上上下下一个月。为了确保我的试验结果正确，我还需要做很多很多次。

慢慢期待我的试验结果吧！

2015 年 2 月 12 日

　　我有一门课叫作表演课，是 Yibo 最不喜欢的课。因为我们是低年级，所以会简单一些。

　　我们的表演课总是以名字与想法作为开头。名字与想法，顾名思义，我们要表演出自己的想法并且说出自己的名字。刚开始，那个活动是非常好玩的，我们的花样百出。可是之后，我们的点子顿时化为零。于是，那个活动顿时又变得无聊了。

　　以前，老师总是会介绍给我们各种游戏。可是今天就不同了，老师给了我们两张练习卷子去做。一张是关于美术表演的，另一张是关于历史名人的。就像莎士比亚和其他历史名人。完成后老师还与我们对答案，真是有点无聊。

2015 年 2 月 28 日

  这个星期，一个新的教务主任上任了。

  她刚刚上任的时候，每个人都喜欢她，都说她 nice。但是，第二天，我们对她的印象就全变了。她实在是过分管理了，以前的教务主任不管的，现在她全都管上了，还管得比原来的更严。

  她神出鬼没，能从门外边悄悄凑近。有时能把与老师说悄悄话的我们揪出来。以前的教务主任不好，但现在的更不好。什么都管，甚至连你穿的鞋子和袜子都得管。我有一个同学说了：她不是总统，连总统也没有权力管我们的私人着装，为什么她偏偏要管，还给我们个处分！

  我和同学们现在真想以前的教务主任回来啊，可惜估计不行。

2015 年 3 月 6 日

今天下午的最后一节课是体育课，因为体育场不能用，所以我们今天在足球场上自由活动。

我找到我的好朋友 Wesley，他是一个非常聪明的人，所以他总是有非常多的点子。我和他说："让我们玩游戏王吧！"他摇了摇头，很显然，他不知道游戏王是什么。他突然有了一个点子："让我们玩神奇宝贝吧！"我欣然同意。我们玩了几局，不分上下。突然，他又有了一个点子："让我们玩'我的世界'版本的吧！和神奇宝贝差不多，但又不一样！"我们的脑子突然就活跃了起来，点子一个个从我们的脑子里蹦出。

我们终于开始玩了，第一局，我派出小型僵尸，可是他的新手玩家更胜一筹。他赢了一局之后，我越来越难赢了，因为新手玩家进化成了超级玩家，能力超级高，我的低级怪物不能接近他。第二局，我特别想要一只烈焰人，所以我就派出了烈焰人，可还是不行，他可是雪傀儡啊！

我们就这样子玩了整一节课，真有意思啊！

2015 年 5 月 13 日

这几天学校天天考试。而且考的不是一般的试，是 ERB test。ERB test 里面全部都是选择题，也挺简单的。只不过题多，时间少。

ERB test 有好多好多的项目，有数学、单词、语法、理解能力、写作、阅读……我们一天考两门，大概一个星期就考完了。一门考试大概是 40 分钟，虽然题多，但是我们还是提前完成了。

我现在一共考了 4 门科目，它们一点都不难，并且都是选择题，特别简单。这个考试好像有一点正规，但是又不算成绩，真奇怪。我们考试的时候，老师给我们一张答案纸和试卷。我们不能写在试卷上，只能用铅笔填在答案纸上。有些时候，把一大堆翻来翻去也是很烦人的。

真希望我能考好，ugh！

2015 年 6 月 9 日

　　Ayeeeeeeeeeeeee！我终于从美国回来了。这感觉真是好。美国其实也不错，但是中国更好，有一股家乡的味道。

　　从美国回来，很多东西都变了。红绿灯变了，路变了，家里也有点变化。老爸的古董到处都是，三楼放不下就放到四楼来了。篮子和其他东西放了整整半个大厅。我的房间几乎没有什么变化，只是更干净了，书架也变得更整齐了。我的东西都在，只不过我找不到一些陀螺了，反正也没有关系。

　　今天我们去了外婆家。外婆烧的东西果然是最好吃的，我好久没有吃过中国菜了。吃着外婆烧的菜，真是一种享受。外婆家的东西几乎没有变化，只不过小可乐多了一些玩具。小可乐现在能讲话了，讲得挺好听的。

　　我现在还是这么瘦，跟以前没有什么两样。我想我应该会长胖一点吧。

第 **2** 章

美国圣地亚哥求学

2016 年 8 月 10 日

出发之前

早上 7 点，起床。窗帘忘记拉，睡不着。一脚踢开被子，我开始接着看书。《哈利波特》这本书实在是太厚了，以至于我昨天看了好久没看完。拿起书，我顿时变得精神了，今天是什么日子也忘了。

早上 8 点，吃早饭。早饭摆在面前，尽管肚里空空，却不想吃。心里只想着看书，被老妈强硬地塞了三个鸡蛋之后，我便匆匆上楼了。沉浸在书的海洋里，甚至忘记了今天要出发去美国。我安稳地看了一个多小时，接下来就被匆匆来看望我的人们给"打扰"了。

早上 9 点多，爷爷、姑姑还有表弟小孟来了。我连忙从书中把自己拔出来，略显尴尬地和他们聊天。在我的印象里，我们只是匆匆聊了一会儿，我就急急忙忙地跑回去看书了。啊，现在感觉真后悔，为什么没有陪爷爷多说几句话呢。

10 点多，书看完了，接下来就是最后的一些零碎的检查工作。我把一切电子设备放进包里，拉好所有的拉链，每拉一根，心里就舒坦了一倍，仿佛我已经踏在美国的土地上一般舒服。当然，要真的站在美国，还要很久很久……

　　拿起手机，看看 QQ，有好多好多的同学在我 QQ 上留言。我颤抖着回完了一条又一条，啊，你们真好。

　　狼吞虎咽地饱餐了一顿前所未有的美味午饭，我们从容地做最后的告别工作。拍张照，多抱抱，整个身体浸满了离别的进展与亲情的温暖。我抱着老妈，真是温暖的一抱啊，好像以后都没有机会再抱了似的。母子之间最后的一瞥，那一秒，仿佛持续了永久。

　　出发！浦东机场，我和老爸来啦！

2016 年 8 月 12 日

初来乍到

今天早上早早地起来，去爬了会儿山。紧紧地抓着老爸上山，又紧紧地抓着老爸下山。爬过山，我们便出发去 Kathy 的家。

Kathy 的家是我接下来住的美国的家，她家不在圣地亚哥市中心内，但也挺近。她和她的儿子 Kai 还有大狗 Cody 住在一起。他们的房子不小，有好多房间。我的房间有好多张床，这些床是给来这里做客的人睡的。我的隔壁是 Kai 的房间，再过去一些就是 Kathy 的。Kathy 很和蔼，她胖胖的，最近在减肥。Kai 很聪明，在科学和手工方面十分的厉害，他很热情地招待我，只是现在生病了，躺在床上。Cody 超级聪明，听说还是一只导盲犬。在这个家庭里，满满的都是幸福的气息。

老爸听不懂英文，所以一切都得我来帮忙。老爸想干什么，我都得跟着，不然老爸一个字儿也听不懂。有些时候我有些词不会翻译，那时候就尴尬了。

圣地亚哥是个非常美的城市，有博物馆，有会展中心，有各具特色的房屋，还有据说是全美国最好的动物园。行走在圣地亚哥的街道上，远远地看去是海，星星点点的有帆船在飘，整个城市宛如碧波之上，高大的棕桐点缀着五颜六色的房屋，是那么的强壮。整个城市至上而下浑然一体，由高到低均匀分布，都沐浴着加州温暖的阳光。多云看看，也是好的。

晚餐是 Kathy 做的，做的是 Kai 最爱的 BBQ 蜂蜜烤翅，还真的是很香。饭的颜色，还有蔬菜，红的绿的点缀。简单，而又不失漂亮。令人食欲大开，我把鸡翅都吃了，真好吃。

来的第一天，过得挺滋润的，真好。

2016 年 8 月 28 日

圣地亚哥小记

　　我来圣地亚哥也有几个星期了，在这里很好，每天放松地生活，呼吸着温暖的空气，整个人都会陷进去。

　　我也在旧金山待过不久，虽然都是海岸城市，但整个的氛围全然不同。可能是圣地亚哥的阳光更加强烈，也许是旧金山的空气更陈旧，圣地亚哥的人更加潇洒，更加活脱，也更加懒。

　　如果说旧金山是忙碌的工业城市的话，圣地亚哥就是慵懒的花园。走到哪里都能看见阳光、绿树、和谐的人们，沿着社区走一圈，能看见颤颤巍巍却精神焕发的老人，还有上蹿下跳一刻停不住的小孩。每个停车场都有专门为一些残疾人和老人准备的停车位。在旧金山基本看不到有人停，而在这里都停得满满的。

　　生活在这里的人们都是慢节奏的，每天悠闲地起床，躺在沙发上看电视，小孩的作业很少，暑期只要看书。这里像是懒人的天堂，阳光的地带。

2016 年 9 月 1 日

拉斯维加斯之行 1

5 个小时的车程，不坏，沿途的风景，也是独峙的。我们中途路过死谷，还真的是死谷，四周没有树，没有水，只有枯黑的树枝，和光秃秃的山崖。

死谷过去不久，就是拉斯维加斯。拉斯维加斯虽然没有中国的上海、北京那么繁华，但是开进去，就有土豪的气息。天上挂着赌场的广告，四周满满的都是金光闪闪的玻璃大厦，无处不透露拉斯维加斯的气派。对比旧金山，拉斯维加斯的建筑物更加豪气，建筑方式更加普及，有创新的屋子，也有老式的城堡。怎么说呢，拉斯维加斯更像一个旅游城市。

我们住的宾馆，也是金碧辉煌的。听说这个宾馆有世界上最大的天然金块，所以这个宾馆就叫作金块宾馆。Kai 每年都来这里，因为他觉得这里有世界上最好的水池。这里的水池，旁边有一个大鱼池，里面有各种各样的食肉鱼。鱼池里有一根管道，我们可以从那里面滑下去。

从管道里滑下去，水浪拍打着我的身体，速度充斥着我的脑子。忽然眼前一片湛蓝，面前游过一只大鱼，我看着它的眼睛，世界都变慢了，然后又在那么一秒钟，我整个人飞出了管道，落在水里，爆出一个巨大的水花。

　　游泳完，我们去玩游戏机，Kai 一头撞上了一个游戏机，结果赢了一个奖品，卡在机子里掉不下来。现在他正在那里猴急呢。

　　拉斯维加斯，真是神奇的地方。

2016 年 9 月 2 日

拉斯维加斯之行 2

我们舒舒服服地睡到 8 点半，舒舒服服地起来，舒舒服服地坐在沙发上吃早饭，整个早上都是舒舒服服的。

这里的宾馆质量很好，房间很大，很舒服，可以让四个小孩同时睡在地上。酒店一楼就是赌场，虽然小孩不能进入，但是我也饱了眼福。

赌场里，人来人往，却是无比的平静。没有气急败坏的输家，也没有欢呼雀跃的赢家，每个人都稳稳当当地坐在自己的座位上，微笑着跷着二郎腿，悠闲地喝着小酒，非常惬意。不知是什么使他们如此心平气和地对待成功与失败，难道是美国的本土文化？还是这里的温和的气候？我觉得，这里的赌场不叫赌场，而叫游乐场，只是小孩不能进入罢了。看着他们惬意地打着老 K，转着老虎机，我也很惬意。一想到生活在这里，脚步就不住地放慢了。

晚上我们去了一个亚洲铁板烧饭店，听说在那里吃饭比较贵，但是味道很好，想想也对，人工费肯定很贵，毕竟这里是赌场，富人去的地方。我们按序入座，一个师傅，标准的厨师装，高挑的厨师帽，一看就是经验丰富的厨师。他随手抄起两把刀，扔到空中，旋转一圈之后在背后接住了它们，他在铁板上抹了一层油，然后用打火机一点，一瞬间燃起熊熊大火，照耀着我们的脸，于是就开始了火与铁板的较量。

他把一个洋葱叠成火山，然后倒入油，再一点，洋葱里，冲出一阵火热的能量，喷得如此之高，然后化成烟雾，渐渐散去，飘到我的鼻孔里面，不只是洋葱的味道，而有一种温热的清香，火焰散去，切开洋葱，里面没有焦黑的印记，还是原来一样的洁白、香甜。他炒菜的速度飞快，只看见两刀银光在铁板上跳动，菜就上下翻腾，最后跳到自己的碗里。

拉斯维加斯的第二晚，还是一样的舒服。

2016 年 9 月 3 日

拉斯维加斯之行 3

3 天的拉斯维加斯之行终于要结束了，一想到要坐 5 个小时的车，我就头大。

驱车行驶在拉斯维加斯的街道上，很漂亮，很繁华，但是和圣地亚哥又完全不一样。圣地亚哥频繁地震，所以房屋都是矮矮低低的，而这里的房屋高低错落有致，给人平和，也给人一种威慑力。圣地亚哥的美，美在它靠海，而拉斯维加斯的美，却有着全世界各种元素的融合。这里有举世闻名的埃菲尔铁塔，只不过是假的。这里有世界著名的自由女神像，只不过也是假的。还有海盗船、金字塔、狮身人面像，只不过全部都是假的。俗话说，拉斯维加斯，一半都是假。那这么多假的东西，为什么还有这么多人来看呢？

我看了看，这些假的东西假是假，却给人一种敬畏的感觉，它大，且新，更接近现代人的审美观。这是融合来自五湖四海人们的赌城，看见自己家乡标志的建筑物，会让人有亲切感，且有自豪感。人来人往的人们在街上走着，给拉斯维加斯增添了很多生机。

拉斯维加斯，再见。

2016 年 9 月 7 日

开学第一天

我的学校是 Warren-Walker School。这里的开学第一天，就是一个小小的开学典礼。这里人不多，没有大排场，但唯一的好处就是不用晒太阳。

几百个人挤进一个房间里，一半的人坐在座位上，一半的人站着。我当然是站着的那一半人，因为我差点迟到。校长的开学典礼致辞很简单，就是要怎么怎么的，和中国的差不多。

这里的开学第一天，上半天课，也不能说是上课，每节课五分钟，拿本书，见见老师就好了。我们就像看戏一样看着每个老师叽里呱啦叽里呱啦地讲着话，时不时地笑一笑，感觉"亚历山大"。不过唯一我不担心的就是数学，因为中国老师教得太好了，尽管我分在难度系数最高的班，我全部都会。老师们大多都挂着个笑脸，毕竟是开学第一天，同学都很和善。

本以为美国的老师行动麻利，结果我们又开了一次会议，结果前面的老师一直讲一直讲，一个讲完另一个继续讲，都讲的是下周的野营。一个个老师的车轮战，我们无聊地听着，直到放学。

开学第一天，感觉怪怪的，但是下午不上课，还是舒服的。

2016 年 9 月 8 日

学校生活

在学校，真的没有什么可说的，只是比在中国简单得多，但是也平淡得多。没有分数的比较，没有加急的作业，很平淡，没有大事。

正是因为如此的平静，才很新奇。中午有个火灾演练，我们走得很快，中途居然没人讲话，也没人打闹，真是稀奇。一个挨一个整齐地走着，很有秩序。我觉得老师不看着，我们也会很整齐。在中国，即使有老师看着，也是吵吵闹闹，真是奇怪。我想了想，得出以下一些猜想。

1. 人少，十几个人一个班，好几个老师一起盯着，动一动都害怕。随时可以罚作业，还有很多神秘的惩罚。

2. 很严肃，老师的表情都是僵硬的，我们也是僵硬的，没话说，也怪无聊。

3. 刚开学，同学互相都不认识，都想给别人留下好印象，也给老师留下好印象。陌生的同学，话自然少。

4. 学生会竞选，虽然竞选还远远没到，但是有人已经开始行动了，我倒没开始，有什么职位都不知道。要拉票，先听话。

也许还有很多理由，我不知道，只是跟着队伍走就对了，也别说话，安静点就好。

2016 年 9 月 9 日

美国的课堂

虽说昨天已经去过很多教室，见了很多老师，但是今天我还是一样的路痴，找人找不到，找教室又迷路，还真是有些犯难。

第一节课，科学，本以为会很难，老师叽叽呱呱地讲一堆东西，纸发下来，原来简单得很，就是一些浮力大小问题，我们还要做实验，要写实验记录，我觉得未免多此一举，这么简单的问题，想一想就好了，还要做实验？不过难题要做实验，还是比较麻烦的。在中国，这种实验是不会做的，我也不描述了。

第二节课，西班牙语。一进去就是陌生的语言。一点也听不懂啊！

大课间，虽然只有几分钟，但是他们有牛奶发，这倒少见，反正不喝白不喝。

第三节课，数学课，就像我说的，简单得很，只是有些地方计算很麻烦，我倒也不太管，记住那些数学名字就好了。

第四节课，乐队课，就是音乐课嘛，我们现在还没有学到乐器，在学音符，我有点忘了，什么时候找老妈补习补习。

午自习，只有 20 分钟，但作业太少，肚子太饿，做完之后太无聊，又不能说话。

终于吃饭了，也就只有几分钟而已，能吃饱就好了。

接下来是历史，讲的是美国历史，这我却一窍不通。不知道总统，不知道影星，我现在唯一记住的，就只有林肯和奥巴马。还好其他人也一窍不通，我还是站得住脚的，老师给我们一些名字，都是对美国历史有影响的，那么多人，我倒是认识一个，培根，好像是个作家。老师让我们猜他干了什么，我猜得很偏，把影星猜成了总统。

第六节课，英语课，他们在学写作，我还好能把中国的语文知识用到这里来，但是我作文不好，也只能凑合着听听。老师让我们记笔记，她竟然说我的字很好看，我不敢相信，她肯定是看成了打印的字。

第七节课，体育，没干什么，分了个组，做了火灾演练，就没了。一天就结束了。回家。

2016 年 9 月 16 日

野营第一天

乘船，吹着海风，拎着大包小包，坐在船头探望。拨开淡淡的海雾，眼前是一个开阔的港湾，再大些，Catalina 岛。

我们被分成几个小组，我的小组叫猎鹰，也许是最霸气的名字，因为另外一个小组叫松鼠。我们小组聚集在一起，互相认识。这也挺好，毕竟我几乎一个人都不认识。我们小组有 Randy，听说是学霸，支持特朗普；有 Niko，老爸是电脑大师，所以他也是；还有 Rafa，从西班牙来的，西班牙语课全部 A+，真让人羡慕。还有其他人，我们都堆在一起说说笑笑。

整理好宿舍，我们要在大海里浮潜，以前从来都没有浮潜过，看起来很新鲜。套上装备，穿上脚蹼，走起路来跌跌撞撞，还真像一只鸭子。加利福尼亚的海水是冰冷的，海浪不断地向我们拍来，强劲的海流充满了我的身体，手脚也变得僵硬。

在水下，呼吸变得均匀，眼睛渐渐适应水下的光线。海草和太阳在水下摇曳，安静的沙丘隐藏着风险。一条橙色的小鱼突然闯进我的视线，在水草中四处冲窜，活泼而可爱。平静的沙子突然动了起来，一条吉他鱼在沙子间颤动，弄起一个小小沙尘暴。一块石头不知什么时候动了起来，往前一看，是一条章鱼，悠闲地晃动着触手，前面飞奔而来一群银色的小鱼，围绕着我们游玩，银色的鳞片闪着当当的银光。也许这就是大海银光闪闪的原因。同学一个跟头潜下去，鱼全不见了，剩下的只有一块石头，一堆海草，还有静静的沙丘。

2016 年 9 月 17 日

野营第二天

早上起来，宿舍里像一窝蜂，美国宿舍的环境也不咋的，灯都亮不起来，窗户也打不开。黑乎乎的一坨一坨，这就是宿舍。

早饭还不错，如果没记错，是华夫饼和果酱。这个比中国铁一样硬的馒头好吃多了，但是还是感觉中国的好，豆浆馒头往前一摆，至少气氛不一样。

我们穿好浮潜的装备，架起小舟，前往一个鱼群活跃的地带。我们两个人一组，滑起桨，小船有序地在水面上滑行，忽左忽右。船十分的不稳定，一个稍微大点的浪花，就能把我们的小船掀翻。Niko 在我的后面，战战兢兢地抓着桨，在离障碍物 50 米开外就开始大喊转弯。我觉得他的胆子比我的还小，但我们毕竟都是一条小船上的。在一处地方，浪平了，我终于松了一口气，往下一看，湛蓝的海在我们的小船下徜徉。水出乎意料的清澈，海底斑驳不平，看不见鱼，但生长着密密麻麻的海草。几根海草浮上了水面，也许是因为底下太挤了。Niko 让我赶快划，于是我一开动桨，整个海草群骚动了起来，成千上万的蓝色小鱼俯冲而出，遮蔽了海草，遮蔽了海底的一切。它们是这么的耀眼，仿佛它们就是海，在我们的脚底下流动，海浪又高了起来。过了一会儿，又是风平浪静，我往下一看，只有一条红色的小鱼，悠闲自在地遨游。

2016 年 9 月 18 日

野营第三天

　　野营第三天，是离开营地的一天，告别了舒适的宿舍，来到了一个新的营地，进行真正的野营。

　　行走在美国旅行者的路上，享受着 Catalina 岛自然的风情。虽说加利福尼亚的地方大多长得都差不多，都是干旱的海边沙漠，但是这个地方毕竟是岛，和其他地方又有所不同。泥土小路在山腰上蜿蜒徘徊，一圈又一圈，几乎没有尽头。沿着小路，有一丛丛的旱地植物，它们小小的，矮矮的围成一团，在微风中颤抖。它们共享着沙漠中稀有的一点点水源，找出自己生存的法则。山上几乎没有活着的树，只有仙人掌，仙人掌都是干枯的。山下却是海，碧蓝碧蓝的海。一个个小小的海湾，驻扎着一群群的旅行者，一阵阵的海波，拍打着海边的礁石。这是海边，有海风，有鱼腥，有咸味，这却是沙漠，一望无际的枯黄的沙漠。上面是干旱的，底下却是水，大自然的玩笑，开得有点大。

　　我们不久到了营地，一大块地方，仿佛就是我们的。我们隔壁有两对旅行者，被我们的大阵势吓坏了，仿佛一大群人的到来破坏了海边的和谐与宁静。

这个营地没有锅，也没有土灶，不过有美国本土的东西，烧烤台。吹着海风，优雅地避开上升的烟雾，熟练地翻转着铁架子上的肉饼，嘴里美滋滋的，心里美滋滋的。

2016 年 9 月 19 日

野营第四天

半夜冷风习习，把我从被窝里吹醒。揉揉眼，月亮挂在当空。已经有些圆了，但还差一点，未免有些遗憾。

看着星星，看着月亮，它们一动不动，在寒冷的夜空下闪耀，不免有些单调。四周是熟睡的兄弟，睡觉的样子实在是不敢恭维，也不想看。周围没有墙，没有天花板，也没有明亮的灯光，只有一个小小的睡袋。风可以直接吹进我的身体，我不禁缩紧了身子。风小了，外面的世界更加清晰了，不知从哪里传来一声鸟叫，又有一群匆匆忙忙的狐狸的身影，仿佛还有野牛的噪鸣。在野外的夜晚，没有东西保护，是极其不习惯的，我想着想着，又睡着了。

天亮了，我又醒了一次，半夜好像下了雨。八百年不下雨的地方，竟然这时候下雨，这是老天对这个热带沙漠的恩泽，但不幸的是，我们的睡袋都被淋湿了。水汽与热气一混合，睡袋里像个蒸锅，又被白天的冷风一吹，睡袋里就像个冰袋。我连忙钻出睡袋，发现包也湿了，还好没有什么东西在那里。尿急，营地没有厕所，不过附近有几间移动公共厕所。我钻进去，突然听见外面有东西大叫一声。我以为是同学，也不理他，结果钻出去一看，外面有一头野牛，在棕榈树上蹭痒。我吓了一跳，连忙踮着脚尖避开那头黑色的野牛。回去的路上碰上教官，告诉了他，他笑了笑，说："别怕，很正常，他们不咬人！"

真是一头好牛，呵呵！

2016 年 9 月 20 日

野营第五天

　　野营的最后一天，当然要隆重点。既然是野营，没有电，篝火自然就是不二的选择。准备好木头，准备好草，一点火，温暖的篝火就冉冉升起了。

　　我们几个一排，一起坐在篝火边。火焰烧得太旺了，在舞爪，在咆哮，在怒吼。风壮火胆，浓烟冲向我们的脸，火星四处飞溅，时不时地有些小小的爆炸声，都充满了热量。热量太多，也不是什么好事。我的小腿仿佛要烧着，头发几乎在燃烧，浓烟充满了我的眼睛。我不敢动，面前是飞舞的火星，一不留神就怕把自己烫着。

　　我们等了一会儿，火焰小下去了，热量也少了一些，转变成为温暖了。这时候才温馨，温暖的热量驱赶走了风，远远地只有我们的声音，世界都安静下来了。老师开始唱歌，我虽然不会唱，但也模模糊糊地跟着唱。我们的歌声悠扬地穿过田野，穿过马路，穿过海洋，散发到全世界去了。我们不停地唱，火焰发出了一道道爆响，为我们打着节拍。唱完了，我们一人拿着一串棉花糖，围着篝火烤。面前的棉花糖，带着淡淡的清香，在充满歌声的火焰里熔化。夹着巧克力塞进嘴里，嘴甜甜的，心也甜甜的。

2016 年 9 月 22 日

竞选风波 1

　　这几天，我们在竞选学生会。准确地说，今天报名，下周演讲，不等人的。其实竞选几个星期前就开始了，待我慢慢道来。

　　学期刚开始，好友 Randy 就开始给自己拉票了。他以前也参加过竞选，结果惨败。这一次他决定早点拉票，早点胜利。很可惜，他在学校本来就不怎么受欢迎，又因为他美国大选给特朗普投票，被希拉里的支持者一说，票数更少了。我的好友，Davy，本来是竞选副主席，一看 Randy 气数不对，趁虚而入。用一句特殊的口号，人气大增。如果就这么两个人竞选，那就没意思了。又有两个女生也想来试试看，本来女生就多于男生，现在 Randy 的日子就更难过了。而我是后来才加入的，他们都还不知道我要竞选。

　　今天我们张贴了竞选海报，自己做的，丑丑的。每个人的都差不多，不过有些人的精美一点。从海报上看去，我个人看好 Davy 的海报，抓住了一个热点词汇，人气暴增，还有那只大猩猩。Lily 的太奇怪了，看不懂。我发现我的海报，没有我自己的照片，他们也不知道我。我觉得我也只有在自己衣服上贴张贴纸，写上 Linmo，才能得到票。

2016 年 9 月 23 日

竞选风波 2

　　昨天的只是前奏，今天的才是正题。几乎每一个人都已经把自己的海报给贴上去了，明天应该就是风暴的开始。

　　今天早上我贴上了海报，同学看了很吃惊，很显然他们还不知道我参加了竞选，而且还是竞选学生会主席。不久，几乎每个同学都知道我将要竞选学生会主席，开始议论纷纷。这也倒好，有些人不认识我，都已经知道我的名字了，这个海报的威力不小啊。

　　议论投票的大概都是八年级的学生，就像我们中国议论考试一样，叽叽呱呱，叽叽呱呱。七年级的人都不太管，六年级的更别提，只能光看戏，闲得轻松。

　　Randy 把这次竞选看得特别重，三句话不离竞选，毕竟他是最早竞选的，而现在我们都快把他忘了。他显得很着急，想了很多办法，不过大多都还是太小孩子气了。他决定最晚交表格，说是这样就可以最晚演讲，而最晚的演讲是记忆最清晰的。他说前两届的主席就是这么赢的。我想想，也不是完全没有道理，但是我还是要告诉他："你的演讲让别人喜欢，这记忆不是更深刻吗？"

自从我加进来以后，现在的局势一片混乱，女生那边一直都没有动静，只有 Davy 还是很活跃的上蹿下跳。

也许是预感不对劲，我看到 Randy 放学后，一脸黑线地挂上了自己的海报。

2016 年 9 月 27 日

竞选风波 3

今天本来说是要演讲的，结果还没有轮到我。学校很仓促地安排了20 分钟，原来可以更久，只不过一个老师拖堂了。

我战战兢兢地选个位置坐下，老师一个一个地叫人上去演讲，我没有手稿，写手机里的。我十分紧张地望着一个个上去演讲的同学，看着就胆战心惊。

我准备了大概三四分钟的演讲，自我感觉良好，也不短，也不长。可是今天他们的演讲实在是短得不可思议，不到一分钟，一个演讲就完成了。同学告诉我，演讲一般不起什么作用，对票数几乎没什么影响，但是我觉得我的稿子也太长了一点。

今天只是一些小职位，记笔记的，管钱的。我真庆幸我刚开始没有竞选管钱的，要不，今天就轮到我了。他们的演讲稿大多都很幽默，还是有些正经的。一个女生根本就没有准备演讲，拿把小号上去就是胡吹一通。根本不是嘀嘀嗒嗒，反而更有点像噗噗的屁声。倒是让我们记忆深刻。

今天回家，我稍稍地改动了我的演讲稿，感觉不错，明天演讲。

竞选风波 4

终于轮到我演讲的日子了，说紧张也不紧张，说放松却又有些拘束，用一个词来说，就是怪怪的。

我没打算缩短我的演讲，毕竟我觉得主席的演讲应该和管钱的人的演讲不一样。我算了一下，大概三分钟，为了不让他们太无聊，我还把我的讲稿准备得活跃了一点。

其他的职位嗖嗖嗖都过去了，副主席的演讲竟然都只有半分钟，真让我吃惊。我本来要看看别的主席竞选人的演讲有多长，很可惜我没有机会，因为我第一个上场。我没带稿子，带了也会被没收——写在手机上的。还好我早就背了下来，自己写的东西，比课文要简单多了。

我信誓旦旦地走向演讲台，本以为自己的腿会抖得不行，结果一点事情都没有。我一开口就是讲，自己都控制不住。底下当然也有掌声，掌声助长了我的气势，我讲得更响亮了。讲的过程中卡壳是非常尴尬的，讲到高潮部分，突然忘记一个单词怎么读了，这简直就是心头的痛。我结巴了两次，总算还是顺顺畅畅地讲下来了。底下掌声一阵一阵的，虽然比不上雷动，但是自我感觉还是不错的。

　　演讲完，回到座位上，感觉全身都放松了许多。沿途击了好些掌，心情也不错，终于可以放松地听别人演讲了。

2016 年 9 月 30 日

竞选风波 5

投票日，许多人最关心的一天，也是拉票的最后一天。今天一定不能出乱子，少了票数就完蛋了。

我才不管这事，他们爱投不投，不投拉倒。我也没有怎么特殊的拉票，毕竟我不知道怎么拉票。我每天都还是很平常的，挥挥手，打招呼，聊聊天，一个上午大概都很平静。

中午，六年级的学生都要开始投票了。有些人开始行动，挨个儿地问同学是不是投票投他。我才不问呢，这么一问让人很尴尬，要是不投你，也不好意思说。我就很安静，张嘴不提，也懒得问。在中国，我会说：管它啊，在这里，我一笑而过。他们投票，是他们自己的事情，要是选上了，就是我的事情。

到下午的时候，轮到我们投票了。就是一大张纸，一大堆名字。有些我都记不清楚，模模糊糊地乱投一通。不过投主席票的时候，我倒是想了很久。我很想投一个竞选人，因为我们预感他几乎没人投，在学校也不流行，多给他一票，心情也好些。我刚写上去，结果老师来了，质问我为啥不投自己，我支支吾吾地说不出来，就只好投了自己。

放学时，我看到那个竞选人，他还是满脸黑线。

2016 年 10 月 2 日

竞选风波 6

昨天结果终于出来了，只能说是很出人意料，结果你根本无法想象，因为我们每个人都没有猜到。

上午每个人都在讨论，有的说 Kate 赢，有的说 Davy 赢，有的说我赢，没有人说 Randy 赢，反而说他肯定会输。当然，Randy 还是像往常一样的满脸黑线。

同学的言论一般都是没有用的，因为老师说了算，虽然有时候同学还是有点发言权的，但是主导权还是老师。

第三节课下课，告示张贴出来了。我以为老大一张纸，结果很小。当然也不难找，因为一堆同学聚在那里看，把过道都堵住了。同学来来往往，互相祝贺，本来不关心的我，也忍不住凑过去看一看。从上往下看，看到第一个名字，心里透过一阵凉意。摆在最上面的，是 Lily 的名字。对其他同学来说，真是爆冷门了，不过我早就有意料，Lily 的票数肯定不会少。第一个理由，她口才不错，第二个理由，她是女的。我们学校女生多，男生少。还有她的朋友也比较多，毕竟她是很好笑的。

我一直看下去，一直看到最后。我发现了我的名字，真是奇怪，跟在一个老长的单词后面。以前从来都没有看到过那个单词，四处问问同学，他们也不知道。不过事实证明了，美国人也是有学霸的，他们告诉我，我的工作就是代表中国学生。额，代表中国学生？那我是当了个外交部长？听起来更像是中国大使，我也不管，至少我在学生会里面了。

同学对这个颇有言论，因为我的这个职位原本是没有的，好像是量身定做的。我倒是很满意，因为至少我不是主席，但职位听起来不小，而且好像没有工作。工作倒是有的，好像就是代表中国？

现在流传几个言论，一种是我赢了，然后因为我是外国人，所以当不了主席。这个言论颇有些荒诞。另一种是我们打个了平局，然后各自安置了。还有一种是我输了，但是呼声很高，随意当了个大使。我不知道真相是什么，但是我也不想知道。

我现在是大使了，我要开始干事了。

2016 年 10 月 20 日

美国同学

美国的同学看起来都很聪明，其实他们大多都不聪明，也没有一群家长在后面大叫什么笨鸟先飞。美国的同学聪明，是因为美国的教育让他们看起来聪明，但其实，中国人要努力得多。

大多数美国同学，一天下来也就这么几件事，吃饭，睡觉，上学，玩，做作业。一切都是很放松，极其享受的。一个很大的考试，也就复习半个小时，练习音乐，5 分钟就好了，其他时间拿来干吗，打游戏。美国的游戏实在是发达，什么样子的都有，我就不给予介绍。男生玩，女生也玩，成年人玩，丁丁点的小孩子也玩，整个世界都没有什么痛苦与劳累。

考试嘛，小意思，美国同学对考试也挺看重，但是哪有像中国同学一样唉声叹气怨天怨地？老师尊重他们的隐私，不给别人看他们的分数，也几乎不会排名。家长看了也不会责骂，一切都是放松的境界，好像太放松了。美国的中考吧，我们还是一样的放松。上课复习？没有。加紧讲知识点？没有的事，这一切在初中都不会出现。美国，至少在初中，缺少竞争，缺少努力的契机，没有噌噌噌向上涌的冲劲。同学懒，家长懒，一切都是慢慢地推进。导致我一个从外国来的，英语考试都比美国人要高，这本来是不应该出现的。

美国就是这样的，高山低谷，河流在之间慢慢地徘徊。徜徉在悠悠的晚风中，才有心情回想中国的故事。

2016 年 10 月 28 日

万圣节的准备

　　万圣节马上就要到了，很显然我还没有准备好。我连一套服装都没有，在万圣节的时候，人人都成为自己喜欢的角色，或是奇装异服。我们学校有个舞会，就在明天。

　　没有服装这个问题还是很让人烦恼的，因为我根本不知道要当什么角色好。随便想想，还不如自己做一套，省钱，还好玩。我的手工实在是差，剪刀都不太会用，但是做个垃圾袋衣服，还是足够的。在中国就做过一套，只是不是很好看而已，这次我用的是大垃圾袋，全黑的，坚硬度还不错。

　　用剪刀剪开一个口子，一套上去，身体与塑料袋摩擦的声音真不咋的，但是还是比较暖和，还不错。就像一件衣服一样，塑料袋衣服就做好了。但这个塑料袋有些太大，边缘部分垂在膝盖下面，随风飘动，就像一条裙子。衣服还算是简单的，但是还不够好。我剪下一块布料，利索地用订书机把布料与塑料袋订在一起，唰唰一套，两只袖子又好了。裤子就有些难弄，我尺寸弄错了，剪成一个裤腿长一个裤腿短。如果我把裤腿订好，一坐下，嘣嘣，订书钉就全部崩掉了。裤子也还是太大，又没有松紧带，我草草地把裤子和衣服订在一起，希望跳舞的时候不要掉链子。

做这件衣服还是蛮简单的，只是穿着比较麻烦，半天套不进去。

2016 年 10 月 29 日

万圣节舞会

虽然还有好几天万圣节，但是我们的舞会就在今天。我早就已经准备好了我的垃圾袋服装，头顶一个垃圾桶，风风光光地就去了。

人很多，一群群堆在门前等待通过。远远地就看见一只很高大的充气恐龙，走近一看竟然是一个人的衣服，真是奇妙。每个同学几乎都在，穿着自己的服装，有的人还化化妆，充满了万圣节的味道。对比他们的服装，我的还是最烂的了，毕竟我的服装就是垃圾嘛。从电影到游戏，从动漫到现实人物，都在我的同学身上展现了，有一个同学的服装特别的华丽，白色的流苏一层又一层，估计太大太重了，我都没看她跳过舞。

我本来想跳些舞的，只是我不会。而且我的垃圾袋外套限制了我的行动，因为我用订书机订的，钉子卡在各种地方，稍微一乱动，我的衣服就会嘣嘣嘣，各种七零八落。刚开始特别的难受，走路都很难走，我还是横着走的，后来就好了，因为一半的钉都崩掉了。我不是很喜欢他们播放的歌曲，并且我自己也不是很喜欢跳舞，我就坐着，看着他们跳，也还是挺有意思的。

他们的舞技大多也不好，但是身体扭动着还是有些花招。刚开始都是男生和男生跳，女生和女生跳，根本不跟音乐走，在灯光中乱扭。后来DJ说了一句话，我没听清，突然一群男生冲过去邀请女生跳舞去了，不过也就是乱扭。也有好些男生和我一样是在看戏的，本来男生就是少，男生看戏之后女生就只好和女生跳了。我本来以为看戏就好，结果有女生来请我跳舞，我手足无措，拒绝又不好，于是就疑惑地跳了。跳了五分钟，倍感尴尬，找个借口走了。其实跳这个舞不难，只要乱动乱扭。

看戏也不赖，时间过得很快，衣服也掉得差不多了，谁叫他们是用垃圾袋做的呢。

2016 年 11 月 1 日

万圣节之夜

万圣节的晚上，我们小孩有一个特殊的活动，叫作 Trick or Treat，简称不给糖就捣蛋。那时候全小区的小孩都蹦出来，四处叫着"不给糖就捣蛋"。当然我们不捣乱，他们也不会不给糖，这就是好处。

这天晚上，人很多，月亮朦朦胧胧的。在美国，我好像从来没有看见明亮的月光。我们五个人一路聊着天，一边要着糖。有很多小孩子跟着我们活蹦乱跳，都是很小的，有的还不到我的腰间。不是所有的房子都有糖给，没有糖的房子我们自然讨厌，给很多糖的屋子我们最喜欢。有一家给我们巨无霸士力架和软糖，我们就变着花样一遍遍地去。

孩子们最喜欢的不是给很多糖的人家，而是那些特别懒的人家。那些懒的人家把糖往一个篮子里一放，写一句每人拿一颗就算了。被很多美国男孩发现了，他们不仅仅只拿一颗，它们把整个篮子往自己的背包里倒。我才不干这么缺德的事，抓一把也就算了，你把一整个篮子都归自己所有。那群男孩还四处宣传说有人把它们都抢走了，感觉实在是有些淘气。

整个小区的人都很和蔼，有的是坐在轮椅上的老人，有些是年轻人躲在门口吓人，不管怎么样，每一个来访的小孩都能够得到自己想要的糖果。在要糖的过程中，有一个老人格外地让我们感到亲切，他的动作举止和其他老人无二，但是他家的客厅整整齐齐地摆着一副围棋。这是我来美国第一次看见围棋，我本来想说几句，但是忘记了围棋的英语，就悻悻地走了。

我们一路回来，包里满满的糖。要是中国也有"要糖节"，那么一幢幢楼讨下去，大概就有很多了吧，嘿嘿！

2016 年 11 月 5 日

高中游记

今天有空，去一个叫 St. Augustine 的学校参观，他们这里叫 shadow，因为我们要跟着一个学生四处上课，就像他们的影子一样。

第一节课，我跟着我的那位同学（以下叫作导游，名字忘记了）去上课。这是一所信仰基督教的学院，所以干脆把科学给踢了，改上宗教信仰。老师是一个白胡子的老头，讲话声音怪低沉的，有气无力的样子，我一句话也听不清楚。教室比初中的大一些，人也多一些，但是老师的音量还是没有提上来，于是我就迷迷糊糊地过了第一节课。

第二节课是历史，还是一样大的教室，一样多的学生，但是这次有很大的不一样。每个人有一张桌子，没有椅子，都坐在一个跳跳球上。上课蹦来蹦去的，坐都坐不稳。历史课正好学到古罗马，老师就把古罗马的纪录片翻了一部出来看，让我们边看边记笔记。一节课下来，不得不说，美国人纪录片拍得不错。

英语课上，老师让吃零食，于是全班都是叽叽呱呱叽叽呱呱，吃得香喷喷的。不过英语课自然也有好东西，因为教室特别大，他们就弄了个扩音器，然后两个麦克风，一个老师用，一个同学轮着用，还挺新鲜。

135

音乐课上，都是一组人一起上课。学吉他的一起，学萨克斯的一起，这样学习效率很高。但是老师经常不见，所以他们都开始打游戏，他们是让带手机的。带手机可是个坏校规，我可不赞同。

2016 年 11 月 6 日

高中游记 续

　　美国的高中，一般都是很放松的，除了下课要跑得很快才能到每一个教室，一般都不用多少体力。我发现美国人长得越大越淘气，特别是玩体育的男生。我的小导游是橄榄球队的，体育课的时候，橄榄球队员聚在一起，特别特别的吵，大嗓门的教练喊了 3 次，还是没有让他们听话。

　　其他课都好，但是最让我不满意的是数学课。这边的数学特别简单，我现在都还在学行程问题，九年级学因式分解，十年级学二元一次。我去上九年级的课，本来以为会是很难，结果做的是因式分解。我还没有用全速，就轻松做完，而且全对。老师吓了一跳，检查了我的答案，顿时赞不绝口。我本来想和老师说我在中国学的，犹豫了下没说，就说了现在自己的学校。于是我的老校友都为我鼓掌。

　　这个学校有很多的俱乐部，每个学校都有，学校俱乐部只是一个发展兴趣的场所而已，按兴趣而参加。我是对这个学校没什么兴趣，因为数学太简单，又没有科学课，希望其他学校能好些。

2016 年 11 月 22 日

星光大道

　　我们住的地方离星光大道不远，走路不久就可以到，我们早早起床，以便早早看完。这应该是一个旅游景点，不少的名人被刻在地板上。我就很奇怪，为什么要刻在地板上？这样不是对名人不尊重吗？

　　我想这应该是一个旅游景点，因为我看见不少的中国人。但整条街看起来很破旧，人也不是很多，一眼看上去还没有我自己家乡的步行街繁华。有酒吧，纪念品商店，还有各种各样卖唱片的和一大群流浪汉。他们通常一大群一大群地聚集在一起，聊天，弹弹琴，别有一番风趣。有些人做的是行为艺术，有些人是玩 cosplay。这些人穿着打扮怪异，通常是小孩子喜欢的角色，到处搭讪问好，如果拍照合影了，得付钱。哦，对了，街上那群卖唱片的，装着自己很酷似的，拿张唱片到处发，还签上自己的名字。看得让人莫名其妙，那个人还反复说自己是会出名的，一张要多少多少钱。不过我觉得发唱片的人应该穿着正式点，像他唱片里拍的那样，不然没人敢要。

　　名人很多嘛，满地都是。还有一个中国影院，结果看上去像是日本的，还全英文，也真是怪了。

2016 年 11 月 23 日

环球影视城

　　我们今天要去环球影视城，听说特别的著名，只是像游乐园一样地，要排很久很久的队。

　　百度百科上说那里有很多过山车，什么终结者，回到未来，木乃伊的复仇等等。我一个都没有看到，只看到一个木乃伊的复仇，还在维修。不过这个环球影视城可是很漂亮的，分成好多个小部分，每一个小部分是一个电影的微缩版，比如说汤普森家庭，整个城市都是汤普森里面的，街道，商店都几乎一模一样。特别是哈利波特，是整个主题公园的重点，整个魔法学院都在眼前了，可惜的是我们没时间去。

　　我们第一个去了变形金刚的过山车，不是一般的室外过山车，是室内的。坐过山车的同时还看着面前源源不断的 3D 影像，特别的刺激。坐进车子里，大地就开始颤抖，车子突然加速，紧接着面前就是霸天虎和擎天柱的决斗。我们在街道上飞驰，躲避着飞弹与敌人，一切的感觉都是非常真实的，我们能感受到飞弹的热度，飞溅的汽油，还有逃亡的速度。最后的垂直下落，结束了一切的战争。在车里都不知道坐了多久，全身都还沉浸在其中，这才是关键所在。

大宅

离好莱坞不远，是比佛利山庄。这不仅仅是一个山庄，是被称为"全世界最尊贵的小区"的地方。有许多影星就住在这里，更凸显了这个地方的豪气。Kathy 的一个亲戚就住在这里，是一个极其成功的商业人士。

驱车直上山，满眼的绿化挡住了我们的视线。这些树和藤蔓大多都是巨大的，密密麻麻，是里头豪宅的一道视觉屏障。有些豪宅却不一样，赤裸裸地站立在路边，没有一丝遮掩，向游客展示自己的华丽。阳光照得很灿烂，没有一丝云彩，整座山明晃晃地映射着绿光。

我们能在比佛利山庄住上几夜，真是幸运。这种地方以前根本就没想过自己能有机会来。提着大包小包，我们敲响了紫金色的大门，头顶的水晶灯极为晃眼，一块块的大理石瓷砖映射一个个房间。里面的空间一眼看不全，四处走动才能把豪华的大宅含括在眼里。除了若干个房间，这里还有一个巨大的阳台，阳台上修建了一块草坪，还有一个游泳池。风景很好，能看见满山的绿树，密密麻麻的还不显得拥挤。

啊！比佛利山庄！

140

2016 年 11 月 25 日

感恩节

　　感恩节到了，却不知道怎么去感恩。Kathy 一家子坐满了桌子，我傻呆呆地望着他们。

　　感恩节对于美国人来说，是很重要的，一家人都要聚集在一起，说说话，聊聊天，吃顿团圆饭。中国的团圆饭是多式多样的，在美国，火鸡是主食。一只大鸡，放到烤箱里面去煨，拿出来时，就变成了金灿灿亮堂堂的火鸡。感恩节是用来感恩的，但是到我们这里，眼里就只有火鸡了。说是要感恩，要感恩的太多了，爸爸妈妈，亲戚朋友，老师同学，一天一夜都感恩不完。还不如拿起刀叉，吃得肚皮饱饱的，不让他们担心就好了。其实火鸡没有那么好吃，还不如家里的炖鸡。那么大一只，煨得又不入味，白花花的肉根本咬不下口。但是没办法，你想感恩，你就得先吃完盘子里的火鸡。

　　我还是比较现实的，不会轻易被卷入你爱我我爱你互相爱的旋涡。但今天是感恩节，要感恩的是别人对我的爱啊。爱是很复杂的，对于亲朋好友来说，爱就是对我的一点关心，一点照顾，一点扶持，这里面就夹杂了浓浓的爱意了。爱可以是有意的，也可以是潜意识性的。不用苦苦追寻要感恩的那份爱，放松下心情，细细体会。

生活处处充满爱。

ISEE

ISEE，就是升学考试。我考的是高等水平的，8—11 年级都得考，试卷会有少许变化，但难度差不多，所以对我们 8 年级，算是难的。

本来以为会很简单，结果我不知道有个单词的部分，有填空和找同义词，这里我就蒙了。在这里我也学了不少单词，至少几百个吧，但是在这考试里几乎没有出现。这个部分出现的大概 150 个单词，我也只认识 20 个而已，至于其他的，最多也只是看词根来蒙。啥都看不出来的，就只好用那个古老而神秘的秘诀了："三长一短选 A……"有些题，说是选同义词，给我的那个单词的意思我是知道的，给我的选项里面的我却一个都不认得，这就很尴尬了。

数学部分，简单得很，什么 8—12 年级的数学，也就是我们的初一水平，比初一还要简单，也就里面的单词术语有几个不认识，除了那个，实在是简单得很。

还有阅读，阅读有点托福的样子，却没有托福的难。只是时间比较少，平均几分钟一篇短文要看下去，我时间估计错了，少了几分钟，不过还是没啥关系，也就只有几道题没有检查而已。

至于写作，基本上没问题，可能有错别字，但是自我感觉也还好。至少没有单词那么难。字也应该没有那么难看。

ISEE，也不赖嘛。

2016 年 12 月 8 日

圣地亚哥的冬日

圣地亚哥的冬天，不是很冷，也没有往日一样的暖和。太阳还是经常出来，只是热力微微地少了些，光线也没有往常的猛烈了。不过我们不会觉得是冬天，因为和秋天没什么区别。

是冬天，也还是十多摄氏度的天气，一件外套，一件短袖，再加上短裤，这一天就基本上不会冻着了。在冬天穿短裤的，估计没多少个，除了我们这里一群勇敢的加利福尼亚的学生。在这里你几乎看不出来是冬天，枫叶前一个星期刚落完，也没有中国深山上的松树那么漂亮，风一吹，叶子就掉一地了，然后被同学左一脚右一脚，踩得不成样子了。这边的冬天，空调吹的还是冷风，虽然凉飕飕的，但也不冷。也有怕冷的开始穿毛衣、长裤，但对大部分人来说，短袖，短裤，简单搞定。

暖暖的冬天！真好！

2016 年 12 月 9 日

音乐会

介于美国两个最重要的节日之间，学校举办了一场音乐会。整个展馆装点得细致，就像中国举办婚礼似的，不过这里只给茶点，另外的东西自己买。

尽管有些抠门，但是地上还是坐得满满当当的。有家长，有老师，大多数是亲戚朋友。听说还有一个老人专座桌，有一个 1934 年的老校友，那个便是我们的特殊嘉宾了。

我们挨个地坐好，心里还是有些小紧张的。虽然有些歌我会演奏，但还是没有百分百的把握。演奏出来的，台下尖叫一声，也是很尴尬的。我们先热身，我感觉我的萨克斯突然沉重了，口间的气力也不够，必须吹得很用力才能吹出声来，但这样一吹就特别响，弄成我的独奏了。整场音乐会我都战战兢兢的，音也破了几个，还好被大家掩盖了，至少外面听着还是不错的。

音乐会很顺利，我就坐在那里迷迷糊糊地混过云了，吹了好久，一下子站起来，整个人都晕晕歪歪的了。

2016 年 12 月 15 日

加速器

时间过得太快了，一转眼就一个学期。同学们都知道我要回中国，弄得我在学校都怪怪的，看每个人的眼神都似乎变色了。东西准备得不少，旅行箱也渐渐地满起来了，一切的一切都在加速时间的进程。

想和同学说声告别，又不知道何时能说，一犹豫，一惊慌，时间就过去一天了。一个小事情，为何要用那么多的时间。一转眼，一想念，世界就慢慢老化在脚边了。

面前一台电脑，背后一个枕头，这就是我所谓的生活了。情绪莫名其妙地涌上来，面前满满的都是醉意，做这个，还是干那个，时间好像满满的根本排不过来，其实空得很。只是心里根本没有准备罢了。屁股坐清闲了，再要开动起来，也确实是有些难度了。老化的机械，只有集中办法将其激活，无尽的能量，要不就是精心地修理。至于其他的办法，那就只能去回收了。

时间是无法掌握的，嘀嘀嗒嗒，向前跑！

紧张

时间，逼近了。

一点一点迅速地前进，不想闭上眼睛，不想再往前进。

离别的时刻就在那里，就在那里，一分不差，一丝不离。

明天早上的晨曦，还会升起，行程的闹铃，将会把我惊起。没有鸟儿，没有烟云，没有水花的早晨。

夜深了，灯还亮着。就让它一直亮着吧，点亮着难眠的夜。笼罩着紧张的跳动着的心，亮着，无法入睡。

这片土地，温暖而结实的土地。

这片天空，湛蓝而无云的天空。

何时才能遇见你，和你重聚？

过去的往事，不断地在心中涌现，这片天地的一切，都是多么的美妙。

睡吧，睡吧，接受明天的烟云。

当明天起来时，记得多穿件棉衣。

将会是长久的旅行，却又有什么关系，能回归到故乡的土，却眷恋异乡的空气？

　　暗了吧，暗了吧。

　　关上灯，享受甜美的梦。睁开双眼时，世界就开始变化了，要接受这一切，毕竟是我改变！

第 **3** 章

英国丁克洛斯求学（上）

2018 年 1 月 6 日

离开

　　我就要离开中国了，到一个全新的国家。英国，在远方等待着我。

　　半天颠簸在路上，坐在车里，从天亮一直坐到天黑。暴雨装点了半程路，黑夜装点了另半程。同学正在不断地发着信息，说要打游戏，不断地开着一个又一个的玩笑。我想笑，但又仿佛笑不出来。我现在就置身于离去的路上，看着周围的景物不断地向后方延伸，天上的云彩慢慢变幻着形状，我的思绪也不断地伸向远方。

　　半个多月前，我就已经被英国的学校录取，我也已经得知了要离开的消息。但是，谁能料到，这离别的日子将会这么快地来临。一边准备着要月考，一边许愿着能减缓这一天的到来。结果一切许愿都是徒劳无功，该来的终究还是来了，离别的日子，最伤感的日子也终究要学会面对了。现在一想，即使我在中国，也还是要离别的，到那之后，更怅然，更动容。现在我只不过是更早地做出了自己选择的道路，更早地向未知的未来进发，而此离别，也更默然，更神秘。

　　车仍然在高速路上继续前进着，即使进了上海收费站，也没有要到浦东的样子。夜晚慢慢地深邃了，变得漆黑、糊糊的一团密不透光，像极了我踌躇的心绪。此去虽然三月底就能回来，以后上学也注定在英国了，这无疑会是我人生当中一次重大的转折点，让我马上肩负起照顾自己，提升学习能力的重任。想到这，我关了车灯，彻彻底底的黑夜笼罩着我，我立刻就迷糊在未知的梦境当中了。

2018 年 1 月 7 日

飞机上

　　和老妈最后一次拥抱，擦干眼泪，说声最后的道别，就独自过了安检。

　　一切都很顺利，10：40，我成功登上了飞机。找到自己的座位，放好自己的手提箱，就开始了这无聊的 12 小时飞行。

　　我旁边坐着个大姐姐，全程在看极度无聊的电视剧，一言不发，和她的电视剧一样好无聊，她还时不时地看着里面的明星傻笑。没有人陪我讲话，我只好独自打发时间。12 个小时无疑是长久而无趣的，被囚禁在自己的位置上，安全带紧紧地系在腰间，屁股早就麻木到没有知觉，坐飞机，真是无聊透顶的事情。

　　我尝试着打发时间，看下电影，看下书，打几盘游戏，还睡了个舒舒服服的觉，但是神奇的是，自己仿佛有花不完的时间，不管我干什么，时间都只是缓慢地流逝，要是早些日子也是这样，那该有多好！在离别之前，月考考完后几天，时间逝去是多么的快速，一眨眼，上课了，老师走向讲台。又一眨眼，下课了，同学疯狂地在走廊上奔跑。时间飞快地流逝着，不舍昼夜！而现在时间又是这么的漫长，alas，时间永远不会怜悯将要离去的人！

　　坐在飞机上，闲着无聊，禁不住地臆想。想着我的家人，在别离之前万般伤感的老妈。想着我的朋友，不住地发信息说怀念我的离去。我是多么伤感，又不禁带有那微微的一丝激动，过往的人都已成为历史，前方的未来该会如何展开！前一秒还是依依相伴，后一秒就成了天涯沦落人！人生和时间的发展是多么迅速，多么不可控制，无论如何向往，如何预测未来，得到的只有荒废时间的空虚。

　　飞机马上要降落了，伴着百感交集的想法，马上快要踏在英格兰陌生的土地上。未来将会如何呢？希望不只是怀念过去的单纯美好罢了。

2018 年 1 月 8 日

抵达

从叔叔家出来，大概三四个小时车程，四点半左右就抵达了我们的学校——Dean Close School。刚刚开到校门口时，我简直不能相信这是我们的学校。一望无际的绿茵草坪延伸到远处，教学楼在不远处闪着星星点点的光芒。淡红色的墙体装饰满满的都是英式风格，恢宏而气派，古典而优雅，简直比永康市教进附中新校区的草图还要更胜一筹。

找到宿舍楼，推门进去，和管理老师交代好，就七拐八拐找到了自己的宿舍。整个宿舍楼住 60 个人左右，一眼望去全部都是房间，和酒店似的。我的宿舍是 29 号，三个人一个宿舍，每个人都有自己的柜子、桌子啥的。我早早地到了，其他人还没到，我就开始先整理床铺，等待室友们的到来。

乱七八糟的东西都塞到柜子里头了，床铺也还整理得不错，从中国带来的零食塞了一整个抽屉，到时候可以慢慢地分着吃。一个舍友好像提前来过，或者是放假之前没有整理，他的床铺乱七八糟的，桌子也乱成一团，衣服飞起来挂在台灯上，一只鞋子飞到了衣柜上，看起来英国同学整理东西也着实不比我好上多少。不一会儿，一个微胖的英国同学闯进来，和我打了声招呼，然后又冲了出去，让人很不明所以。又过了一会儿，我的一个室友来了，和他的妈妈一起，就是那个东西乱飞的室友。个子蛮高，一头金黄色的头发，帅气的面庞（发现每个同学都很帅）。他妈妈抓着一套西服，打开了她儿子的抽屉，不禁皱了皱眉头，好不容易才找到一个地方，把衣服挂了上去（事后我偷偷看过，确实不成样子）。

不一会儿，又一个室友进来，这次的室友要知书达理得多。懒懒的样子，浑身的肉没有精神地垂着。默默地把行李放下，也不开始整理，就在玩手机。原来的那个很乱的室友，已经出去和同学野了。又过了一会儿，那个很乱的同学引着三个朋友进来，开始在房间里打球，开玩笑。衣冠不整，邋邋遢遢。现在想想这些英国同学真是野得不行，还不如美国同学好些。想到这里我突然有一点怀念 Kai……

现在他们都出去了，我也不太知晓要干什么。只是难得享受这寂静的时光，并告诫自己要整理好抽屉。

洞见：英国新的生活无疑将会是有些难度的，得适应这个环境，还得照顾好自己，但是我相信，只要熟悉了学校每天的时间规划，马上就能进入状态，一切也将不成问题。

2018 年 1 月 9 日

第一天

　　早上早早地就醒了，室友还昏睡着，只好默默地再躺一会儿。第一次上课，肯定不明所以，却有点小激动。

　　早上一共四节课，下午也就两节课，好像十分轻松的样子，那作业是不会太多的。早上有两节体育课，都上的曲棍球，我没上，去买校服了，和别人都穿得不一样还是很难为情的。一堆眼睛盯着我看。

　　信息科学课人极少，让人怀疑是不是走错了班。左看右看，竟然只有四个人。真是令人诧异。老师讲的内容是上个学期的复习，真的是一点儿都不会，搞得晕头转向。还好在信息科学方面我还是略有涉猎，不至于一无所知，还是能很快地接受。因为只有四个人，老师把我们分成两个小组，相继问我们问题。我显然答不出来，落到了尴尬的地步，全部由队友代劳。

　　下节课是古典文明，这个还是一无所知，搞什么奇怪的罗马教士，还有一堆奇怪的人名。无聊的确是很无聊，因为一无所知更显得无趣。老师还是很好玩的，只是要费点劲跟上来。

　　然后是地理课。我刚开始一直以为地理是纯粹的地理，结果还包含了各种区域经济社会问题。略有难度，但是因为在中国已经学过一点儿社会，稍微有点答题技巧，也还没啥问题。就是根据材料分步概括，会更活一点儿。

最后是生物。只要是理科，他们的进度的确不咋的。才上到光合作用。老师让我们配平光合作用的解析式，就我一个人高高举起了手，这时候还是挺威风的。其他的其实我都会，只是因为叶绿体叶绿素英文名字不懂，说不出来罢了。从这节课的情况看来，三门科学都不会是大问题。

洞见：碰见未知的东西，要敢于尝试。不管之前有没有学过，不管自己落后多少，都要勇于探索，勇于努力，不要被所谓的困难吓倒。认真地自我学习，一切都不会是问题。

2018 年 1 月 10 日

几节科学课

为自己轻松着想，我一口气选了四节科学课。化学、物理、生物和信息科学。本来以为会很简单（它们的确和文科相比简单得多），但还是出乎意料地有些难度，不像原来想象的那样轻松到头。

信息科学：

开始上课，我们围成一桌坐着。老师拿了一堆东西，放到桌子上。我们好奇地探头望望，两个拆掉的 USB，几张存储卡，一个老式硬盘和一堆东西。老师让我们观察这些东西，并把它们从容量大小排序。我以前从来没有看到过拆出来的硬盘，原来就是驱动器加一个会转的小碟子，真是大饱眼福。这还是非常简单的，大多数器械上都有标着，几个 GB 或者几百 MB，一下子就排好了。老师露出满意的神情，又让我们按照处理速度排序。这次稍稍有些难度，我们小心翼翼地把硬盘摆在 USB 前，光碟摆在 USB 后。结果老师摇了摇头，把硬盘摆在了 USB 后，开始向我们讲述各种储存器的区别。有激光的，电子的，磁化的，还有一大堆东西。学得很快，懂得更快。

化学：

化学的内容我都懂，老师上课的知识，不用做笔记我都能用中文背出来。今天的教学内容，一看就是碳还原氧化铜。正当我以为今天这节课会变得极端的无聊，结果同学都突然起身，披上白大褂，要做实验了。这真是意想不到的收获！于是我们就跟着老师的步伐，笨手笨脚地做了实验。

洞见：英国的课程比中国要简单许多，但是过程要比中国详细很多。中国的课程拉得很快，一天就学了一堆还原反应方程式，而这边即使一天只学一个方程式，也足够同学们消化了。

2018 年 1 月 16 日

食堂

食堂是一个很让人神往的地方，每次路过都会有灵异的飘香，有时还有撩人心弦的嗞嗞声，走着走着，肚子就饿了。尽管如此，很多中国人还是吃不习惯，宁愿吃方便面，也不愿吃三明治。

早餐：早餐人不多，来的人也参差不齐，总是稀稀拉拉的。有些人起床早些，有些人晚些。早餐很平静，三三两两地坐着，聊聊天啥的，一切都很轻松。拿个面包，夹根香肠，装杯牛奶，就可以自己一个人静静地坐下，慢慢地咀嚼。有时候有人会坐在你身边，却也总是孤言寡语，只是喝着牛奶，吃着面包，享受清晨久违的宁静。食堂大妈有时候会四处转转，她们把我们的名字熟记于心，提醒我们翻领子，系鞋带，弄领带，她们一提醒，我们笑笑，好不快乐。

午餐：午餐是很闹的，又闹又挤。一群下课的学生，书包都来不及放回寝室，就直接丢在路边，跑进去吃午饭。午餐很丰盛，而且有两种选择，一般来说，外面那一圈会好吃一些，但是也有除外。按照常理，看着很好吃的东西，比如色泽鲜艳的鸡肉三明治，诱人的炒面，当你盛了一大盘决定享用时，心里是很满足的。但是当你张大嘴巴一口咬下去慢慢咀嚼味道的时候，你才知道后悔已经来不及了。看着好吃的炒面三明治，其实是甜的！恨不得随身带一瓶老干妈。

午餐是一群人聚在一起吃饭，同一个宿舍的，或者都是好朋友的，都坐一起。要是其他人都吃完了，还有一个人没吃完，其他人都得等那个人吃完才走。这其实是很尴尬的，五六双眼睛盯着你的盘子，恨不得你快点咀嚼，但是即使你吃得很慢，他们也会等你。

晚餐：晚餐倒是不怎么丰盛，但也吃得饱。大家也不着急，聚一群人，松松散散地走向食堂。当你盛碗饭，准备坐下的时候，你才发现和你聚着的十多个人已经走了两三个了。我好奇他们去了哪里，四处张望张望，原来都和女生坐一起去了。或两三人一堆，或三四人一堆，在大庭广众之下谈笑风生。还好旁边有兄弟挡着，倒是不怎么影响食欲，也就置之不理了。

洞见：一日三餐，食堂是无比欢愉的，一日三餐都有自己不同的色彩，都有自己不同的快乐。不管是食堂大妈，还是坐在旁边的同学们，都仿佛融入到了一个大家庭里头，凝聚力极强。

2018 年 1 月 17 日

CCF

当中国同学为了考提前批而操碎了心的时候，我正为了找靴子而焦头烂额。军服穿上了，军徽别上了，就是找不到靴子。翻箱倒柜，能找的地方都找了，找不到，只能穿着球鞋去军训了。

CCF 就是军训，每周三的下午，每个人都得穿上整齐的军装，到操场上集合。上个星期领的军装，这个星期第一次穿，裤子大得惊人，衣服单薄得可以，穿了一层又一层，总算填满了那庞大的裤腿。没有靴子，只好穿着球鞋走过去，蓝色的球鞋在黑色的人腿之间晃动，好不显眼。一路小跑跑到了军官办公室，看见我的鞋就放在架子上，原来是我忘记拿了，也好，至少今天我不用穿笨重的靴子了。

美好的时光没有持续多久，我们就被领进了教室，一个高年级的大哥教我们认识英国的军衔等级。其实他也只不过是一个解释，只不过对着我们一群无名小卒神气些罢了。那个高年级的大哥是桌游兴趣班的，看起来尤为瘦弱，也没啥威信，底下一群男生嘻嘻哈哈的，最后一个肌肉强健的下士过来训了他们一通，才消停下来。

洞见：每周都有的 CCF 让我们有了集体训练，锻炼身体的机会，特殊设置的军衔能让我们更加努力上进。而由学生来教导学生，可以增加我们的服从能力、管理能力、口头表达能力，这些都是十分重要的东西，都包含在同一个课程中了。

2018 年 1 月 24 日

外国人们

这里的外国人指的不是原来就会说英语的人，而是说别种语言的人们。我们学校里，外国人群中，中国人称霸，第二是俄国人，第三是西班牙人。今天重点讲讲后两种。

俄国人和西班牙人的人数其实是差不多的，俄国人或许还要少一点，但是俄国人还是占据了不少的优势。第三大帮派西班牙人，虽然人数较为多一些，但是平均身高均在水平线以下，且都偏胖一些，很明显战斗力不强，不耐打。但是看看战斗民族俄国人，最矮的也有一米八几，平均身高高出水平线一头。个个肌肉强健，抗风，抗冻，抗打，而且高年级有个老大哥，有水牛一般壮硕的身材，看看好像有两米多，老师看了都要退避三舍，更别提我们了。学校是个拼体力实力的地方，小小土地公怎么拼得过巨灵神？

当然，即使是俄国人，也比不上我们中国人。一挤一大群，一约一大堆，挤挤攘攘，吵吵闹闹，特别是还有一群女生，皇母娘娘一般无法近身。不过还好，我们学校这个小小的地球村，还是其乐融融的，和谐无比。

167

洞见：不同的民族，不同的文化，不同的人们在同一个地方遇见，没有历史上的侵略扩张，没有历史上的疯狂杀戮，而是其乐融融相聚在一起，聊聊天，讲讲话，快乐无比。

2018 年 1 月 30 日

老师们

我们学校，老师不多也不少，长相各异，教学方式各异，癖好也各异。虽然大部分老师都能逃过学生的议论，但是有些老师却没这么有运气，在学生眼里，他们就是十恶不赦的恶人了。

有个老师，胖成一个球，戴个小眼镜，身高也不高，每天一脸阴笑地在学校里走来走去，这个就是"混球"老师了。当你想早点儿吃饭的时候，你偷偷混到拥挤的人群中，想逃脱他的目光，可惜没有用，他拿着一个小本本一脸阴笑地走到你面前，抬起头，猥琐的目光扫过你的脸，就来问你："你为啥要早点儿吃饭，给一个靠谱点的理由！"这时候你就得开动你的脑筋，赶紧想一个靠谱一点的理由。而且不能撒谎说中午补习班，因为他的手里，总是拿着补习班的一本名单。要是你编不出来，他就会爆发出得意的大笑，足够响亮以至于所有人都好奇地往你这边看来。笑够了，吸引了足够的目光，他才在众目睽睽之下把你揪出来，赶出去，给予你心灵与肉体双重创伤。

还有几个老师，也是学生愤慨的对象，特别是代课老师，刚上两节课，学生就不习惯了，于是学生就会私下里说老师教得不好，还不如自己学，学生还会找上老师议论，所以代课老师最难过了。想成为学生们喜欢的老师非常难，因为界限很不明确，一不小心就惹学生生气，老师也真是难当。

洞见：老师不仅仅是我们知识上的开导者，也是我们行为习惯上的约束者，提醒我们要做对的事情。但是我们作为学生，也应该有自主独立的思想，不能死死被困在一张网里哦！

2018 年 2 月 5 日

无敌

　　我才来几天，或许就成了传说。不管是哪个同学提起我，都会好好夸奖我一番，因为我全身附带着中国人光环，另外还附加一层竞赛班光环，得天独厚的种族优势，让我在考场上所向披靡，过关斩将。轻轻松松，过了一把学霸瘾。

　　中国人，是一个奇妙的种族。不管在任何学科，特别是数学，都名列前茅。那些黑眼睛黄皮肤的中国人，虽然都没有特别健壮，但是挤满了最高级别的教室。有一次，我偶然路过高年级数学教室，最顶级的班，往里头看，里面坐着一群中国人和一个英国人，真是打遍天下无敌手。我们数学班，也是最好的，虽然中国人比较少，是因为我们年级中国人本来较少，但数数也至少有四五个。在我来之前，整个班被一个中国人统治着，但是我来之后，就好像打冷战似的，分成了两个帮派。要是再来一次考试，说不定我有登顶的可能。数学还真是简单，我现在在研究老师给我的超高级数学训练，虽然没看多少，但是应该也不会很难。而且如果就平常上课这么简单的数学，二十五分钟做两小时的卷子不是问题，还不用计算器。

　　其他四门学科，化学，物理我都是全班第一，生物没有考过试，但也都是简单的内容，只是简单复习名词就好了。信息科学我可是稳稳当当的全班第一，全部合起来扣两分，这可是我的同学高瞻远瞩才能望到而不可即的。

　　既然没有敌手，好像失去了竞争的动力，中国的同学也不在，只能自己预习高中的东西，或者把英国的课本都读完，没有太大的竞争，或许这就是英国所缺少的。

洞见：对比促使我们进步，若是没有对手，进步的速度就减缓了。但是过分地对比，不仅不能促进，反而适得其反。英国在学习上缺少竞赛精神，但是中国的竞赛精神都有溢出，这和社会情况有很大的关系，但是谁好谁坏，也说不清楚。

2018 年 2 月 7 日

捕猎关系

我们宿舍一群男生，一堆人强壮，一堆人淘气。一堆人刚硬，一堆人温和。一堆人欺负另外一堆人、一堆人反感另外一堆人、一堆人对抗另一堆人，就像猎人和猎物，针锋相对。

欺负人的一批，大多数都是长得小的，长得矮的，但是却是火气特别大的，特别活跃的。看起来实在不咋地，小不点似的，但是个儿小块头硬，二话不说直接冲上来，一头撞过来，不偏不倚就顶到肚子上。要不是挡得及时，只是后退了几步，要不我就倒在地上了。当然他们也只是虚晃一枪，我骗他们我会中国功夫，摆了两个很厉害的架势，他们就不敢冲上来打了。要是别的没本事的，在宿舍的日子就惨了。一不小心碰上他们，就被欺负了，毫无还手之力，我都看不下去了，真想教他们两招虚张声势的中国功夫。

真正力气大的，个子高大的老大哥我们年级也有几个，大多性情温和，不会发脾气的。平常偶尔出来维护一下公道，一般都是不闻不问，铁柱一般坐着就好，一点儿危险都没有的。谁叫他们的拳头比别人大一圈呢？

洞见：校园欺凌事件，在英国每个学校都难免发生，一旦发生，一般是很难止住的。欺负小朋友，有一种居高临下的快感，心里明知不好，但是为了过把瘾，弥补自己哪方面不足，也是愿意去试一试的。

2018 年 2 月 10 日

图书馆

图书馆是智慧的象征，里面储存着全体人类精神与智慧的结晶。进入图书馆，就应该轻手轻脚，不得大声喧哗，不得四处跑跳，以免吵到了来此地汲取知识的人们。这可是一个神圣而不可侵犯的地方。

揣着书上楼梯，一转眼看到两个玩牌的小孩子，连忙凑过去看，竟然是久违的游戏王。这可真是奇迹般的发现，想当年，我刚开始玩游戏王的时候，也和他们这么一点大，想不到过了这么多年，连中国校门口的小店都不卖盗版游戏王卡的时候，这里都还有人在玩。真是差点感动得泪如雨下，本来想在旁边多看看，看看他们的水平如何，可是时间不允许我逗留，只能轻轻地走开，看着他们轻轻打牌的身影，不禁有一丝怀念。

找到座位，摊开书本，开始做作业。在图书馆的效率就是高，每个人都是安安静静的，虽然有一半的人都在打游戏，看视频，但是每个人都记得要安静，轻声细语，完全没有吵闹的迹象，精神得以高度集中。突然，做到一半，一群小孩子争先恐后地涌进来，估计都是小学生，吵吵闹闹，挤挤攘攘，好不热闹。旁边沉默的女生抬起了头，写报告的老头皱起了眉头。全部人的注意力都在这一群小学生身上。小学生完全没有注意到自己所在的尴尬境地，反而还吹起了口哨。旁边的女生烦躁地抖了抖腿，严肃的老头捏紧了拳头。还是一个阿姨看到势头不好，连忙和为首的小学生进行交流，小学生点点头，一溜烟地跑了。终于定住了风波，图书馆又恢复了宁静。

洞见：每个人都应该有自由阅读，享受阅读，享受一个安静的、可以专注工作学习的地方的权利。在纷扰的社会人流中，图书馆就是一个绝佳的去处，我们有义务维护这个世外桃源的美好宁静。

2018 年 2 月 19 日

辅导老师

我们学校学生较少，和每个英国学校都一样，师生比例不高。学校有更多的时间和人力来管理我们这些学生。所以我们不仅可以自己选择参加各种补习班，我们还专门配有辅导老师。

这个辅导老师可不是辅导我们学科，而是辅导我们除了学习以外的事物。想补习的话自己去补习班，这个老师只是管平时的事物罢了。还会定期来找你谈话。虽然说管得挺宽，但是我们也都不讨厌他，毕竟还是很有帮助的。每周五，老师管辖下的一批学生就会到教室去，和老师交流。说到交流，是完全没有师生之间的凝重感的，想说什么就说什么，老师就像你的朋友，分享一周当中最好的事情，分担一周当中的烦恼。就当十几分钟的玩耍，时间马上就过去了，同时也学到了一些简单明了的生活中常用的道理。

不仅仅是有大课的心理辅导，其实，每过几个星期，你就必须到他的办公室，和他聊聊这些天所发生的事情。因为是一对一的交流，所以不会有任何顾虑，有什么问题，一股脑说出来就行，只要是有意义的东西，在他能力范围之内，他都会努力去解决，如果是在他能力范围之外，他就尽量去联系，帮忙解决问题。不管怎么样，有问题就告诉他，总是非常有用的。大事小事，不管是窗户坏掉还是同学打架，找到了他就没事了。有了这一个辅导老师，学校可以知道学生们的情况，了解了学生中的普遍问题，学生的问题也得到了解决。

洞见：安排单独辅导老师的目的是让学生更好地融入到学校这个社会环境中。为同学排忧解难，而且学生还不会感到反感，真诚地接受意见与帮助，能让学校和学生同时收到必要的信息和帮助，可谓是非常有效。

2018 年 2 月 20 日

Cheers

　　英国人可是很讲究礼貌的，在学校里，穿着要文明，说话要文明，动作要文明，所以大家都很拘束。毕竟老师会无处不在地看着，可是到了私底下，老毛病就上来了，说话不文明，行为不文明，但是有一句口头禅不会改变，那就是 cheers。

　　在美国或者其他地方，cheers 是干杯的意思，通常在酒席上用，表示自己的敬意和快乐之情。可在英国就不一样了，虽然也能在酒席上用，但也是日常非常普遍的礼貌用语，而且如果你是新来的，一定能搞得你猝不及防。不管在哪里，什么时候，这个词总会吓你一跳。不知道会从谁的嘴巴里蹦出来，也不知道什么时候会说，但总是要及时反应。当你走过一扇门，看着后面有一个人，转过身帮他挡一下门时，他们总会说 cheers，表示自己的感谢。或是他们的笔掉到地上，而我们习惯性地帮他们捡起时，他们就会说 cheers。这个 cheers 比 thank you 更加口语化，也更加简便。

　　说 cheers，似乎没有特定的时间、场合和地点，想说就说，是心灵的表达，是一种对别人精细至微的帮助的感谢，能够做到随口就说，不用思考，让潜意识就做出感谢，才是最好的礼貌。

洞见：cheers 不仅仅只是一个单词，而是语言的艺术，礼貌的艺术，待人接物的艺术。短短的一句 cheers 可以带给人温暖，带给人惊喜，带给人亲和感，是英国绅士风度当中重要的一环。

2018 年 2 月 23 日

橄榄球

英国人很注重运动，所以比赛什么的也会经常关注。每个星期，总会有一群人挤在大厅里看体育频道。橄榄球，足球，曲棍球，都是他们的最爱。这几天是欧洲六国橄榄球杯，几乎所有的同学都在关注这场比赛。

这场比赛热度非凡，游戏开发商搞了一个游戏，简单易懂，操作方便。于是我们宿舍就开了一场橄榄球游戏比赛，很简单，只要从游戏中的几个队伍里面选几个选手，如果选的选手得分了，你就可以得分。所以游戏的目标就是从几百个选手当中，选出几个，他们越厉害越好。我刚开始的时候，觉得这个就是光靠运气的游戏，运气好，你选的人进球了，你就进球了，运气不好，你就得拜拜。其实体育性质的游戏多半都有这么一点运气的因素，但是后来想一想，这看似格外简单的游戏，其实还是有技巧可言的。要尽量选厉害的球队，厉害的选手，这是必然，只要赢球，分数就高。而且要熟练运用之前比赛的数据，比如前面两轮，意大利输得七零八落，那肯定就少选点意大利的队员，而且只要和意大利打的队伍，分数肯定都很高，所以要多选意大利对手球队。多看新闻也是很重要的，谁受伤了，谁上场，都得留心注意，一不小心，自己的主将没上场，那不就是没分了？自从第一轮开始，我这个从来不看橄榄球，从来不打橄榄球的人，竟然稳坐宿舍第三名。今天是第三轮的第一场比赛，法国大战意大利，我全压在法国身上，果然成效明显，我已经坐上了第二名的宝座。

洞见：一款游戏，其实不仅仅是游戏，可以是任何事物，总有各自的规律，总有各自的技巧所在。虽然复杂性强，但是只要找到了简单的规律，就能在一群人当中脱颖而出，比碰壁的一群人不知道要高超多少。所以说观察分析还是必要的。

2018 年 2 月 24 日

室友 2

　　来这个学校一个多月了，对这个学校越来越熟悉，并且对不同的人更为了解了。特别是和朝夕相处的两个室友，和他们的关系更为明朗了一些。

　　James：他的体型就像我上一次说的一样，标准而健美，令人望而生畏。但是他本人却没有那么可怕，不凶狠。不像高年级的一群人，仗着自己人高马大就欺负人，James 大部分时间都是中立的，宁愿待在自己房间里看电视，也不愿意被烦到。他虽然经常在我们面前秀肌肉，但是绝对不暴力，也不会想用暴力，只是把烦人的同学赶跑之后，继续看电视，这点和一般的英国人不太一样。他很喜欢看喜剧，还有听现代音乐，满满的摇滚和说唱充斥着我的耳朵。这个时候另外一个室友 Ed，就会播放经典老歌，七八十年代的流行歌曲和摇滚说唱相碰撞，简直是毁了我们的耳朵。James 威胁 Ed 要打他，Ed 无动于衷，于是 James 就只好戴上了耳机。

　　Ed：Ed 这个胖子，学习一般般，体育更是烂到家了。踢足球不往前冲，曲棍球还慢半拍，光有一副庞大的身躯，打橄榄球几秒钟就得趴下。

183

除了体育不好，力气还蛮大，人倒是一个热心肠。经常帮宿舍管理老师刷墙什么的。他和宿舍老师关系搞得很好，因为老师和他有一个同样的爱好，就是听老歌。一天到晚余音绕梁，深受老师的喜欢，所以经常被表扬。他还很热爱橄榄球电脑游戏，就是我提起过的那个，据说他是去年的第一名。今年可不一样，我下了赌注要战胜他，第三轮过后，我稳居第二，Ed 在第四名徘徊。对此他也是无限的感慨。

洞见：想要真正地认识一个人，必须从每天的生活当中入手，逐步渐进，对各种人物的性格特点进行全方位的分析，了解他的喜好，兴趣，行为特点，才能更好地相处，处理得失。

八卦

　　来来往往这么久，欧美和中国的区别果不其然还是十分大的。但是有些东西根本就没有国界，在世界上什么地方都不会有区别，一个是游戏，一个是抄作业，还有就是同学与同学之间的新闻八卦。

　　我比较幸运，有一个特别八卦的室友，这个室友还有一群特别八卦的朋友。有时候他们半夜讨论八卦，或者趁着没人悄悄议论，没有什么存在感的我就坐在角落里听得一清二楚。还得感谢他们，我对同学们之间的了解有如神助一般地大大提高，几个星期下来，整个年级谁和谁好，干吗干吗，全部都一清二楚了。在中国，进度就得慢得多，毕竟人多，嘴巴多，传言也多，花了几年都还搞不清楚谁和谁好。想必这也是中国和欧美之间的一大区别了。

　　我的室友 James 现在正在热恋之中，一个朋友 Tom 前几天才做掉了他的情敌，传闻 Lily 和谁又跑出去约会了，这种八卦新闻真的是数不胜数，而且更加容易更新换代，来得也快，去得也快，这也是和中国不一样的地方。更加特别的是，仿佛一切都是快节奏的，今年算上我一共三个新生，两个已经找到了女朋友，而且都住在我旁边。有时候他们两个男的一起来讨论八卦口无遮拦，作为第三个新生的我在旁边静静地看着，真是无限感慨。在三个新生当中，还是我和那些男生靠得更近。

洞见：八卦的出现纯属正常，是每个人成长道路上的必经之路。但是欧美和中国的差别，就在于英国学生更加包容，更加外向，更加开放，虽然说不上是好事，但是从对待八卦的角度，就能侧面映射出英国的文化。

决赛

不知道纠结了多少次，在电脑屏幕面前，观察着各个选手的数据，各个队伍的强弱优势，选出最佳的组合。不知道激动了多少次，等待新闻的刷新，一个又一个的队伍被公布出来时，得到的不仅仅是兴奋，而是急切。

我对这个体育一窍不通，但是我却能在这个比赛中独占鳌头，这不仅仅是靠运气，而且还是靠所花的时间、搜索的资料取胜的。橄榄球真是奇妙的运动，或许其他的运动也都一样，对这个运动的了解，不需要真正地去置身而入这个运动里头，还可以靠头脑和技巧。这个游戏，和其他游戏都一样，都有一个自己专属的技巧，运用游戏取胜的通用法则，可以简简单单花点力气就取得胜利。对于这个橄榄球竞猜类似的游戏，我从第一轮的一窍不通，到现在决赛的满腹经纶，也是逐步积累而来的。组建自己的队伍，得到更多的分数，和老师和同学同台竞技，这个游戏带给我、告诉我、教会我的一切，都是无与伦比的。

而现在已经是最后一轮，我在第二名，和第一名相差十分，和第三名相差二十分。最后一轮了，我只能孤注一掷，把所有的人力都投入到爱尔兰和英格兰的比赛中。愿星眷顾，在比赛结束的最后一分钟，我的得力干将进了一个球，这个球，就奠定了我的胜利。同学们目瞪口呆，一个从未接触过橄榄球的人，竟然赢得了比赛。他们问我必胜的秘诀，我也只是笑笑，打游戏，方法要用活了呀。

洞见：不仅仅是打游戏，所有其他的事情，都总会有一个通用的办法。这个办法可能来自同一个类别的事物，也可能风马牛不相及，但是要把这个方法延伸开来，把死的方法用活了，这样才能更好地解除未知的事物，向远方进发。

2018 年 3 月 18 日

跟踪

　　最近室友詹姆斯心神不宁，行为诡异，多半是有女朋友了。想想也就明白，本来一个一米九的壮汉，浑身汗臭要和你肉搏，现在突然开始喷香水，擦唇膏，想想就让人头皮发麻。不过这也给了我们这一大群单身狗一个好点子，跟踪他。

　　今天正巧下了雪，室友灵机一动，在雪里和女朋友漫步，再看看校园里盛开的樱花，可能会很浪漫。他的这点小心思，我们看在眼里，乐在心里。于是当室友浑身上下喷得香香的，头发亮亮的，衣服酷酷的，开开心心地出去之时，浑然不觉我们一大群男生早就已经盯上他了。他出了门，往女生宿舍那边走，我们互相交换眼神，打个暗号，就悄悄尾随。室友和女友慢慢地走，互相打情骂俏，在墙的那一头，一大堆眼睛在悄悄地望着他们，时不时地哧哧笑几声，或是咽几声很响的口水，但室友都没有发觉。直到室友走到了操场上，我们没有掩体，只好匍匐而行。这时室友突然一个回头，所有人马上倒在雪地里，但是鲜艳的衣服还是出卖了我们，我再也不能忘记，室友看到我们之后，那张扭曲到变形的脸。

洞见：不管是哪个学校里都有好几个群体，通常也就是单身狗和情侣们。而单身狗天生嫉妒情侣们，也是完全可以理解的。因为每一个青少年当中，都有一种由内而外的好奇心，是对这种快乐，由懵懂到逐步理解的过程，只不过有些人进化快一点，有些人进化慢一点。

2018 年 3 月 21 日

Matron

Matron，也就是我们的宿舍生活指导员，简单来讲，就是负责管理、照顾我们生活的人。比老师要低一个级别，比清洁工要高一个级别，但是工作量多得多，处在中间一个很尴尬的地位之中。

刚开始我来，大家都叫她 Matron，我还以为是她的名字，结果只是那个职位的名字。别的宿舍的生活指导员也叫 Matron，全校有一大堆 Matron。Matron 仿佛成了他们通用的名字，叫老师都敬敬畏畏地用姓，但是叫 Matron 只要大声吼一声就行了，仿佛她无名，无姓。但是的确，我没有听任何一个人叫过她的真名，所以我连她的名字都不得以知晓。但就是这个连名字也几乎记不住的人，却无微不至地关怀着我们，给了我们一个舒适的生活环境。

她总是来我们的房间检查，时不时地监督整理房间，她总是去镇里买来水果、牛奶、面包，摆在厨房，令人取用。她总是努力地帮新生，让我们更早地适应这里的生活方式。只要有要求，可以和她说，她总能够在你需要的地方帮到你。无微不至地关怀着你，让你感受到家的温暖。

洞见：我们生活中总有一些这样的人，不知道名字，或是根本不曾对话，甚至可能根本不曾见面。但是他们还是默默地关怀着你，关怀着每一个人，为这个世界做出力所能及的贡献。一个职务虽然取代了他们的名字，但这并不影响他们努力的步伐。

2018 年 4 月 17 日

新的寝室

换了一个学期，很让我们不理解的是，学校竟然给我们换了一个寝室。我们于是就得扛着大包小包从一楼到三楼，再上下往复十几次。对于包特别多的那些人，简直就是折磨，就我自己，也累个半死。

从原来的三人间搬到双人间，室友少了，但是更加吵闹了。我的室友，就是我上次写到过的，Josh，特别调皮特别捣蛋的那个。现在换到变成我的室友了，真是好像有折磨人的意思。他还是像以前那样子，这点没有什么大的改变，喜欢借别人的东西用，但至少这次他把我的裤子借走之后，我还是抓得到人对证的。当然，听说他还是特别爱整洁干净的，衣服书本全部都是井井有条，当然现在看来，虽然不假，但也有点吹牛皮的意味。

有了他在我们寝室，来访的人都多了起来，多半都是来找室友麻烦的，但是不管怎样，整个寝室都变得生机勃勃了许多。音乐变得更活泼，游戏的声音时刻都可以听到。不管怎么说，新的寝室，新的宿舍，多半还是百利而无一害的。

洞见：已知的环境中新的情况，我们也要学会去灵活对待。运用已知的基础和知识，去适应新的一个变数，这个就是活学活用、融会贯通的一种很好的表现方法。如何处理好人际关系，如何照顾好自己的生活，世界在变，你也要跟着适应。

2018 年 4 月 23 日

零食风波

　　这次来英国，学乖了，知道零食火热、抢手，就带了一大箱。一个抽屉装不下，还又装了一个抽屉。就看着这么多零食，却要省着点吃，真是一件折磨人的事情。但是我的同学却没有这些觉悟，免费的食物，好呀，赶快吃完就好。根本就是无休止地拿，非得搞个弹尽粮绝不可。

　　当然，一般来说，我都是会给他们的。但是他们得了便宜还卖乖，毫无尽头地向我索取食物，好像我这里取之不尽用之不竭似的。我当然是不允许的，但是他们非得求我，好像没有零食就活不下去似的，我心一软，就给他们了。之后想一想，这和强盗没什么区别。当然，小偷也还是有的，趁我不在的时候偷偷摸摸地进来偷走，这个也是很恶劣的事情，但是我也没办法知道他是谁。真希望我有一个巨大的老鼠夹，谁来偷我吃的，啪一下就夹住了。

　　我有想过要拿辣条来卖，但是宿舍老师还是不允许，点子好是好，但是辣条比较臭，污染空气，特别是一堆人吃的话，就像抽烟一样，那还受得了，所以就这样黄了。

洞见：民以食为天，所有人都向往着你的零食。但是别人不会为你着想，大部分时间都只是为了自己的味觉享受。这就是现在人类的天性，毫无休止地向地球索取资源，不仅仅是强盗的行径，等到最后，也只有走向枯竭。如果我们反其道而行之，或许就能长治久安。

2018 年 5 月 3 日

做买卖

运动会，没项目，实在是太无所事事了，随意转念一想，还不如去帮忙经营 matron 的小店。五六个汉子，把各种货物都搬上了车，直接运往体育馆，就地摆摊，生意兴隆。

刚刚摆好，一大群人就蜂拥过来，都是一群吃货，在小摊前挤成一堆，我们几个营业员在后头挤成一堆，几个忙着找零钱，几个忙着和顾客沟通，几个忙着拿货。一张桌子上，有一堆商品，还有一堆手，你抓这个，我指这个，来来往往的是货，叮叮当当的是钱。感觉只过了一下子，人涌过来，好卖的东西马上都卖完了。找钱，抓零食弄到手抖，还真是不亦乐乎，财源广进。matron 一直都是满脸喜色，指挥着几个营业员赶快工作，在我们宿舍，哪里有这么热闹的场面，还真的是可以小赚一笔。

我们的顾客一大群，有些是回头客，当然都是些零花钱多的，还有能吃的，另外有些只买一点就没钱了的那种。我们当然希望有更多的回头客，但是对另外一些人也是毫不懈怠的。要是我们的服务、产品足够好，说不定那些没钱的也会借钱再来消费。为了更好地应对，我们还专门有了中文服务，就为了服务那些中国人，要知道，他们可是最大的消费群体之一。我们还接受预订服务，像外卖小哥一样随叫随到，想想也是周到了。

洞见：经营一样东西，当然首先是要认真，同时也要讲究态度、服务，还
　　有东西的价格、质量。真正好的产品，不看价格，也照样能够脱销。
　　但是这个必须通过良好的推销、服务来得以传播。经营一个东西，以
　　此来想，也是难了。

2018 年 5 月 9 日

中文考试

今天是我的 GCSE 第一场考试，比数学还要提前几个星期。不过这场考试，理论上不需要任何准备，也不需要任何疑问，一切都应该不会很难，也多半不可能会难。很自信的我就去了，因为这场是中文考试，特别备注，还是语言表达。

尽管有了民族的自信心，此前无数对自己的安慰，即使如此，我还是有好些紧张的。不是因为害怕这个题目会很难，也不是因为害怕自己的回答会特别的刁钻，真正害怕的是，如果讲话的时候，一不留神，像小时候那样掉个链子，爆出来一句永康话，或者几个英文单词，这也是十分不雅观的。简简单单地准备了一下，我就进去了。测试老师是一个稳重的中年妇女，不慌不忙地把题目准备好。我就坐在她对面，激动无比，等待着这一切的开始，我可是对这些题目有很高期望的。

老师问的第一个问题，我就彻底对这场考试失去了兴趣。这是啥题啊，简直简单透顶，小学一年级的学生都能回答。但对于我来说，还得纠结一下子才能给出答案。这个问题就是著名的：你最喜欢的书是什么。当然之后还有孪生兄弟，最喜欢的电影，最喜欢的科目，但这些根本就是没有难度的东西。不得不说，出这种题目，还是没有什么技术含量的。

洞见：一次未知的经验，我们当然不知道困难与否。这时候我们就要适当
　　地估计，但不管估计的难度几何，我们都要事前认真地准备，事情中
　　认真地对待，事情后认真地反省。这也是避免出现特殊情况的有用的
　　方法。

2018 年 5 月 13 日

诗歌比赛

上个学期闲着无聊，看到有诗歌比赛的消息，就写了几首诗交上去。前几天接到通知，我被选上了，真的是惊讶异常。写着玩玩的东西就这样去比赛了，这怎么比得赢，除非没人和我比。

一大清早就要起来，和同行的哥哥一起前往市里比赛。这几天正好是我们市里 cheltenham 文化艺术节，我们的比赛就放在市政厅举行。市政厅很大，一股古风，老式欧式建筑的痕迹十分明显，残留了 20 世纪的文化印记。我们就在一个房间里比，偌大的一个房间，两个评委，百十条椅子，结果稀稀拉拉的才来了十几个人。三个年龄组，十四岁以下，十四岁到十七岁，十七岁以上，总共也才来了这么几个，英国人真少。

比赛开始了，先是十四岁以下，几个小朋友蹦跳着跑上去，读着充满稚气的诗歌。有些诗歌的确平淡幼稚，有些诗歌却是活泼可爱，充满了这个年龄段应该有的天真。然而评委是两个老头，每次读完，一个老头都会上去点评，用专业术语，点评小孩子的文章，一群小孩子看得似懂非懂，感觉有种别样的幽默感。小孩子完了，本来应该轮到我们年龄段，评委找了许久，没找到我们年龄段的文件，就直接把我们跳过了，于是我紧张了半天，比赛还没有了，现在得看成年人的表演。我们学校的大哥上去，读了他的诗歌，不怎么样，评委点评也的确不怎么样，他心灰意冷地下来了。一个老头也读了诗，他的老伴在下面给他鼓掌，写得不错，同为老头的评委点评说，有一种很浓厚的时代感。都以为他必胜无疑了，此时评委站起来，读了一首诗，作者今天没来，但是竟然拿了第一名。这让所有人都愤愤不平，我虽然没有参加成，但我也愤愤不平，我的比赛被你们吃了？

比赛结束我去找评委，两个评委老头愣了很久，又找了了很久，终于在一叠纸底下找到我们年龄段的文件。端详了一下子，和我说，恭喜你，包揽金银铜。我愣了一下，究竟是怎么回事？他笑着说，你是这个年龄段唯一的参赛者。噢，还真是走了狗屎运了。但是至少我也在下场比赛了，在故事比赛中读了我的诗，得分在所有年龄段也是排名第二的。今天得了一块金牌，也算是给母亲的母亲节礼物了。

洞见：一场惊喜，一场意外，一场美好的结局。在这个母亲节的日子，每一首诗都是对母亲的颂歌，每一场意外都有母亲在庇护。拼搏道路上不要心慌，想一想母亲在远方，就会充满希望。

2018 年 5 月 14 日

James Pollard

这个就是我以前写过的那个，我曾经的室友，身高一米九几，体重两百斤的壮汉。拥有一身傲人的肌肉，还有帅气的外表，除了成绩不好，可谓是成功人士了。他也是我在英国印象最好的白人之一。

我以前也写过，我们一群男生曾经冒着生命危险跟踪 James 和女朋友约会。现在这种闲情逸致已经没有了，不是我们不跟踪他了，而是他分手了。分手的那天，他准备了五分钟的说辞，很难想象这么大一个人会如此优柔寡断，走到他女朋友面前，准备甩了她。但是他女朋友抢先一步，一句话就分了，然后转头就走，留下石化的 James。这段故事流传甚广，全校知名度可比什么梁山伯与祝英台高多了。他本人也因此而蒙羞，但是对于他来说，这也不算什么，毕竟他身强体壮，别人真的也不敢拿他怎么样的。

他具有一切粗大男生一样的粗心性子，忘带笔，忘带作业，也是正常态。但是唯一不一样的是，他性子不急，慢慢来，有耐性。有些人发火，冲动极了，一下子就火冒三丈冲上去扭打了。但是他也不怎么会发火，不管别人怎么说他，他只是骂一句，然后走开，绝对没有特别发火临近崩溃的时候。正因为这样，所以感觉他待人和气，性格好，就在这点上，他就成为了我们年级最受欢迎的人之一。

洞见：一个人的人格魅力，不是看他的身材，也不仅仅是听他的言语，而是看重他对待别人，对待挫折，对待每一天的心态和想法。只有你对这个世界充满了乐观，对身边的每一个人保持和蔼，别人才会永远待在你身边。

2018 年 5 月 15 日

Fahed

　　他是一个奇怪的人，是我有史以来遇见的最奇怪的人。拥有最奇怪的相貌，最奇怪的言语，最奇怪的行为，和他在一起，根本让人摸不着头脑，都是各种无厘头的东西，根本没有逻辑可言。

　　胖胖的身材，其实身体形状不胖，只是肉比较松散，走起路来一颤一颤的。古铜色的皮肤，中东人的特性，椭圆的脸上布满了一个又一个的，好几种不同样的，不知道是黑痣还是粉刺一样的东西。睫毛特长，鼻子中等，一微笑总会露出牙套，满脸诡异的凶光。可能就是因为他面相凶恶，所以有些人故意躲着他，但是更多的人还是不嫌弃他的，因为有时候，他的话语总是能触动人的心弦惹得我们开怀大笑。

　　不知道为什么，前几天，Fahed 不见了，就像孔乙己一样，颓废得不知道去了哪里。别人一问，原来是被开除了，心里倒是十分纳闷。虽然他成绩确实很差，而且不是一般的差，但是也不至于到被开除的地步。上个学期，他倒是被指控校园欺凌我的室友——特别淘气但却也算很强壮的 Josh。这个可就想不通了，难道我的室友还会被他欺负不成？就室友这个性格，石头都被他打烂。不管怎样，Fahed 都不在学校里了，但是还是要说一句实在话，还是蛮想他的。

洞见：Fahed 被开除肯定有自己特殊的原因。我们也要引以为戒，严加自律，不违反学校的规章制度。开玩笑，搞幽默固然好，但是在这个种族尤其分明的学校，更是要注意言行，不要让别人有机可乘。

2018 年 5 月 18 日

Ms.Vickery

　　她是我们的英语老师，但不是永久的，她只是代班的，带我们两个学期而已。原来的英语老师生宝宝休假了，我对原来的老师反而还没什么印象，都是 Ms.Vickery 在教我们。

　　她是我见到过的，最奇怪的老师之一。当了十几二十年的老师，身材苗条，但是面孔显老。黄白的脸上两个淡紫的眼袋垂挂着，一看就是没睡好，眼神恍惚。想想也有道理，就看看英国同学的字，和希腊字母差不多，没有放大镜和翻译机我是无论如何也搞不清楚的。想必老师也是被折腾得够呛。老师身高不高，也略有些瘦，刚刚好够得到白板顶端，但是一点威胁力都没有，还经常犯糊涂。特别是留作业的时候，经常留下一个课时的作业。还有这个课时上到一半突然漏掉，也是常常有的事。

　　说实话，她的确不是最好的英语老师，总是花一大堆时间，在学生故意捣乱提出的问题上纠缠不休。但是她确实很有耐心，做一件事情也是孜孜不倦。一个问题，她要保证每一个同学都听懂之后再讲下一个，不管什么问题只要不是太离谱的，都可以细心解答。绝对不落下任何一个学生，她总是在课上说："这个课上，我知道有很多想拿 A 的学生，也有成

207

绩并不如意的学生，但是我会保证，每一个人都能听懂我上的课，每一个人都有拿 A 的资格，你努不努力，那就看你自己了。"

洞见：英国的教育，很多都是自主学习为主。你不去找老师单独辅导，老师也不会想到要去理你。老师总会给你资料，给你试卷，教给你知识和方法，每一个人都是一样的，但是使你变得优秀的唯一途径，只有在这些资本之上的继续自我努力。

2018 年 5 月 21 日

中文考试（2）

　　上次考的，是中文，这次考的也是中文，但是很明显，感觉强度不一样了。不是难度的问题，而是压力的问题，今天的考试，感觉压力更大，没有更难，但是更累。

　　考试之前，我可是跑上跑下，一下子笔忘记带了，一下子自己的号码忘记了，还得跑回宿舍去拿。翻箱倒柜，把垃圾桶都要掏空了，还是找不到我的考试号码，连忙又只能跑回去，结果老师知道我的号码，当初问一下就行了。

　　上次说话考试只考十分钟，这次一共两个小时，听力加阅读写作，似乎感觉还是很有难度的，不得不小心对待。听力试卷发下来了，看了一看，这个难度，肯定就是要让我掉以轻心。我期待着流利的口语从广播里流淌出来，而不是在中国听英语听力的那种怪腔怪调，坑坑洼洼。广播开始放了，说了几个字，真的是字正腔圆，但是极其缓慢。说完几个字，就得停顿好久，比如他说：我的妹妹，五秒停顿，喜欢看书。等待他把句子说完的这段时间，简直就是煎熬。句子都已经说了一半，都能猜出来他会说什么，答案都能填上去了，就等他说出来，可是他就是不说出来，这种感觉，真的是很痛苦的。还有就是天气特别热，再加上我刚刚在宿舍跑来跑去的，汗都嗞嗞地冒出来，在皮肤上蒸腾。这个教室还没有空调，太不高科技了，一群人只好扒开了衣服，恨不得赤膊上阵。除了这个，笔试，听力，真的没什么难的。

洞见：做重要的事情，有时候总会有一些无法预料到的意外会突然发生。但是千万不要过于惊讶，也不要过于紧张，放松自己的心情，调整自己的心态，意外什么的，也只会是短暂的过客而已。

2018 年 6 月 4 日

复习

这周是期末考试，考了整整一周。上周是复习，也复习了整整一周。一周复习下来，好像根本没有什么收获，落下来的那一个学期的东西，不会的照样还是不会，可能只是概念清晰了一点，但是死记硬背的东西还是一塌糊涂。

死记硬背的东西，是最没有意思，最消耗时间，最消耗体力的。生物要背各种生物专有名词，都是特别长特别复杂的那种，由一大堆词根组成，背那些真是煎熬。地理也需要背一点概念，是那些地理名词，只占了一半，另外一半完全就是活学活用的，套路记住就没有问题。

这么多科目里面，最麻烦、最讨厌的就是古典文明。古典文明学什么？希腊神话、罗马神话、荷马史诗，还有一大堆和这个教派有关系的东西，非常的麻烦。学历史的话要背的人名至少都是正常的，不拗口，还都很有特点。和学历史比起来，这些名字都不一样，动不动就来几个阿吉亚斯、阿尼亚斯、阿格斯，都是差不多的名字，拼写也都差不多，甚至有几个职位都差不多，但是就得记下来。因为这个科目没什么活学活用的东西，而且没有商量的余地。

洞见：复习的心情，也许很多人都一样，岂止能用"凉凉"来形容。但是
不管复习什么，死记硬背也好，活学活用也好，不能变的就是找到最
适合自己的方法技巧，在对的时间，对的地点，用对的心态去复习。
复习不进去，仅仅是心态而已，可以灵活调整转换。

2018 年 6 月 12 日

布里斯托

学校也是好心的，地理课，带我们出来逛一逛。就像春游一样，一整天都在布里斯托，也算是英国的一线城市，参观，游玩，顺便各种考察，有一种当地理学家的范儿。

没去布里斯托之前，总感觉这是个非常牛、非常厉害的地方。英国的一线城市的人口，仅有几个接近我家乡的城市，有的还要少一点，但是也总感觉很厉害了。我们坐在船上，沿河顺流而下参观，路边的景色也不是想象中的风光无限好。到处都是一些老房子，但都不是很老的房子，只是一些百八十年的旧房子，不符合时代气息，更不符合当代审美，有一股凝重的工业革命时代的气息。这些老房子，到处都是，还有一些桥之类的，全部都是很老的，又不美观，也不独特。这边想要把这些房子处理掉，可谓是很难的，处在人口密集区域，况且还都是文物，禁止损毁重造，只能修改、翻新，大大减弱了城市发展的进程。

当然，一个一线城市，肯定还是有自己繁华部分的。昔日的荣辉已经不能再照耀它，主城区还是有一大笔投资的，看起来虽然没有中国的上海深圳那么繁华，至少还是有高端商务区的水平。不然这个名头，往哪搁？

洞见：一个城市的繁荣，不仅仅是因为人口多，不仅仅是因为它有名，不仅仅是因为几个高楼大厦。而是历史底蕴，人文文化，宗教信仰的几何体。但是这样一个曾经兴荣的城市，若不加速现代化进程，终将会落后。

2018 年 6 月 15 日

诗歌朗诵 1

大前个星期，老师就已经反复强调。这个周六是年级的诗歌背诵比赛，一个班三个人参加，一共五个班，估计也有一堆人。选的诗不能超过12 行，也不能少于 10 行，而且还必须是有名的，发表的，在规定主题范围内的诗。

老师反复强调的事情，当然要放在心上，于是我就花了点时间选诗。这个诗可没有这么好选，要有名，还要短，还要响亮，我自己认为，还要读得顺溜，诗的本身更要有点意味才好。这样一来，就更难选了，本来就要短，还要装下一些内涵，想不出来。反正可以拖一拖，拖到班级选拔。熬了三个星期，自己选什么诗自己心里也有点数，就看同学的表现了。

我这个班本来就是英语四等班，倒数第二差的班，里面基本上都是外国人。尽管如此，我还是认为他们会读得很好。结果他们一开口，我就有点数了。几个人根本就没选好，读得怪声怪气的，家乡口音天花乱坠，不过他们倒是还可以振振有词，诗就叫作《我就是我》。最好的一个人，就是我们 house 的俄罗斯大壮 Vlad，他用他浑厚的嗓音，完美的背诵，激情的收场，给我们背诵了一首"一闪一闪亮晶晶，满天都是小星星"。他背诵的是这么的好，以至于老师听得大跌眼镜，也得把他加到最终名单里面。

洞见：像这种比赛，都是一次次展现自我的机会，要抓住这个机会，向别人展现自己的风采。只要用心去准备，不管你准备的是什么，不管最后的效果是怎么样的，只要你展现了最完美的自己，那就是大成功。

2018 年 6 月 16 日

诗歌朗诵 2

今天早上按照规定的时间起来，急急忙忙地赶到学校的室外剧场。剧场坐落在树林中间，青苔和碎石散发着一股寂寞的幽香。在这个地方背诵，真的是神清气爽，心旷神怡。走了几遍舞台，其他人还没有来，所以我们几个就一直等。

然后才发现我们去错地方了。

不知道为什么，地点被改成了音乐教室，所以我们就只能穿过整个学校，急忙忙地赶到音乐教室。到了那里，早就已经人满为患了。还好我是参赛者，可以坐第一排，和我一起的那些兄弟，坐到哪里去都不知道了。现在无依无靠，只能坐等着比赛开始。我旁边坐着两个一级班的，水平想必是极高，搞得我压力山大。

比赛马上开始了，第一个女生站了上去，那个真的是字正腔圆，表情丰富，然而她仅仅是三级班的，我不得不又深吸了一口气。一级班的一个同学上去了。就看他叽里呱啦滔滔不绝不绝于耳，站在那里讲了 5 分钟。不是最多 12 行吗，一级班就有特权？怪异。中间一大群一般般的，有一个俄罗斯人讲得很好，但是口音太重，简直是过于含糊。很快就到我了，我站在台上，全身发抖，简直就是大马达。只能艰难地用情感把紧张压下来。上天保佑我没有出错，果然没有出错，还好没有出错，我从台上下来后，已经完全瘫了。

洞见：在台上，要极力控制自己的情绪，自己的情绪就是一切恐惧的来源。不管表现如何，只要控制了对舞台的这份恐惧，把恐惧转换为动力，把动力转换为能力，把能力转换为表现力，把表现力转换为感染力，那就是成功的一部分。

2018 年 6 月 23 日

军训第一日

整理了一天的东西，全部打包到一起，和其他同学的一堆包一起，装上了车，和人一起在双层大巴上被运到欧可汗普顿军事基地，开始为期一周的军训。据老师所言，这次军训将会：超越你的极限。所以每个人都非常绝望。

车开到了大山上，蜿蜒曲折了几分钟，前方开阔了许多，一望无际的大草原，几只白羊星星点点，还有几个大石头随意地横在草中，有一些零星的美感。我们很快下了车，走了一圈，到我们的宿舍去。估计有三十多个人，住在一个大房间，双层床，老旧并且锈迹斑斑。更糟糕的是，螺丝还松了，上铺的兄弟抖一抖，整个铺子抖三抖，下铺的兄弟吓成狗。不仅仅如此，床垫大部分磨损，床单斑斑驳驳，枕头毫无弹性，根本没有想睡的欲望。还好我们自己每个人都带了睡袋，只能睡在睡袋里面，希望别从床上滚下去。

一个大房间已经住满了人，还有三个人只能去别的房间。我的运气不太好，只是走得慢了一点，就只能和那三个人住另一个房间了。很不幸的是，我们只占两张床，另外一堆床都是别的学校的。还好我的两个室友我都认识，Hamish 和 Sanjay。

洞见：不管环境怎么样，不管是恶劣还是舒适，我们都应该营造一个自己的小空间，不受外界环境而影响，认真专注地做自己的事情。必要的时候，走出自己的小空间，也去融入和感受这个环境。

2018 年 6 月 24 日

军训第二日

　　军训第二天，学校和营地共同组织了一个名为龙之挑战的活动，我们被分成六个队伍，每个队伍十个人。一个队长，一个副队长。队长和副队长都是学校看运气选的，所以很多人都愤愤不平，平时最皮的人，竟然被选上了"负责人"。

　　一共八个挑战，分别是行军、攀岩、射击、掩护、合击、探索、急救，还有障碍攀爬。太阳大大地悬挂在天上，即使超级明亮，把白人一个个都晒成粉人。气温也只有二十几摄氏度，对于在中国生活过很久的我来说，简直就是不值一提。防晒霜都不用擦，晒上一天，也还是黄的。这么多个挑战，其实都还不错，最烂的挑战，就是行军了。我们一个队伍十个人排成三排，每排三个人，队长站在外头监督。教练拿着一个拐杖四处走来走去，每喊一声指令，就破一次音，沙哑而又时有尖利，十分好笑，一个个都笑得人仰马翻。而且这些行军步伐我们原来都不会，还有几个同手同脚的，根本就是一团糟。

　　一天下来，分数也赚到了许多，总感觉可能会赢，隐隐的有一种希望。但是重要的是，我们得以休息了，一天走下来，几万步不说，脚都要磨出水泡来。

洞见：多重的挑战就是让我们尝试不同种类的挑战，在每个方面都能锻炼
　　我们的能力。合作能力、领导能力、耐挫能力，每个方面都必须顶
　　尖，才能获得最终的胜利。就是因为这样，这个军训才充满挑战性。

2018 年 6 月 25 日

军训第三日

今天是最累的一天，仿佛爬了无数个坡，身上压着十座大山，步数轻松过万。今天的军训可不是在营地四处走走，或是爬爬墙，或是打打彩弹这么简单，今天的训练，可是走到野外去，身上背着真枪，练习如何伏击敌人。

身上穿着队服、多用马甲，带着两个满满的弹夹，揣着两个大水壶，背着一把 M18L1，我们就上路了。以前我用过这枪，学生训练专用枪，只能单发，但足够了。可我从来没用过这个子弹，5.56 毫米子弹，只在游戏里见过，拿到手里才知道是什么样子的。虽然不是实弹，但我也是很激动的了。出发前很开心，很激动，十分钟之后整个人就蔫了。太阳高高地照在上面，四周没有树荫，全部都是黄草，远方的山丘也没有树，只有一堆黄草，光秃秃的，反射着热辣的阳光。四周倒是有很多羊，自然全部都是羊屎，整个草地就像地雷区一样，一不小心就会踩到"地雷"，然后臭上一天。

我们学会了如何狙击敌人，也跨过了四五个山头。最后有个最终考查，要突击抓住敌人。我们小队排成箭头形状，逐步从山脚下往山上探索。从山脚下往山上看，简直好像是一马平川，即使路途上荆棘密布，任务也势在必得。刚走没几步，突然感觉有啥扎了脚，低头一看，再往四周看看，果然是荆棘密布。满地都是一丛一丛挺立着尖刺的荆棘，即使穿着长裤，也能感受到痛楚。正在荆棘丛中找落脚之地的我，突然听到了队长的叫声。"有敌人，杀！一队往上冲，二队打掩护！"身为二队的我本应该马上卧倒开火，但是在这个荆棘丛中，根本无法卧倒，只能勉勉强强单膝跪地开火。一堆火药味，空弹壳飞出来，然后枪就不能打了。把弹夹拆出来一看，子弹卡膛，动不了了，只能抖抖抖，抖了半天，把子弹抖出来，才发现我落后了。

洞见：执行任务，就应该听取队长的指令，不能贸然行动。要做好自己的职责，完成队长分配的任务，就必须自己先管好自己，把自己的基本实事做好，才能更快更好地完成任务。不要分心，注意周围，才能最好地做完自己的任务。

2018 年 6 月 26 日

军训第四日

　　一天当中最热闹，最令人烦恼，最有挑战，最欲罢不能的，不是在大草原上肆意奔跑的时光，不是在艳阳高照之下拼命爬山的时光，不是满背上物资挣扎着行军的时光，而是半夜三更万籁俱寂拼命努力想睡觉的时光。

　　虽然我不和我们学校的大部分同学住一起，和别的学校的同学住一起，即使这样，我们四个还是很难睡着。虽然四周漆黑无比，但是有同学在这里，特别是几十个同学在一起，整个夜晚都不安宁。明明在床上睡得好好的，睡袋也整理好了，枕头也垫得舒舒服服的，突然从远方传来一声邪魅的笑声，在黑暗中四处传播。马上就像烽火台似的，从黑暗中的每个角落，传出来一声声邪魅的笑声，经久不息。打破笑声的是某人的一声尖叫，还有脚步声，狂跳声，床震动的声音，几处手电筒打过去好奇地看，一个人不知怎么的偷走了另一个人的床垫，然后就绕着整个寝室猫和老鼠一般地追逐。在另一头，一个调皮的男生激怒了一个彪形大汉，只听彪形大汉厚实的一拳打下去，墙都要被打穿，很快就有一大堆人提着自己的睡袋跑上去劝退，一堆手抓着一个人，才能把他抓住，那个调皮的男生也吓个半死了。我们睡觉的也都睡不着了，开始在走廊里狂舞。真是不安宁。

洞见：一个人很难自己开上一个派对，一堆人却可以一起嗨上半天。聚会和派对的激情就在于，不同的人聚在一起，不同的想法和思维在碰撞，不同的经历交融在一起，就能产生无穷无尽的火花，点亮无穷无尽的激情。

2018 年 6 月 27 日

军训第五天

　　在我的世界里，水是最可怕的东西之一。它无处不在，而且人人必需，人人必有，可以是小小的漂浮不定的蒸汽，也能是巨大无比的时时刻刻汹涌着的海洋。它们可以是这么的脆弱，也可以是那么的强大，分分秒秒内结束生命。这就是水，可怕的水。

　　穿上泳装，再套上 Roadford Lake 活动中心的保暖服，再戴上大大的头盔，穿上极小无比的救生衣，一天的水上活动就开始了。一共四项：手划船，做浮筏，开帆船，冲风浪。除了开帆船，其他的非常无聊，特别是做浮筏，必须跟随着老师的蓝图造船，尽管老师的船十分不结实，而且根本就省力，我们还得这么造，然后在水里慢慢地沉没。

　　帆船是最有意思的一个，开帆船全看天意，要是风大，简直就是扬帆起航，要是没风，还没有游泳速度快。考试把我们组成了两个队伍互相竞争，我们队前期失利，开着开着就停下来了，对面的成功追上，反超，甚至套圈。我和小伙伴 Jamie 心急如焚，就希望他们再给点力，拉满帆。我们的第二棒还不错，至少比对面的快一点，争取到了一点优势。然后我和 Jamie 就飞身上船，他掌舵，我张帆，正好一阵风吹来，拉满帆，船马上就飞起来，仿佛装了一个马达一样，我们遥遥领先。对面的想追上我们，也拉满帆，突然一阵大风横扫过来，我识趣地松了帆，对面的仍然还是满帆，于是失去平衡，他们人仰马翻，翻船了。

洞见：很多时候，要学会灵活。风是灵活的，帆是灵活的，船也是灵活的，世界也是灵活的。如果一成不变，我们就无法跟上时代环境的变化，然后失败得一塌糊涂。只有我们灵活对待，调整自己的状态，才能得以生存。

2018 年 6 月 28 日

军训第六天

　　欧可汗普顿军事训练基地，不仅仅只有我们学校，还有好几个别的学校。Cheltenham College，我们丁克洛斯最大的竞争者。当然还有和我们住在一起的 Costons，还有一个 Pixes，当然，很有趣的是，还有外国人，一群来自欧洲"东北三省"（立陶宛那三个）的战斗民族。

　　那些立陶宛人，可谓是有备而来，专门挑了几个身强体壮，百发百中，亲和和善的人过来，彰显国家的繁荣昌盛。特别是为首的一个大光头，身高可能有两米，浑身透露出一股杀气，但从来都是笑嘻嘻的，还是很有亲和力的。这种人还真是少见，立陶宛人，从来都没有见过。一天到晚只要他在草地上走一圈，身后就跟上来了一大群凑热闹的人。跟在大光头后面的总是一个胖子，也是立陶宛人，专门和大光头一唱一和，调节气氛。那个胖子一看就底盘极稳，一脸喜剧演员相，也没人敢唱反调。这些人临走之前，到处分发贴贴纸，和我们学校的人交换 T 恤什么的，也都是很热闹。

　　至于那些 Pixes，真的是模范标兵，啥都是第一名，纪律性极强，我们这些菜鸟真是没法比。他们在颁奖典礼上包揽了所有团体奖项，我们的老师羡慕得脸都绿了。

洞见：来自不同国家，不同地区，不同学校的人聚集在一起，能够很快地玩在一起，可不是奇迹？我们只要心里没有对于陌生人的隔膜，用友好和亲和来回敬对方，勇敢地和他们说话，很快不认识的人也能够玩在一起。

2018 年 6 月 29 日

军训第七天

最后一天终于到了，军训的最后一天，同时也是这个学期的最后一天，再过一天，我也就回到中国了，真是愉悦。抹掉满手的机油，把包甩到大巴上，和同学挤眉弄眼，默默地咒骂一下简陋的宿舍，还有永远手抖的食堂大妈，回去了，真是舒服。

坐在车上笑嘻嘻的一大群人，然后上来一个怏怏不乐的 Paco。可怜的 Paco，今天就得回西班牙了，在西班牙读完高中。他的一个表弟会过来，听说长得和他一模一样，但是也不可能和现在 Paco 一模一样，每时每刻都在微笑，每时每刻都是热情似火。

Paco 坐在我后面，独自一个人怏了好久，脸朝天，眼袋格外的肿胀。耳机也没有戴好，胡乱地放着一些西班牙的歌曲，葛优躺一样地侧着身子睡着，可谓是十分惆怅，不一会儿就昏昏沉沉了。等他醒来，已经到学校了。

下了车，大家都是满面春风，就他一个人面无表情，不敢说话。大家和他说话，他却哇的一声和小孩子一样哭出声来，说些什么不想走的话。实在让人为之动容。Paco 一直哭，和每个人不停地拥抱，我就在旁边驻足观看，抱了十多分钟，人稀稀落落地都走光了，我和他才慢慢悠悠地走回宿舍去。

洞见：离别是这个世界上最痛苦的事情之一，自己辛辛苦苦创造的一切，感情也好，友谊也好，都要在离别的那一刻分崩离析。离别了就成为了过去，谁不想把过去做过的梦再延续下去，但是我们还是要面对现实。

2018 年 6 月 29 日 /7 月 1 日

回国

浦东，到了。

出了飞机，是中国那熟悉的味道。空气中夹杂着淡淡的水汽，细小的尘埃，还有最重要的，最令人振奋的，家的味道。

几天的雷阵雨已经掠去了空气中的尘垢，也冲刷了我的心灵。我的世界，再也不是朦朦胧胧似清非清的状态，而是明朗的，发着光一般透亮。尽管今天仍然不见太阳。

坐在车里，雨刷来来回回摇摆着，一遍遍地拭去玻璃上的水珠。尽管如此，还是有无数的水珠扑上来，拍打着命运的窗棂。

时光就好比雨刷，一遍遍地把曾经的过去抹去。已经抹去的，那是过去，落在玻璃上的，就是现在，即将落下的，也就是将来。但是不管哪个节点，总会有些水珠顽强地留在玻璃上，那就是回忆了，直到那些水珠在阳光下蒸发至尽。

车开过一个变电站，复杂，交错。黑压压的电线汇聚在一个地方，再联通到四面八方。这不就是我们吗，汇聚在一起，青春的激情把我们连接，但是也总会有各奔前程的那一天。去某个未知的地点奉献自己的未来。人走了，但是纵横相通的网仍然连接着我们的心。

　　家最终还是到了，温馨的、爱的港湾。在这里我可以忘掉一切所想，放松身心，缓解疲劳，还有什么比暖和和、软绵绵的床来得可爱？

洞见：人生无尽的行程当中，会看见很多事情。由这些事情，激起了我们的思考，激起了我们的对话。从每一个事物中都能推敲出一个道理，这些道理使人的生活更加丰富，更加具有智慧，更加有爱。

第 **4** 章

英国丁克洛斯求学（中）

2018 年 9 月 2 日

新征程

　　去英国上学的路程总是千篇一律，上火车，下火车，住酒店，出酒店，取机牌，过安检，然后就有了现在坐在飞机上昏昏欲睡的我。说不艰辛，但是想到等下飞机还得赶路的时候，却又好像感觉很艰辛，不过不管怎么样，都只是一段又臭又长的路程罢了。

　　前几次选的都是英国航空，但是不给好评，因为飞机的年龄比我都还要大，陈旧的装饰看起来心累。一直听说维珍航空的口碑很好，自己也的确有所耳闻，这次就当是试点。进到飞机里面一看，果然新的飞机和老的飞机就是不一样。简洁的装饰，一排排座椅整齐，而且都非常的干净，令人心旷神怡。一边为这个飞机而欢欣鼓舞，一边不知不觉地就走到了飞机的末端。这次又是坐机屁股，靠窗，也不计较，反正都习惯了，靠窗更是舒服。坐我旁边和后面的都是一起的，坐我旁边的是一个大概四十岁的中年妇女，看起来慈眉善目，也不搭理我，感觉略有些无聊，但是也总比一脸凶狠的壮汉心里来得舒坦。坐在飞机上，我的邻居竟然开始和后面的阿姨玩传纸条小游戏，就是我们学生因为上课太无聊经常玩的那种，还传得不亦乐乎，也是令人汗颜。

这次去英国和以前又有所不同，这个学期实在是会忙碌很多。有四个学校要申请，还要分别地去考试、面试，隔几天就要赶火车去伦敦，就像进京赶考一样，还是有点令人头大。申请学校也不是那么简单的事情，毕竟有很多的准备工作，暑假我也完成了不少，不过心理压力，还是会不断地增幅的。可能一到英国，躺到自己的床上，就一点压力也不剩了。

洞见：随着时间的推移，年龄的增加，心智的成长，自己所遇到的事件也会更加丰富多彩。而自己所要承担的责任，自己所要完成的任务也将会越来越多。如何用同样的精力完成不断变困难的事情，也是一个需要努力的过程。

2018 年 9 月 5 日

上课第一天

　　虽然说昨天是开学第一天，但是根本就没上什么课，我们也是毫无压力的感觉。只是觉得能够回到学校很激动很开心，对于自己升上来的这一个年级也保持着无比的自信与亢奋。第二天，我们就吃到了苦头。

　　学校的课表都已经改过了，早上有五节课，下午四节课。早上的五节课也真的是不尽如人意，本来四节课一样长的时间，感觉还过得去，但是现在五节课了，每节课只仅仅减少了五分钟，真的是感觉好漫长。特别是午饭，闻着食堂传出来的香味，却吃不上饭。等到吃上饭了才知道是有多么的难吃，痛苦之情难以言表。撇开吃东西不说，我的八门课里，有五门都是新换的老师。我又得适应新的老师，普通老师还说得过去，不是很奇怪，但是生物课老师的口音就像是天方夜谭。明明在说同一种语言，我却听不懂，也是焦急。

　　升上来一个年级，自然我们的作业就多了许多。和去年不一样的是，今年老师把作业本发了下来。有作业本就说明多了很多作业，老师为了让我们轻松一点，上课进度慢慢拉，作业就悠着点做，少做点事情。不过一门课目作业不多，全部合起来，听上去还是要吓死人的。不过最难的时候还是没有到，同志仍需努力。

洞见：我们都喜欢自己熟悉的方式，自己熟悉的老师，和以前一样不变的东西更合我们的胃口，这样不用再次适应新的环境。但是有时候换一下环境，换一下老师，换一下作业也是非常重要的，用你所长，补我所短。

2018 年 9 月 6 日

英语课

　　上个学年，因为我是新来的，学校就把我放在英语四班，里面装满了新来的、外国的，或者说是英语水平没有那么好的学生。不过通过我的不断努力，我还是在上个学期期末升到了英语三班，虽然只相差了一级，但还是有质的飞跃。

　　英语三班里头几乎都是外国人，里面的中国人可谓是少之又少。能和英国人一起上英文课，也算是件非常幸运的事情。英语三班和英语四班差别不仅仅是班里的种族问题，还有许许多多其他的区别。四班的学生，大多都是很吵闹的，要不就是不听课的，要不就是随便应付一下作业的，真正用脑子思考的人很少。但在三班用脑子思考的人就比较多了，学生更专心，更专注地学习，英语水平也是完全不一样。三班的教学方法和四班的教学方法也有所不同，三班更多的是自主学习，分成小组一起研讨，一起探究。老师只是最后提示一下，解释一下而已。而在四班，以填鸭式教学为主，多讲，少讨论。我升班的事情，自己倒还是非常满意。如果在原来的班继续待着，也不知道水平能有多高。

洞见：一个更加高级的班级，或者是学校，或者是公司，进去都会更加有难度，也更加有难度出成绩。但是在这些更加浓厚的学习氛围里，自己的学习能力能很好地得到提升，自己的欲望也会越来越大，成就一般来说也会越来越大。

2018 年 9 月 7 日

新生

这个学期，新生可不是一般的多，总感觉比平常还要多几倍。就我们宿舍而言，底下两个年级的就多了十九个人，我们宿舍和其他宿舍合起来原来也只有五十几个人。一下子多来了三分之一，挤挤攘攘的，感觉都无处容身。

现在来的新生，和以前来的又感觉不太一样。新来的这些人好像不太懂规矩，也不太想遵循规矩，根本没有那么谦虚，谨慎。想当年我刚刚来的时候，是多么的担惊受怕，处处小心，就怕哪里不小心得罪了别人，特别是高年级的那些。但是看看现在这群人，想干吗干吗，想坐哪坐哪，不管和谁都有种平起平坐的感觉。虽然隐隐约约的感觉有点不对劲，但是也不能说什么，毕竟友善和体谅还是关键。我不管，如果别人看到不爽也会管管的。

除了低年级的，同年级的也有不少。我们宿舍，Paco 走了，又进来一个德国人 Constantin，非常难读的名字。这个人长得非常的英俊，待人也很友善，乒乓球和网球都打得很好，我们简直就是中彩票了一般，搞到一个这么和善的同学。还有不是我们宿舍的，同年级的也进来不少，有一个男生，好几个女生，也数不清楚几个，长得都差不多，胖的很胖瘦的很瘦，反正我也认不全。就看看以后会怎么发展。

洞见：关于新生，新的朋友，要保持以友好与尊重的态度和他交流并给予帮助，让他更快能够融入这个环境里面。当然，作为一个新人，进入一个大环境里，要保持谦逊友善的态度，虚心学习，快速融入。

Water Polo

不知道中文名叫啥，但是，做一个简单的比喻，就相当于在水里面踢的足球，只不过不用脚，用手，只要把球扔到球门里面就行，不管你怎么扔。抢球也可以疯狂地抢，把人整个按在水里，也丝毫不过分。

别人都是一个猛子扎到水里，我是慢慢地从扶梯上爬下去。水温好像还是很暖和的样子，我也就不再继续挣扎。在水里稍微扑腾几下，有了运动的感觉，一群热血沸腾的小伙子都伺机待发。随着一声令下，我们一个个都蹿了出去，去抢浮在水面上的球。他们都是自由泳啥的，好像有小马达一般腾腾腾地往前冲，我在后面望尘莫及。我们队很快就抢到了球，开始慢慢地往前推进，另一队也不是吃素的，拼命地阻挠。我们队员挑了挑眉毛，交换了眼神，一个人就深入敌方腹地去偷袭。我们偷袭的队员拿到了球，一个长传，但是对方早有防备，四个人飞速地游过去，马上就把他团团围住，没有办法，球就这样被抢走了。对方带着球过来，又是一个长传，他们队友飞起来想接球，但是从指尖划过，却没有传对地方，落到了我的队友的手里，真是手到擒来。这次我们改了一下战略，几个人往前骚扰，然后让一个人快准狠地射门。我的队友，虽然没有规定让他射门，但他还是要强硬地去射门。扑通一下，球狠狠地从门框上弹飞了，果然合作还是不行。

洞见：一个团队体育，最重要的当然就是团队本身。如果团队自己都人心涣散，那整个团队就是一盘散沙。既然在一个团队里，就应该摒弃个人英雄的意识，更多地为整个团队着想，更多地为整个团队奉献。

室友（4）

这是我的第四个室友，每个学期都会换，每一个室友都是一份赫然不同的体验。不同的快乐、不同的习惯、不同的喜好，每天晚上不同的睡觉时间，每天早上不同的闹铃声，每一个细节都是不同的。

上个学期的室友比较吵闹，上蹿下跳，唱歌跳舞无所不能。而这次的室友就不太一样，他很渴望安静，总把门锁起来，给自己一个私人的、安静的空间。然后戴着耳机，看他喜欢的动画片。可是更多时候，他还是大大咧咧，满宿舍乱跑，先打游戏后做作业，然后四处叫大哥给他一点作业抄抄。他和老室友也差不多一个德行，一边抄作业，还一边感慨着作业怎么这么好做。比起老室友来说，现在的室友更加的成熟，偶尔唱唱歌但从来不跳舞，喜欢自己的肌肉但从来不看着镜子摆 pose，也没有什么特别奇怪的言论，虽然还是很奇怪，但也是非常好相处。

唯一的区别是，跟着这个室友，我的房间就乱了起来。他乱，书全部往床上扔，衣服全部堆桌子上。整理房间的时候稍微换一下顺序的话，就是书和衣服一起都堆到床上，五颜六色的一个大大的堆，简直就是简单粗暴。以前的老室友，别的啥都技不如人，除了房间。还是老室友更加的整洁。

洞见：近朱者赤，近墨者黑，你的每一个室友都会影响你的思考方式和行为。不仅仅有一些微妙的比赛的精神，可以互相影响互相增幅。室友同样也是一个非常重要的朋友，晚上都住在一起了，自己的秘密怎么能够忍住不告诉对方呢？

2018 年 9 月 17 日

MAA

　　MAA 全称为 Monday afternoon activities，翻译为周一下午活动。每个周一都会有这样的一个活动，今年选了，一年都得做这个活动，所以选的时候得格外小心，参加活动的时候就可以格外开心。

　　MAA 当然要精挑细选，就像兴趣班一样，有一个长长的单子给你选，当然就要选最好玩的那个。去年我是战争桌游，但是今年好玩的人都走了，只剩下无聊而且很烦的几个人，所以我就避而远之。英语文学，小魔术啥的肯定也是没人去，所以马上排除。仔细想想，好像的确没有什么可以选的。不过我早就已经在无人机 MAA 预订了自己的位置，如果不去就是背信弃义了。第二个选项就是国际象棋，因为……为什么不呢？消磨时间，锻炼脑力，何乐而不为。第三个随便选，就选的辩论。第三个选项多半是进不去的，选个辩论，看起来比较高大上。

　　斟酌了好久，提交上去了，想都不用想，当然被无人机选中了。但是不仅仅是我，还有一大群高年级的同学。那些高年级的同学，有些一看就是书呆子，有些一看就是很无聊的那种。他们因为是高年级，所以不可投诉。今天主要就是无人机的普通介绍，一个无人机，一个遥控器，还有一个第一人称视角头套。我们将自己设计制作自己的无人机，然后不断地练习，不断地试飞，直到熟练为止。

洞见:MAA 只是一个非常小的选择，决定的东西虽然不多，但是有些东西可不能草率地决定，要经过自己了解之后，精挑细选。

威斯敏斯特

　　从地铁站出来，威斯敏斯特大教堂就赫然展现在眼前了。阳光照在中世纪的大理石纹路上，闪烁着几百年的辉煌。这里的人很多很多，大多数都是游客，跟着他们绕着教堂绕一大圈，就看见了威斯敏斯特学校的拱门。

　　坐落在人群喧嚣处，又仿佛是那么的静谧。走进门，里面是一个四周环绕的草坪，四周则是学校的一部分。走到接待处，又等了一会儿同样来参观学校的人，大家差不多都到了，就像旅游团一样，跟着一个导游参观学校。走进一个门，里头还是一个小广场，因为是周三，学生们都还在上课，或是活动，三五成群地在打篮球，踢足球，但仍然还是穿着他们平常的衬衫领带。活动区域的周围是一些学生宿舍，还有一些教室什么的，也坐落在附近。这个学校有一个图书馆，算不上大，但是至少看上去藏书还算是很丰富的。也有不少人在里头学习钻研。学习的氛围浓厚，游乐的氛围也十分的浓厚。我们在广场旁边的楼层都逛了一圈，还有很多别的教学楼是在原本的学校之外的，稍微远一些。科学信息在一幢，人文地理外语在另一幢，美术什么的也单独出来。不同的楼很多，但是都不在一起，非常地难找。最后参观的是体育馆，这个倒是离得很远，要走好几条街，不过体育馆总体来说还是可以的，应有的还是尽有，毕竟也是最好的学校之一。

洞见：好的学校的标准，主要还是看里面的学生和老师，还有教学理念。学校所提供的一系列硬件标准，全部都是为此而服务的。师生关系构成一种良好的学习氛围，教学理念可以提高一系列的效率影响，然后良好的基础设施让它更上一层楼。

2018 年 9 月 28 日

UKiset 考试

UKiset 考试，是一个申请某些学校的时候需要用的考试。简单地说，就是让你要申请的学校知道你的英语水平、逻辑思维能力。这个考试大概也就外国人考，本地人倒是不需要。我昨天赶忙回来，就是为了考这个试。

考试的地点就在公园旁边，出门走几步路就是世外桃源，另外一边就是著名景点，真的是非常好的地方。考试的时间大概两个到两个半小时，分成三块内容，第一块是词汇量和数学逻辑，第二块是阅读听力，第三块是写作。每块之间可以让你休息一会儿，完全看你的心情。第一块考试总共合起来四十五分钟的样子，刚开始就是词汇量测试。给你十分钟，让你找一大堆词语的同义词。有些词语真的是又难又生僻，我记下来了一个回去问我的英国人室友，他也是一头雾水。不懂就只能猜，猜倒是很好猜的，四个选项，三个是不好，一个是好，肯定选好的那个。词汇量下面是数学，很简单，不讲。数学后面是图形感觉，就是一大堆复杂的图形转圈圈反射什么的，考眼力，还不能看太久，因为时间非常的短。第一块考试很快就能够完成。

第二块考试就有点麻烦了，分成听力和阅读。听力两种题型，一个是听小对话选择，一个是听长对话选择，每个读两遍。虽然不难，但还是非常考验你的听力。这个要听很久，时间不清楚，但是要有耐心。阅读还好，有三个题型，一个是阅读理解，一个是语法填空，一个是完形填空。时间不限，但也不会很久。

第三块考试就是写作，前面都是在电脑上考的，这个是在纸上考的。题目非常的简单，我的题目就是如果被困在荒岛，你会选哪几样奢侈品。还有一些别的，大概也都是类似于这样自由发挥的题目。三十分钟，字数不限，但是不能写太少，就像普通英语考试一样，还是要达到基本要求。

洞见：考试这种东西，种类多种多样。中国著名的有周周测，中高考，美国著名的有SSAT、ISEE和托福。英国也有雅思和一些别的。但是不管是什么样子的，类型都是差不多的，题型也逃不出那几个范围，至于知识，懂就好了，反正全球通用。

哈罗考试

　　一个接一个的，申请的各个学校的考试也不断地展开了进程。因为哈罗的考试和七橡树的有冲突，所以还是选择了先在学校考哈罗的考试，不仅仅方便，环境还比较舒适。如果大老远的又跑去伦敦考试，累个半死，状态不佳，那就真的完蛋了。

　　我本来以为要考很多的科目——四门，前几天刚刚通知的时候还是怪紧张的，心里总是想着这个很烦的考试，如果要是写作文啥的，那还真的是有点难过。今天午饭吃完，风尘仆仆地走过去一看，原来只有两份试卷，数学和物理，每份都是一个半小时。找到一个房间，我就开始努力。我先做的是数学，厚厚一本试卷，但是其实也没几个问题。前面七十分都是很简单的基本运算，大多也就是什么二次方程，能用计算器的话，那些难道还在话下？题目很多很多，很简单，但是太阳猛烈地照射进来，非常的火热，非常的痛苦，房间里又是全密封，没有空调，又闷又晒又累又热，还不给你水喝，简直就是北京烤鸭，要通过高温细密锁水，保留鸭子全部的汁液，鲜嫩多汁，美味可口，虽然我没多少肉，但是感觉也离这种烤鸭不远了。前面的数学题目终于搞定，后面也有一些难一点的，仍然简单，难度也和 GCSE 差不多。

数学之后是物理，物理稍微难一点，因为你要解释，写一大堆原理，但是这些还是可以接受的。简答题后面会有些大题目，让你画图什么的，真的是有点痛苦，特别是如果你有一个很烂的橡皮……不过我还是提前一个小时，完成了两个测试。

洞见：考试虽然很频繁，很令人头大，但是不得不说，确实是比较重要的。它能让你更好地评价你自己，它还能决定你的未来。你有绝对的理由尊重它，为它而紧张。但是更多时候要学会放松，平常面对每一场考试，发挥自己真正的水平。

Critical Essay Dinner（1）

　　这个故事还得从上个学期开始说起。上个学期，我收到一封邮件，上面写着什么征集议论文稿，某某某主题，一千五百字以下，还有免费的晚餐吃，我想都没想，就参加了。结果才看见这次的题目："___ 什么，会使人性湮灭 / 会使人类社会灭绝。"两种不同的翻译，也就是两种不同的意思，都让这文章非常地难写。

　　人性湮灭和社会毁灭是不同的东西，一个是心理上的，一个是物理上的。一个是抽象化的，一个是实体化的。正是因为这两个虚实的不同，填上去的题目也非常难同时兼顾。一些实体化的题目，比如说人工智能，比较难兼顾到人性的影响，而另一些，比如说缺少父爱（某同学题目），就很难真正证明物理上的社会毁灭。虽然这样，还是有一种东西可以符合这个要求的，就是人的一些特征。比如自闭，贪婪什么的，就可以同时兼顾到两种意思。同样，这也是很多同学的题目。至于我自己，也是其中之一，但是可能选得不是很好，到后面支撑不住整个主题。

　　写这种文章的时候，有套路的话还是可以用用的。中国教的那一套虽然比较死板，但是仔细想一下还是可以搬到这上面来。语文老师以前反复强调的，虽然没有全记得，但好歹也清楚了一些。全文的框架，我就使用从小到大，从个人慢慢增加一直到整个人类社会。就是结尾不太满意，软着陆，没有一锤定音。这也是我写文章的一个毛病，离胜利道路还很远……

洞见：要写出一篇好的文章，如果已经给了你命题，或者半命题，你要分析一下这个题目，给予这个题目自己的思想。然后再通过自己的分析来决定要举什么样的例子来证明，什么样的结构能更加地突出自己要证明的东西，再把自己的思想用进去就好。

2018 年 10 月 6 日

Critical Essay Dinner（2）

昨天已经大致地说过了一些，就是刚开始写这篇议论文时候的一些事情。看着有些简单，其实也花了不少的时间完成。虽然在中国把资料都找好了，但是还得到英国用英语进一步确认材料准确性，保证不出丑，即使这样也花了四五天时间，只是为了可以去参加免费的晚餐。

邮件里明明白白写着，提交了文章就可以免费参加这个聚会一样的活动。在那里我们会评选出一个最佳的文章，还有第二名，至于别的，倒是没有怎么提及。所以很多人就在莫名地猜测，说什么要把自己的文章读一遍。这个就非常令人恐慌了，我可不想在大家面前献丑。

准时到了吃饭的地方，环视四周，发现参加的都是年级里面特别聪明特别勤奋的那几个。他们在这里，就证明了我获胜的概率极低。不过写这些文章，又不是为了要赢。要是随便写了就能赢，我怀疑天底下没有几个神人会这么厉害。这次的评委都是学校里的老师，没有一个是教英语的。四个评委里头分别是人文的，物理的，图书管理员，还有古典文明的。虽然不是他们的专业，但是可以确定的是，他们都是见多识广、满腹经纶的能人。我们也没有要求要把作文读出来，只是老师帮你快速地点评一下，告诉你哪里写得不好，哪里需要改进，并且不用担心被老师万箭穿心，因为全部都是好话。一个聚会就听听吃吃，吃吃听听，效率极慢，却也极度享受这个过程。老师一边点评，我们一边猜谁会获得胜利。不过随便猜猜，也是那几个英语很好的。

洞见：参加一场比赛，或许不一定是为了真正的输赢。总是想着输赢会让你焦躁，劳累，无法认真。如果你享受这个过程，不管他们如何评价你和别的选手，你都是微笑地来对待，去面对每一点赞美和批评，你就会享受很多。

2018 年 10 月 10 日

筹备，投资比赛

　　某天下课，小 Leo 突然找到我，让我看看我的邮箱，有没有什么投资比赛。我一听眼睛就亮了，投资比赛？炒股票？于是我马上打开邮件，哇塞，还真的有。只不过要一个队名，还有四个人组一个队。

　　在真的开始炒股票之前 ，我们还是要至少找到一个队伍。一般炒股票比较厉害的那些人，都是学经济或者商业的。而我两个都不学，小 Leo 还能找上我，也是不幸中的万幸。关于这个，我虽然知道的不多，上次比赛我还没有来，但是至少 Constantine 自己说自己是很厉害的。他确实也两门都学，人也很聪明，至少总比大街上随便找一个来得好，就选他了。他自己也是非常的热情，虽然摆在首位的可能还是游戏，但是至少他显示了卓越的兴趣。三个人已经定下来了，还差第四个。我和 Constantine 一个宿舍，比较方便交流，为了让小 Leo 也有人可以交流，我觉得在他们宿舍也找一个人。本来想找去年单枪匹马就打到决赛的大神，但是一想大神肯定不屑我们这些新手，想想还是找别人算了。本来要找大 Leo，他太忙，所以只能找同为中国人的 George。看他数学天资聪颖，还是中国人，招他进来也在情理之中。搞了半天，人搞齐了，名字想不出来，随便转转脑筋，蹦出来一个肯德基的广告，大家笑笑，也就把这个当名字了。所以我们的名字，就是肯德基的某个广告语……想想也是非常的草率。

洞见：除非你能有自己单枪匹马所向披靡的本领，不然还得找可靠的队友。能够和队友们共同战斗，共同研究，共同探寻，也能够事半功倍。所以找队友的时候，必须是有共同语言的，或者是真的想参加的，很认真投入的，这样效率才会高。

投资！练习轮

前几天累死累活地终于把人都找好了，人刚找好，就有其他同学说要加入。他们说得太晚，人员都报上去了才说，哎！有一个同学老爹就是搞投资的，就怪我以前都不知道，他也没和我说，直到小 Leo 告诉我，我才叫苦不迭。不过就这样子，好像也蛮好的，今早拿到密码，就马上投身练习。

都不知道练习已经开始了多久，但是至少我们刚打开的时候，钱不是满的。应该是系统自动和英国 FTSE 指数挂钩，然后 FTSE 跌个半死，我们也跌了不少。我昨天看着 FTSE100 列表已经找出来几个非常有潜力的股票。别的新闻之类的没怎么看，主要还是因为没有多少时间，我是这个队里头唯一有着实际经验的，所以短时间的数据分析还是我来。至于那些基本面分析，还是他们更加靠谱。我也是非常着急，好像就只能从这 100 个里头买，当然还有 50 个中小企业，像创业板一样的感觉，不看不知道，一看吓一跳，那里面的股票，可比那些大公司舒服多了。要不大涨，要不大跌，若不是单个股票最多百分之二十，我愿意满仓买进。没时间多看，我随意挑了一个股票，跌了 10 个点，但是平了一会儿慢慢开始往上爬，从数据看好像也是最近大跌可能触底了，所以在最低点果断买进。别的几个同学看上去都不是非常渴望买卖，所以我就主导了我们队伍的交易。打完球回来，股票差不多休市了，我们一看股票，我无心买的那只，几个小时涨了十几个点，我们队伍的名次从一千多直接火箭发射到两百多。在学校，虽然我们晚开始，还有之前的损耗，我们还是在十几个队伍中排在了第三。只可惜这不是正式交易，但是按我这种交易方式，一不小心就会全盘瓦解。就看之后几天的小队谈话，商量战略。

洞见：从一个国家的股市跳到另一个国家的股市，虽然有些规则变了，有些股票变了，但是基本知识还是一样。数据还是数据，不管在哪个国家数据都是可靠的。而英国伦敦的股票和中国的比起来也是稳定得多，这样子能够更加好地分析。不管怎样，炒股票，要有战略，有分析还要有直觉。

2018 年 10 月 12 日

练习轮结束

　　都怪我们注册得晚了，练习轮只能练习两天。两天的练习，虽然不能翻天覆地，也不能改变一切，但我自己还是认为，这是不够的。两天的练习，我们已经初步找到了英国股市的一种感觉，不是很准，但是感觉很真，看着股票，就有一种火眼金睛一眼能看出好坏的感觉。

　　今天早上起来，九点之后看我们的股票，无疑是令人惊喜不已的。昨天屯着的股票，早盘股价继续飞升，我们的排名已经从昨天收盘时的两百多一直蹿到了二十几名。四千多个队伍，二十几名，全校第一，也只是一两天时间而已，这个股市，也真的是瞬息万变。看到之后赶紧分享给自己的队友，他们也是立马喜笑颜开，如果这个要是真正的比赛该多好！当然，喜悦之余，我还是发现了一些致命的问题。别看我们的排名这么高，其实总金额和前后左右的根本差不了多少。差一百块，那就是几十名的差距。这就是才开始两天的劣势，大家的差距都没有拉出来，很多强队都没有注册，或是来的时间太短，没有发挥出真正的实力。依我看，想要确立优势少则一个星期，多则一个月。我们现在的主要战术，还是前期先以冲短线为主。累是累点，但是成绩显著，前面赚足了本金，后面才能使得上力。很高的名次，有很好的勉励作用，不仅仅能够激发我们的斗志，甚至还可以在我们低谷的时候让我们团结奋斗，不也是很好吗？现在我看这些小公司都还不错，很多都已经开始触底反弹，反弹幅度在 20% 左右，放上几天，就能赚得不错。但是风险更高，一不小心就完蛋，所以也是令人十分纠结。

洞见：有风险，就有更高的可能性。风险越高，盈利越多，这个也是一个真理。在一定控制范围内的风险，我们是完全可以接受的，只要开局能够盈利，我们就可以去尝试，开局的领先优势，可是决定胜局的关键，可以给别人造成压力，也可以避免自己的压力过大。

2018 年 10 月 13 日

七橡树

又是长久的辗转周折才到了伦敦，本来以为七橡树学校离伦敦是很近的，但是一看地图，从维克多利亚火车站到学校竟然要一个半小时，中间也要换好几次车，还是有点痛苦的。今天早上因为赶时间，就开车过去，几经周折，也总算是到了七橡树学校。

七橡树学校看上去挺漂亮的，崭新的大楼，现代化的设施，合理的绿化，第一印象，一看就是比较好的那种学校。不过比较讽刺的是，学校里头比较大的几棵树，都是松树，名字是七橡树，其实一点关系都没有。沿着指示牌往里走，走到食堂，里面挤挤攘攘都是人，大概就是这里，我就挤进去，领了身份贴纸，到一个小组里去坐着。看看四周他们的身份贴纸，发现他们都不是英国本地人，俄罗斯的，意大利的，法国的，埃及的，可能今天就仅仅是国际学生的考试而已。

我们分成两批，第一批先考英语。一半的人被安排到同一个巨大的考场，开始做英语。英语试卷不难，又有点难，和普通的英语考试没什么区别。一篇阅读理解，一篇自由写作。感觉还可以，至少五十分还是简单的。英语出来就是面试，四个人一个小组，首先我们简单地介绍自己，还是老套路，然后我们被要求把几幅图片归类分组。图片展示的全都是艺术，有迈克尔杰克逊和猴子的雕像，毕加索的画，19世纪欧洲经典的画，还有一些别的，让我们讨论，排序。不知不觉的，我们就已经超过了时间。别人都休息完了，我们才刚刚结束。

接下来就是数学，高级初级一起考，仅仅是初级就要比哈罗的试卷难，但是也是简单的。高级试卷就是五个简答题，要求写出过程什么的，我快速地全部都做了出来，结果第三道题一检查，好像过程有问题，再一看，答案有问题！马上检查步骤，只可惜来不及了。

考完就去吃饭　我第一个冲到食堂，搞了不知道是什么的东西来吃。看着还不错，这味道，实在不敢恭维，还不如自己学校吃的好，不仅仅吃不饱，反而根本不想让你吃饱。吃完马上考物理，不是很难，但是也不简单，没有画图什么的，小题目也都还很顺利。最后则是最烧脑的思维题。三十道，半死半活的、头昏眼花的累个半死，才终于做完，检查都不想检查，只想休息。

洞见：七橡树这个学校还是极好的，很多设施，教师资源都非常一流。特别是新的科技大楼，内部全部都是玻璃门窗，清新简洁，看着又舒服，东西又高级。只可惜不可能十全十美，午饭那真的是不敢恭维。

2018 年 10 月 15 日

失误

　　这几天中国股票怪怪的，大多因为那个特朗普。或多或少，英国的股市也有点被波及。外围的因素比较多，股市就变得越来越难预测，我对英国的股市不是很熟，虽然知道股市很多都是互通的，但是这份突如其来的陌生感，直接就把我们击溃。

　　昨天花了好久选股票，各种资料也查了，各种官网也上去看了，几百只股票，不可能一只只都仔细钻研，走马观花唰唰唰也都过去了。英国这些大公司都是非常玄乎的，可能是经济不景气，那些大公司一个个跌成啥样都不知道，很多就是这几年一直跌，跌跌跌就没有停过。但是他们还是最大的公司之一，以前有的是资本，亏了几百亿也不妨。所以我们把投资的重点都放在小公司里头。这些小公司，不算小，一年几千万几亿英镑上下，也是一个天文数字。这些公司明显要比那些大公司好，怎么说？特点鲜明，主打产品非常亮眼，有一个专门生产机器人自动化生产程序的，公司差不多就只有这么一个产品，但是好评如潮。他们的增长速度也是非常的可观，一年百分之四十以上的增幅，还是非常可怕的。正因为这样，我们还是重新定义了一个长期股票，就选几个这样的，这些短期涨幅非常的快速，长期也有很可观的收益，为什么不呢？

今天九点钟开始比赛，没能够买进，等到下课才能买，那个时候，几只股票基本上当日都成型了。今天的确是不景气，本来选出来那几个，一半是凉凉。也没有时间仔细看，马上要上课了，赶紧买进去，买进去就去上课。结果可好，今天晚上一看，虽然一个有涨，但是别的跌得很难看。我们的名次也跌到了九百名开外，总共九百多个队伍，我们是倒数第八。

洞见：股市是千变万化的，虽然一切都是有规律的，但是如果不熟悉这个规律，对这种规律没有感觉，就很难预判，很难把握住很好的机会。不断地观察钻研，会形成一种感觉，这种直觉虽然没有什么准确的依据，但却也是我们洞察到机会的关键所在。虽然需要道理新闻来支持，但一看就能看出好股票，那岂不是美哉？

2018 年 10 月 18 日

投资比赛　　第一周

因为有了练习赛的加油打气，我们还是信心十足的。我们几个，主要还是我，选出了几只比较好的股票，长线短线都有，但是短线股票所需关注时间明显要长很多，毕竟风险大，一不小心跌下去，跌个半死，那这个比赛可以不用比了。

我们的计划，按照原来的是，买完股票，大涨，卖掉，保住前期优势。但是很明显，这在短期是不明显的，甚至有点做梦的感觉。好事情怎么会一直发生，股票怎么会一直涨？周一，我们那几只短线股票，一只都没有起来，反而还掉下去了少许。名次也是非常的不如意，非常难看，全国倒数第八名，这种事情可能也就我们碰得上。不过第一天，甚至就第一个星期，大家的距离都是非常小的。因为昨天我们马上就从一千七上升到三十，但是又在当天掉到了两千名。一下子经历了大起大落，其实也是见怪不怪。今天也是一样，下午打羽毛球之前冲上了全校第一，一个转眼的工夫就再次掉下去了。虽然我们的冲头很猛，但是市场实在是令人伤心。英国的市场实在是有点弱，没有量能把高点继续往上冲，甚至连支撑的量都没有。然而尾盘持续走低，也是凉透了我们的心。虽然遇到了好些挫折，但这也仅仅是一个星期而已，明天还有一天，说明不了什么大问题，不着急，不着急。

洞见：股市这种东西，是建立在广大股民的意愿情绪和心理之上。他们可能会恐慌，会害怕，会激进，会让大盘走向未知的地方。但是作为一个股民，我们自己要保持内心的平静，你可以见好就收，或者赶紧脱手，但是内心冷静，永远是不犯错误的前提。

研究股票的进一步

　　这几天股票非常的不理想，今天富时一百指数又跌下来一个点，真的是令人头疼。昨天也是差不多，坐在电脑旁边看着不断下跌的股票，除了卖掉也真的是爱莫能助。不过跌就跌呗，跌了还是会涨回来的，只不过是时间问题而已，还有两个星期的时间，我觉得足够了。

　　跌了还会涨上来，这也还真的是非常笼统的理念。或者说，按照常理，跌下去的股票在某些时候，肯定是会涨上来的，所以这就成了一个没有帮助的废话，只是一个微笑的心理安慰。会涨上来是对的，但是什么时候才会涨上来，什么时候会从跌的趋势变成涨的趋势，为什么有的时候它会突然上涨，有的时候会突然下跌，这些都是我之前所无法解释的，然而这确实也是顶顶重要的。光用感觉来炒股票，这可是远远不够，即使你有感觉，你也需要证据来支持你的感觉，可不是谁都是大天才。

　　所有的股票也是都有一种趋势，那种趋势就是股票价格在最近所变化的范围趋势。有些地方用条条来表示，有些地方用线。不管用什么，这些标识都能够代替一些数字，更加直观地让我们看出，最近或者近几年的股市价格变动情况。一个趋势的持续时间是不确定的，可能会有一个三四年的不断上升趋势，或者是两三个星期的杯柄形趋势，你永远也不知道他们什么时候会变化，不知道股票的价格突破了一个定点。这个定点是按照不同的趋势来决定的，不同的趋势确定定点的方式不同，突破定点了之后也不能完全保证预告正确，所以虽然你还是无法看一眼股票就知道涨跌，但是你可以判断它的趋势，从而估算它会变化到的价格。

洞见：有些事情虽然感觉很准，但是看图，看数据这种直观的观察，光靠感觉，你觉得它会怎么样，会怎么变化，是没有什么帮助的。要有证据支持你的感觉，这些证据就从它给你的图片、数据里来。用更有理由，更有普遍性的方式证明，更容易令人信服。

2018 年 10 月 26 日

刻南瓜灯

不知不觉的，万圣节很快就要到了。虽然好像还有四五天，但是也要提前做好准备。万圣节有好些传统，穿成奇装异服，把房子装点得阴森恐怖，不给糖就捣蛋，当然还有雕刻南瓜灯。虽然万圣节我体验过几次，南瓜灯我倒是从来没弄过，今天有这个机会，也就跃跃欲试。

找个普通的南瓜，先把盖子打开。用刀在南瓜上端把那根柄子周围的一圈都割下来。口子不能太小，但也不必太大，差不多能够放入一整只手就行。第一次刻南瓜，锋利的小刀插进去，刚开始很艰难，但是一下子就到底了，里面仿佛是真空的。用刀子在南瓜皮上割还是有好些难度的，毕竟我不是专业的。本来想开个圆形的口子，一刀下去根本弄不圆，只能凑合着开个六边形。南瓜里面确实不像西瓜那样充实，只有一堆南瓜籽和杂乱无章的丝线。下一步，就是要把那里面的一坨一坨的东西都掏出来。因为里面黏糊糊的，那些丝线和南瓜内壁也都粘连在一起，用手掏虽然能掏出来一些，但是还是一点用都没有的。该粘的还是粘在南瓜灯内壁上。要用勺子用力地刮，把南瓜内壁都刮下来一层，这样就真正地斩草除根，把里面弄干净，就可以雕刻了。

　　一般南瓜灯都是两只眼睛一个鼻子还有一个微笑的嘴巴，里头悠悠地发出闪烁的烛光，也是有点诡异。但总是做俗套的南瓜灯可没有意思，我们又不是标准南瓜灯生产线！把自己的创意雕刻在南瓜上才是最好的选择。经过一番思考，我灵机一动，雕了个灰太狼。灰太狼不仅仅好认，还略有些可爱，特别是那一个刀疤，想让它显示出来也是需要一些难度。不过经过努力，点上烛光后，灰太狼也是栩栩如生。

洞见：做南瓜灯确实是一个非常好玩的事情，需要一些动手能力，团队协作能力，最好还要有一些创意。这些东西，都是小孩子非常喜爱和享受的。在刻南瓜灯的过程中学习，让每一个人都展示自己的创意，刻自己的南瓜灯，也比那些流水线生产的南瓜灯更具艺术感。

2018 年 10 月 31 日

万圣节

　　转眼又是一个万圣节，竟然这么快就到了，也实在是让人猝不及防。想一想，过上一个万圣节还是在两年前的美国，那次的化妆舞会还有讨糖也都是历历在目。这次在异国他乡，或者说，换一个异国他乡经历万圣节，又会是什么样子，也是让人十分期待。

　　老早就已经开始刻南瓜灯，看上去隔壁邻居也是十分地忙碌。但是今天下午我从图书馆走回来的时候，确实没有看见很多户人家的南瓜灯。看来在英国和美国不太一样，在英国只有门口摆了南瓜灯，你才能过去讨糖。在美国是只要那户人家灯亮着，不管青红皂白去讨都没事的。整条街，整个小区，至少百分之九十的人都蹲在门口，等着一批又一批的小屁孩过来讨糖，顺便吓他们一下，也是快乐无穷。在这边，虽然住户是多了很多，但是一条街走下来，怎么都冷清得很，走出去老远，都没几户人家亮着灯，也几乎没有人门口放着南瓜灯。好像万圣节都不是个大节日似的，或者他们就是嫌这太吵闹太麻烦，不过这也是万圣节的乐趣所在啊。

　　我跟着他们走过了三四条街，在学校旁边才发现一处热闹的所在。这里的人还是很热情的，成群结队的人拿着装糖的小袋子小桶子在四处游荡。讨糖的大多是些小朋友，也有些和我一样的年轻人，可能和两年前的我非常地相似，但是现在我还是不进去掺和了，看看就好，多留点糖，给别的小孩子……

洞见：万圣节应该是一个全民庆祝的节日，但是有些地方根本就没有什么人想要去庆祝，一条街冷清得很。这些家庭很有可能都是没有小孩子的，也就干脆不过了。不管是什么好玩的节日，没有小孩子，大人都会避而远之，这也是小孩子们卓越的凝聚性呢。

圣保罗

随着半学期假慢慢地逼近一个尾声，我也要开始忙起来了。先是这几天成功把我的股票从三千多名带到前二十六名，然后现在要开始四处奔波，到各个学校去考试，今天是去圣保罗，明天去威斯敏斯特，都是鼎鼎大名的学校。

今天早上本来六点半就要起床，闹钟响了之后，我明明看着自己伸出手去关闹钟，但是闹钟停了之后，整个人都没有了动力，马上又轰然倒下昏睡过去。不知道睡了多久，马上从床上爬起来，一看多睡了二十分钟，没法子，马上加快速度穿好衣服冲下去，结果发现圣保罗考试竟然是要穿西装的，自己又没有西装，只能到一个哥哥那里去借一套穿。又浪费了很多时间，最后匆匆忙忙地赶到学校，也是倒数几个到的，紧接着的就是考试。

圣保罗这个学校还是非常大的，几片偌大的草坪，还有一群挤在一起的建筑。这些建筑看起来都是很新的，就像七橡树的一样，淡淡土棕色的墙壁，还有闪闪发光、洁净无比的玻璃幕墙，非常的干净，非常的清新，非常现代化。我们被带到一个类似体育馆的地方进行考试，这个体育馆就要小很多。考试之前我四处看看，基本上都是棕色皮肤的印度人和斯坦国人。因为我一看他们，就有一种像看到我们学校我一个印度好朋友的感觉，那么的相似。中国人也有好些，至少我知道的也有五六个，可能还有更多，要是都进了，圣保罗也要变成中国的地盘了。我今天考四张试卷，数学思维，数学运算，逻辑思维还有物理，总共合起来也只是考一个上午而已，不算很难，很快就做完了。

洞见：一个很好的学校，就会吸引很多非常优秀的其他国家的学生来考。因为每个学校的差异性，不同的学生也会有不同喜好的选择，更多欧洲的学生喜欢七橡树，更多亚洲学生喜欢圣保罗，绝非偶然，而是不同学校不同的魅力。

2018 年 11 月 3 日

威斯敏斯特

　　有了昨天差点迟到的教训，我就打算今天早一点出发去威斯敏斯特参加考试。今天早一点，一不小心，就早了半个小时。虽然说八点四十五之前要到，但是八点十五就到考试的地方，还是略微有点太积极了。虽然在门口等着的人已经有很多，但是早上的寒风吹过来，还是令人瑟瑟发抖。

　　和一大堆人一起走进威斯敏斯特租来的体育馆，人也不怎么多。左右看看，虽然不怎么多，但是不知道是不是运气好，有几个好像还是昨天在圣保罗看见过的，还有一些是在七橡树看到过的。昨天从圣保罗看到的那个中国哥们儿，昨天坐我后面，今天还是坐我后面。圣保罗和这边唯一的区别，就是圣保罗全部都是男生，这边还有女生在一起考试。虽然不是非常巨大的区别，但是也添加了一些不确定性。

　　先发下来的是个人陈述，他就问你一堆问题，如实回答就行了，什么你之前学校在哪里读啊，音乐和体育的成就有哪些，还有别的一些问题。十五分钟，根本写不了多少东西，也就这样将就着应付。接下来是数学，数学考试之前听他们说有点难，我倒是高估了，这些题目也不怎么难，顶多就是很烦而已。我有一道题目，写了满满一整页过程还没有写完，算出来很奇怪的东西，结果最后几分钟一看，哎呀题目看错了，马上火急火燎地又再做一遍，结果还是很奇怪的东西。再一看，还是看错了，最上面的式子都出了问题，怎么可能做对。可惜已经太晚了，没时间改了。别的科目也都考得还可以，没有想象当中的那么难，但是却也不简单，也毕竟是威斯敏斯特，不要抱有太大的幻想。

洞见：想要做对一个题目，有很多因素。有一个必然是水平，没有水平，没有一些知识积累什么也没法做，不知道一些方法技巧的话，即使数字再小，也算不出来。第二个就是认真程度，认真做题目，认真看题目。这两个缺一不可，一个奠定基石，一个确认品质。

2018 年 11 月 10 日

哈罗

昨天晚上没有睡好，结果今天早上起来整个人昏昏沉沉，也没有什么胃口。我以为是睡眠不足，去的时候在车里睡了许久，才好些。到了哈罗，不由得赞叹这个地方的神气。运气也很好，逆行单行线没有被发现，随便进去一个门发现就是我们要去的地方。来的时间正好，稍微打点一下，就马上和校长面试。

校长是个精明的男人，有着很多中年男子所没有的大气和风度。看到我们一点都不拘谨，自己一个人坐在沙发上跷着二郎腿安排我们坐下，我们也不敢拘谨，怎么舒服怎么坐，其实也只是普通地坐到沙发上罢了。和我一起的两个人，一个淡淡棕色皮肤，看着很聪明，很认真。至于哪里人，要不就是在欧洲晒出来的，要不就是天生的，反正我也拿捏不准。还有一个是黑人，纯正的黑人，但是和普通黑人不一样，这个黑人看着敦厚老实，一看就是家底渊博的黑人。校长问我们一些问题，也非常普通，让我们挨个介绍自己的特点，遇到的挫折等等，因为只有十五分钟，还没来得及紧张，就结束了。

接着我们就看着我们收到的地图，大概还有半个小时的时间，先去图书馆坐坐。不得不说，哈罗是真的大，我唯一一个去过的要看着地图才能认路的学校，看样子，整个山头，估计有一半是它的。图书馆不算大，一共三层的样子。朝南有一扇环形窗，我们就坐在那里的沙发上，阳光慢慢地照进来，我们慵懒地看着山下层层叠叠的教学楼，和闪烁在阳光下的大花园。这些花园房子什么的，少说也有一百年的历史。台阶是 1907 年的，教堂或许更老。我们考试的那幢房子，台阶都被磨得棱棱角角，总是踩脚的那一块，还被磨凹下去了。这是有多少人在这上面走过，不敢想象。不慵懒还好，一慵懒起来，我就想睡觉，莫名的头晕，也没怎么在意，强忍着睡意就去上了一节物理课。这个也不是真的物理课，老师给每人分配一块白板，让我们在上面做题目，主要是画图。这些题目，不能算简单，也不好说难。我又头晕，别人也慢得可以，我的速度也当然不如从前。即使这样，第一题，还是只有我一个人做对。第二题我就开始晕乎乎的了，做得不好。至少大家也都彼此彼此，还是放了心。因为我们做得太慢，到这里，课程就结束了。

接下来是考地理，没什么说的。只是要写的东西很多，我依旧一样地晕，我猜也许是中暑了，给自己抓了几下之后，稍微好些。考完就去吃饭，饭厅很不错，菜很丰富，味道也还可以，至少比七橡树的好吃。水果有好几种，甚至有猕猴桃，都新鲜得很，除了我们找不到水之外，一切都很好。接着考化学，我大概提前四十分钟做完，检查完，小小地休息了一下。这时候外面已经是瓢泼大雨，雨声风声异常激烈。还是有点怕这个百年老教学楼突然倒塌。考完也不知道去哪里，冒着雨看着地图估摸着走到面试的地方，还真的一点没错，正好到我。这次面试就一个人，老师就问我一些学校之外的兴趣爱好，包括领导力，文学，体育之类的，我也如实回答。接下来一个面试就是更为广泛一些的问题，就像你能为哈罗做些什么啊，你学习方面有什么长处和短处啊之类的。和我一起的还有一个中国人，应该是比利时混血，以前在中国上的北京四中，人家可厉害着呢。

洞见：在哈罗的每个人都是精英，一些层面的佼佼者，或者音乐，或者体育，或者学习，正因为这样，在这里竞争才有卓越的挑战性。而我们在某些方面固然比不过别人，但是在另一些方面却是我们的长处，我们如果要突出，那就要努力地表现出自己卓越的一面。

2018 年 11 月 13 日

团队数学竞赛

　　也准备了好些日子，好几个星期吧，虽然不算多，但是在英国，这个数据还是可圈可点的。一共三轮，第一轮是十道题目，四个人在四十分钟之内完成。第二轮是给信息填数字，就像报纸上做的那些，也是四十分钟。第三轮最有难度，八分钟做完四道题目，前一道题的答案是后一道题的条件，一道题错，全部都错。

　　我们早早地吃完午饭，十二点钟，在中国应该是很正常的时间，但是在这里已经算极早的了。然后老师带我们开半个多小时的车到比赛地点。我们队四个人，两个中国人，两个外国人。但是看看别的对手，有的三个中国人，有的甚至是全华班。中国人越多越厉害，这可能也是一个真理。那些队伍一个个看起来都是很聪明的那种，他们也不是很紧张，一个个不知道大难临头，在那里四处张望，摇头晃脑。特别是全华班，看起来一点危机感都没有，就像在自己班里做数学一样，以为天下无敌手，殊不知，别的中国人已经盯上了你们。

　　第一轮，十道题目发下来，一看题目，实在是不太难。四十分钟的时间非常充裕，差不多十五分钟解决。二十五分钟检查完全部问题，剩下的时间就四处张望。一看别人也在四处张望，顿时觉得没有了成就感，这轮就是这么简单，你简单，大家都简单，简单就好，我们就拿了全对。第二轮，填数字，这个也是我们非常拿手的一轮。四十分钟，也是慢慢做，合作共赢，对面那两个外国人填错了一分，我们就被扣了一分，不过没关系，一分，不足挂齿。两轮我们只扣了一分，前景还是非常令人神往的。

我们度过了快乐的十分钟休息，就像吃野餐一样过去了。我们都知道第三轮会很难，但是也没有办法，本来就是用来拉分的，自己不注意一点，多对几道题目，怎么行？题目发下来，我们就马上做，速度飞快，眼花缭乱，结果还是看错的多。第三轮里的第一轮四道题，我们差一点就没有拿满分，也是十分令人担忧的。第二轮，我们四道题做完，竟然都做得出来，但是答案竟然是错的，第一题就错了，还好我们手快赶上，不然也是没几分。第三轮，这个前三题顺利得很，但是第四小题做不出来，我们就看着那两个外国人，因为是他们的题目，在那里抓耳挠腮，我们却不能帮忙，也是手痒痒。最终他们还是没有做出来。第四轮就是最关键的一轮，我们四道题做完了，结果发现第二题不知道怎么回事做错了。一下子想不出来，但是时间快到时一想，可能分类要更细一点。实在没法子，没时间，做不完了。就扣了一堆的分数。全部加起来，得了省第三名，一共十四个队，可惜的是，没进决赛。

洞见：数学要有速度，那就会损失掉一些准确性。没有了准确性，全盘皆输，没有了速度，也是全盘皆输。所以要找到一个合适的速度，即可以准确地完成，速度还比较好，这就是训练努力的目标了。技术什么的，就是在这种找感觉的过程中慢慢锻炼出来的。

2018 年 11 月 14 日

Coursework

Coursework 是一个非常奇妙的东西，不是每个学科都会有，通常文科多一些。这就是英国和中国教育不同的地方之一，在英国，比如说英语，你的最终成绩有百分之二十五是 Coursework，剩下的百分之七十五才是学业考试，这个百分比在美术、设计制作等别的学科里甚至能占百分之六七十。考试都不是大头，这个才是。

我因为大多数都是理科，没有什么 Coursework，这也是非常幸运的。因为我看我的同学 Harry，两三个 Coursework 缠身，就已经喘不过气来。这两天还好，看着他轻松多了，前几天真的是宅在屋子里一刻不停地在做作业。我也看了一下，他不仅仅要做研究，要画图纸，要分析什么资料，写一大堆东西，总共合起来几十页 A3 纸，每一张都是满满的，即使这样也才没过一半，那真的实在是有点恐怖的。我也不是没有，我有英语的，要按照给你的题目写一篇关于蝇王的文章。字数不多，一千多个字，但是我还是写得极慢。两个星期只写了两段话，光顾着挠头想着写什么东西，写了很多次计划又一次次地被我推翻，等到起笔，也是憋不出来，真的难受。后来剩下的都是一天赶出来的，不过即使这样，我的分数还是很乐观的，毕竟还不是正式的。接下来的这几天里，我还要继续改，继续加强，可能又要让我抓耳挠腮好久。

洞见：Coursework 和考试不同的是，考试就是考试，在一两个小时之内完成，你当然可以无限复习，但是考试的结果就是看你知识点的掌握。Coursework 给你很长时间，好几个月，至少也有好几个星期。它的内容也完全不只做做题目这么简单，都必须要求你掌握一些科目所有的知识能力，更加灵活地去运用，去表达。

圣保面试

运气还是可以的，之前我去考的四个学校我都进入了面试，所以我还得再去各个学校面试一次。这倒是非常麻烦的事情，每个星期都得来回，竟然异常的相似，要不是《林墨洞见》每天写来写去，我都不知道过了多久，究竟发生了什么。

圣保罗还算好的，九点半左右到就可以，所以今天时间正好，舒舒服服地起床，舒舒服服地过去，然后不早不晚到学校。到了学校，见了三个同行的伙伴，说明了一些简单的事宜，就有两个高年级的学生带我们参观了一下学校，然后把我们带到我们应该去的地方。顺路我也看到了我的好些竞争者，好像还是那批中国人，威斯敏斯特的，哈罗的，好像都是这同一批，难怪他们和我说在哪里看到过我，原来都是一起的。

圣保罗一个早上大概有五六个面试，按照我选的科目来。我先是去他们的宿舍看了一下，和宿管说了些话。他们的宿舍和我们的宿舍也没什么区别，味道也是一样的奇怪，或许还要更加酸一些。房间什么的也都差不多，可能大一点，但是空间啥的我也从来不在意。接着就是物理。刚开始物理老师让我连接一些电路，因为英国的那些电线和我们中国的不太一样，所以我不是很习惯，紧接着我也做了些题目，总的来说还可以。物理之后是计算机的面试，圣保罗是我申请的这几所学校里唯一有计算机课的，更多的是计算机软件开发，别的学校，即使有，更多的也是硬件方面的知识。这个计算机老师非常的和气，也是众多男老师中少数保留有全部头发的人。在这个学校，百分之五十的男老师是地中海或者光头，别的即使有头发，也是非常的稀疏。这个老师说学校会全力支持学生在课本之外的一些点子，并进行一些帮助，我觉得蛮好的呢。

接下来就是普通的一些谈话，大概就是了解一下我这个人，不过和我谈话的这个考试感觉和哈罗的不太一样。哈罗的太正式了，没有一些很好的交流。今天这个倒是说什么都可以，聊着聊着，就聊到了围棋，说什么圣保罗有什么围棋俱乐部，我可以参加，这也是非常好的消息，至少我的水平也不差。出来之后又碰上了一个中国人，几经闲聊他也下围棋，然后他竟然是五段，果然北京人实力都是不容小觑，厉害的人还是很厉害的。

洞见：每一个学校都有学校自己的特点，有些是体育，有些是成绩，有些是竞赛，有些是特殊课程。每一个学校都有自己的系统，自己的招牌，我们选择的时候，就是要挑选这个学校的特色，挑选这个学校的精华进行学习。

2018 年 11 月 24 日

威斯敏斯特面试

　　早上昏昏沉沉地起来，穿好面试的衣服。还好，没有发烧，没有感冒，没有拉肚子，除了没睡醒，其他都还凑合。威斯敏斯特虽然说是最近的一个，但是过去也要四十多分钟，赶急赶点的，也总算被我们赶到了。天正下着小雨，阴沉沉的，但是至少风不冷，也可能是我穿得比较厚的缘故，还算是舒舒服服的。

　　走到威斯敏斯特的大厅，大厅不大，毕竟地方有限，但也还算是古色古香。周边排着一些桌子，围绕着一圈座位，休息时间就随便坐，随意社交。第一个是数学面试，人很多，一大群人排在那里，也是好一会儿才轮到我。老师就简单地了解一下我，然后就让我做题，十分钟，两道题。做题我还是很擅长的，笔能动得飞快，只可惜中间出了一些小错误，答案一看就不对，逐个排查花了些时间。虽然这样，但是我还是不知道，在威斯敏斯特上数学课到底是怎么样子的，也提不起兴趣来。

　　数学做完，竟然有半个小时的休息时间，就只能到大厅里头无所事事。一大群女生已经把我原来放包的地方给占领了，我再过去就有点怪怪的了，只能找了一个全是中国人的地方坐着。这些中国人一看就面熟，在哈罗和圣保罗都遇见过不少。有一个我还和他在圣保罗一起面试过，他说他只报了圣保罗一个学校，没想到在这里看见他。中国人的举止感觉非常友善，也是其乐融融。每个人都低头看着手机，时不时地露出点得意的微笑，多半又是一个关卡通关了。这样，自然就是静默无声，大家就是不讲话，或者呼之欲出，却欲言又止，每个人都安安静静的，也给了我足够的清静先写点文章。

接下来就没有什么有意思的，一个小时的考试，无聊得很。唯一不太一样的，就是他们的试卷，是在平板电脑上的，可见他们的财力雄厚。这之后是物理，同样也是做题目而已。我做得比较快，他就让我描述一下最近做过的一个实验。紧接着就是非常普通的面试。先是让你介绍一下，然后了解一下情况。最出乎意料的问题，也就是他问我对英国现在的政治状况怎么看，还好前几天我写到过这个，不然还真的答不出来。

面试完从威斯敏斯特出来，外面就是伦敦市中心。隔壁就是威斯敏斯特大教堂，走几步就是大本钟，河对岸就是伦敦眼，而威斯敏斯特就坐落在这一切之中，在无数游客之中，享受无比的宁静。

洞见：面试不仅仅是学校对学生的测试，也是学生对这个学校了解的重要环节。面试的形式很大一部分也体现了这个学校的教学形式，而一个学校应该在面试的阶段显露出自己的教学特色，只有这样才是真正吸引学生的地方，什么平均成绩，升学率，吸引得了爸妈，却吸引不了我们。

2018 年 11 月 25 日

斟酌取益（1）

也花了大概好几个月了，总算把所有的学校面试考试都考完了，来来回回忙忙碌碌，骨头都要散架了，也好久没有一个正常的周末，实话实说，四个学校确实有点多。每次来回都是四个小时，两天八个小时在旅行上，能做多少份卷子呀。不过考学校的意义也不是能用卷子来衡量的，毕竟考进去一个好学校，可以抵得上多少卷子啊。

七橡树是最省心的一个，面试和笔试放在同一天，虽然从早上一直考到晚上，但是考试还是小 case。七橡树的优点，差不多就是基础设施十分良好，特别是新的科学大楼，实验室全部都是干净晶亮的玻璃墙，整幢都有一种严肃的治学氛围，闪烁着淡淡的蓝白色光芒，十分舒适。交通还算方便，虽然在这四个学校里面是最不方便的，但至少能登上伦敦的铁路系统，走路二十分钟到车站，再坐车半个多小时到维克多利亚，还是可以接受的。学校出去不远处都有商店和集市，也是很方便。他们应该有信息课当副课，但是因为是小组面试，我没法问个人问题，也没办法深入了解。唯一的缺陷，也就是最大的缺陷，就是饭菜，哪里还有这么难吃的饭菜？一星差评，呵呵，以后再也不来。

　　哈罗在一个山上，走路十多分钟到车站，然后半个小时到维克多利亚。正因为在山上，我很难想象自己拖着四十斤重的箱子爬十分钟的山，想想都累。哈罗在的这个山头是几乎没有商业区的，可能只是我没看到而已，但这也是很不方便。哈罗是这些学校里面最为古老的一个，随便拿块砖头都至少是一百多年以上的。整个学校很有一种欧洲中世纪古色古香的氛围，和现在的科学实验室有极大的反差。这里的学习氛围也是比较严谨，学生们相互促进，相互勉励。在这个风景极好的地方学习，也还是非常赏心悦目的。只不过他们没有信息课，也是有些令人失望。

洞见：每个学校都有自己的特点，现代化或者古色古香，科技化或者文化
　　　底蕴丰富。每一个好的学校，校园里的一点一滴都有自己的特色，正
　　　是这些使他们优秀，和人文相互促进。

2018 年 11 月 26 日

斟酌取益（2）

　　昨天说了两个学校，七橡树和哈罗，这些学校固然好，因为本来就很好，但是因为种种原因，我还是不太喜欢。七橡树是因为东西过于难吃，哈罗是因为太古板，还没有信息课。虽然这些都不是很重要，但也是有让人改变主意的必然因素。

　　我个人觉得圣保罗还是非常不错的。在泰晤士河边，临近Hammersmith，过了桥就是一个大的商业区，也是非常的方便。学校本身也是非常不错，基础设施还是不用说的，新的大楼也在建造当中，至于吃的，我问过校长，因为他也吃了十几年了。他没说很好吃，但至少他给了一个很中肯的回答：不是很难吃，至少可以把我养得健健康康的。圣保罗是这么多个学校里面唯一把计算机当作是一科主课来上的。其实也不仅仅是上课这么简单，因为这里上课非常快速，一本书很快就可以上完，考试考完，就可以支持学生做自己想要做的事情。不管是编写游戏还是软件设计，学校都会全力支持。这里的数学课也是不一样的，数学知识虽然重要，但是数学思维也同样重要。数学课知识点上完了，大家就会做一些奥数题，探索探索，所以他们的数学竞赛分数极高。至于别的，他们也只有围棋俱乐部。只不过这里的宿舍情况还是没有丁克洛斯好。

　　威斯敏斯特也是很不错的，只不过威斯敏斯特在伦敦市区，真正的市区。校门口外面就是人来人往的旅游景点，校门口进来就是威斯敏斯特学府，交通什么的，也是非常方便。学校的设施固然好，只不过间隔有些远，因为在伦敦中心，寸土寸金，很多教学楼都是租的，没有足够的地盘。威斯敏斯特虽然不把信息课当成主课，但好歹也是个副课。学校有两个专业的信息课老师，不仅仅可以学硬件方面的知识，也可以学软件方面的知识，也是可以接受的。

　　洞见：虽然看上去几个学校都是差不多的。差不多的设施，差不多的老师，差不多的科目，但是每个学校还是有自己的文化底蕴，历史底蕴。虽然这些在选择的时候微乎其微，但是也可能起到一些决定性的作用，毕竟这也是校园文化之一。

2018 年 12 月 5 日

A-Level 介绍

今天下午应该是 tutorial 的时间，学校用来给我们介绍 A-Level，也就是高中的课程。虽然我差不多已经知道自己要选什么了，但是总觉得还是去看一下比较好。各个课程在不同的时间不同的地方，也有很多个课程供你选择。

我第一个先去的信息，我知道要做信息的人不多，毕竟他们考试都考得不咋样，现在既然编程还没学，我看他们兴趣惨淡，也就不抱有太大希望。到了那里，竟然有五个人来参加，也倒是一个惊喜。信息课有很多的编程，也不是什么都是以编程为主。百分之二十的分数是自己编写程序，别的差不多就是一些考试和理论。信息的理论考试非常地复杂，和文科差不多，但是也没有很多新东西，所以还是可以接受的。

接下来我去了生物，因为实在没有地方去，就去凑一下数。也没怎么认真听，只知道我大概是不太可能选生物了。化学可能好一点，我现在就在了解化学的一些东西，但是总觉得没有物理有意义。可必须要选那么多门功课，那总得必须做点牺牲的。

接下来是物理，确定下来要选的东西，那么就得仔细听好了。物理是两年的课程，大概十四个章节。还有必须要做的十二个实验。会提早三四个月上完，然后就是无穷无尽无休止的复习时间。最后考试考三张试卷，每张一两个小时，也是十分狠的。工作量也会增大无数倍，也还是不能够小看的。

洞见：我们一直都在升级，从小学到初中到高中，每一级都在逐渐地进步，学得更加多，更加精。从最开始什么都学，也逐渐到了专注几门课，专注于为自己以后发展而学习。因此在每一门课上付出的，学习的，探索的要更多，但是正因为是自己喜爱的自己选择的，才不会枯燥无味。

2018 年 12 月 8 日

动荡

最近世界上可怕的事情太多了，不知道为什么，一种危机感在慢慢地加强。就拿最不可怕的但也是最迷信的事情来说，今年去世的名人也是真的多，多得让人害怕，也算是变相地加快了社会更新的步伐。

至少看看最近的大事件吧，也是非常的可怕。首先是石油减产，这个其实也无可厚非，因为原来生产太多了，反而赚不到很多利润，现在减产，还不一定是坏事情。但是这个直接导致的是国际油价四连跌，昨天也是好不容易涨回来了五个点。还好 OPEC 组织同意减产 12%，这个对于国际情况是不是好事情我也不太清楚，但是对于股票来说，可是噩梦，毕竟我昨天的九个多点的坑，也是这么踩到的。

英国脱欧协定还在紧张的考虑当中，再加上油价震荡，英国股市横空下跌，英国的股民也是受害者，其中包括我一个。

洞见：每一件大事的发生，都象征着国际形势又严峻了一点。这个国际形势和经济、政治等息息相关，一个小差错就很容易步入陷阱，成为引发一场大战的导火索。网络上也一样，你传播的每一点能量，都在几何式地传播。

第 5 章

英国丁克洛斯求学（下）

2019 年 1 月 4 日

出国必带清单

　　一转眼又要回英国了，在中国增肥的梦想还没有实现，马上就要回到英国吃点苦。要多带点东西到英国去，即使用不了三个月，也能撑几个星期过渡一下，再享受一下在异国他乡的中国风情，然后等到你真的只剩下一无所有时，再投身到英国奇怪的风土人情当中去。

　　要在英国好好享受一把，并且要控制在箱子限制的重量以内，就要研究出一个必须要带的东西清单才行。去了这么几次，我也才是略有研究。

　　生活类的物品，其实真正非常需要的还是很少的。这么多生活用品里面，我只是最钟意中国的牙膏。中国的牙膏，至少还是有点中药的天然味道。外国的牙膏，味道全部都是薄荷之类的，也没有什么新的花样，更加稀薄，入嘴没有什么黏稠感和附着感。刷起来感觉空荡荡的，没有什么实质性的感觉。而中国的牙膏，清新可口，有中国自己的自然清香味，而不是人工合成的味道，感觉非常不一样。刷中国的牙膏，就感觉在中国，唇齿留香一整天都是中国的味道。

　　食物，其实要带的东西也是数不胜数，只是永远不可能带那么多那么全。中国货架上有数不清的零食，即使把肉类除外，还是数不胜数。饼干，薯片，哪一个不比外头的好吃？不过这么多里面，有几个还是必须要带的。方便面，混装的最好，这样子口味更多，不重样。外国的方便面，基本上没有油包，即使有，也只有一点点。没有油包的面不够香，还没有味道，汤汁也不怎么浓郁，根本吃不尽兴。老干妈也是非常有必要的，它是全能型神器。抹面包，配上外国的方便面，就变得像中国方便面一样的美味。至于别的也都没啥重要的，我喜欢带一些好丽友派，可以用来贿赂同学，外国人喜欢吃，可以保全一些方便面的性命。

洞见：在外国用中国的东西，总会有一种浓浓的思乡的感觉。外国的东西永远没有自己国家的好用，外国的东西永远没有自己国家的好吃。这不仅仅是对自己家乡的思念，而同样是一种自豪感，支撑着自己对家乡的希望，还有对自己国家的自豪。

2019 年 1 月 10 日

职业测试

在我们考试期间，穿插进来一个职业测试，大概就是测你以后最适合干什么工作，学什么专业，学什么科目等等。我以为就是简简单单地问你一堆问题，比如说最擅长什么啊，喜欢干什么之类的，结果是让你做题，测试你能力的。

本来以为半个小时就能全部搞定，原来这个考试是要考一百分钟的。涉及非常多个模块，从语言到数学，从数学到图形，从图形到常识每一个都有，每一个模块都要做至少十分钟。语言分成两块，一块是找同义词，一块是找规律。同义词就是给你一堆意思差不多的提示，然后从几个词语当中找到合适的同义词。而找规律是从这些单词之中找到一种符合变化的规律选项。然而这个还不是最难的，最难的地方在后面的数学和图形那块。数学还不是很难，只是因为题目很多，十分钟要做四十道题目，而且每一个也不是特别简单，还是非常需要耗费脑力的。图形也是非常地麻烦，看得我眼花缭乱，在规定时间还根本做不完，非常麻烦，不过我的进度还是远远超过别的同学的。

考完，成绩就出来了，说我是适应性能力很强的人，数理化的成绩还是非常可人的。他主要是推荐我自己创业，毕竟我也有想过，躺在床上打电脑总比坐在板凳上舒服。他还推荐我选空间物理，以后当个 IT 工程师或者火箭工程师，虽然不太准确，但还是可以接受的。

洞见：这个职业测试，是让我们要看清自己的能力，看看自己的兴趣和以后的工作与这个上面的提示是否吻合。不过其实只要有目标，就有了动力和努力的方向，而没有目标的人则会永远迷茫。这个考试就是给我们指引方向罢了。

单人房的利弊

　　自从换到单人房之后，着实冷清了不少，但是好处也不是没有，实话说，好处也还是挺多的。毕竟只有自己一个人，自己做的事情也可以不用太为我的室友着想，只要把自己的房间打理好就成了，轻松很多。

　　换成单人房之后，有一个最明显的弊端，就是我没有了一个室友。有一个室友其实还是非常有用的，可以限制我自己的睡眠时间，起床时间，还可以提醒一下我一些别的事情。我换了寝室之后，离我们年级的地方就远了，他们聚在一起搞活动的时候我也不知道，啥时候他们组团一起去吃饭了，我也不知道。还有几次，差一点就没有和他们一起出来，还是有点麻烦的。

　　不过优点也很明显，第一个，就是空间变得更大了，自己的东西都有地方放，现在全部都能放到自己的柜子里，桌面上非常的整洁，非常的清爽，至少不会被罚到了。第二个，就是自由度更高，我可以做自己想要做的事情。两个人的时候，因为室友要睡觉，不得不配合他关灯，而现在我可以任意复习，想复习到多晚就复习到多晚，起床之类的时间也完全是我自己来决定。而单人的房间，更有一种自己家的感觉。相当于我的宿舍就是我的家，更有一种归属感，有一种要打理好自己家的责任感。

洞见：一个人生活比起两个人生活，有些时候是更加难的。因为没有互相影响，互帮互助，所有事情都得你自己来干，整个宿舍都由你来打理，所有事情都是你自己来记。这样可以锻炼自己的自律自理能力，还可以给自己空间做一些自己喜欢的事情。

2019 年 1 月 12 日

House Quiz

又是一年一度的 House Quiz，我去年刚刚来的时候，这到底是什么东西我还什么都不知道，懵懵懂懂，只知道要回答一大堆问题，有非常多的活动，更加有意思的是每人一整个比萨，学校请客。

去年我还不知道有什么比萨可以吃，所以点的比萨味道实在是有点奇怪，不尽如人意。今年我就知道什么好吃了，有一种比萨，上面有肉丸子、香肠、培根，用烧烤酱来点缀，虽然有点腻，但也还算是极品，不过这些都是题外话。

我今年被分到 Rob 的组，他是我们宿舍的头头，想必对我们宿舍的事情也是十分了解，在这里这么多年，他对规则什么的应该都已经牢记于心了，跟着他，即使我什么也不会，我也能够放心了。第一轮是关于我们宿舍的一些事情，比如我们一周能吃几斤奶酪，几条面包什么的，我一点头绪都没有，但是我们有 Rob，所以我们就靠在沙发上悠闲地吃着比萨喝着饮料，结果他也是什么都不会，挠挠头乱填一气，一时间所有的希望都仿佛消失了。不过答不出来也没关系，有比萨吃，有饮料喝，还有什么需要担心的，开开心心的就好了。

第二轮是扔飞镖，取平均数，或者派一个人，他扔的分数就是平均数。我的技术实在是不精，不过至少也扔了大概 30 分。别的队有一个飞镖之王，呼声相当高，一出手，本以为是个王者，结果是个青铜，三个飞镖根本就不在靶子上，0 分，不在我们的队伍，那真的可谓是大快人心。接着就是一些奇怪的体育问题，还有 Bop it 比赛，就是一个拍手器一样的东西，比比谁的分数多。再后来就是团队台球，每一个队伍都享受了这种过程。

洞见：一个活动，一个团队活动，主要是为了让人们在团队里共同协作共同胜利，得到快乐和满足。胜负是必要的，这些是团队前进的动力。趣味是必要的，这些是团队享受的根本，而团队本身就很重要，是一个集体，在集体里面总能感觉到和独行不一样的感觉。

2019 年 1 月 23 日

TGI

因为我上个学期的最后几天终于奋发图强，老师给我发了很多张 green chit，一天就发了五个，一瞬间就达标了，在最后一刻抢了一个去 TGI 吃饭的名额。TGI 我去年也去过一次，东西可是顶顶的好吃，能去吃一次，也是无比的奢侈。

由于我有一个活动，Bowden society，所以必须去参加听关于英语历史的讲座，也是十分心累。心不在焉地听完讲座，我已经迟到了半个小时。再风尘仆仆地跑出去到餐馆。大家早就已经坐下了，只是菜还没上来，可能是因为人太多要等一会儿的缘故。因为有了上一次的经验，我还是不点那个墨西哥风味的大盘食物，就选了一个辣鸡翅当小吃，还有烤的猪排骨，想想都好吃。点完了还要再等一会儿，大家也都在聊天。因为没有高年级的存在，大家聊的东西也都没这么深奥，最多也是聊一些年级八卦什么的，还在评选年度最大失败。据我以前的室友自述，他年度的最大失败，就是找了那个"丑八怪"女友，只三个星期就被她给甩了，也实在是全年级闻名。

辣鸡翅非常好吃，但是不辣，更多的是酸，非常的酸。酸成什么样子，是有一种番茄的酸，番茄里头又加了点醋，非常刺激味蕾。吃一两个还差不多，但吃多了就略显得干巴，而且太酸了影响口感。不过我还是吃了我的一盘，又不客气地干掉了同学的一盘，真香。接下来的排骨，乜是非常的香，烤得金黄，油亮亮的闪着光。刀切下去非常的软，柔得都已经脱骨了，撕下一块，塞进嘴里，是有些甜的，所以口感差了点，但是味道非常的好，加点盐，更为鲜香美味，一下能吃一大盘。

洞见：成就和奖励是要由自己去争取的，这样得来的更有成就感，更有体验感，也更有满足感。应该适当地给予奖励，有些时候，简简单单的，一顿饭就能搞定问题，只要好吃，好玩，而且大家都凑在一起，那就有劲。

2019 年 1 月 26 日

第一轮总结

很快，从去年十月份开始的学生投资／炒股大赛的第一轮就正式结束了。想都不用想，也不是吹牛皮，虽然官网上的资料还没有总结出来，但我肯定已经进入了第二轮。不知道为什么，总感觉会有一点点空虚，不过等到第二轮正式开始，应该又会有无穷无尽的干劲了。

从刚开始进入这个比赛的时候，模拟赛两天，正好就在反弹的那两天，运气好买对了股票，那时候就总觉得前途一片恢宏。到了真正的比赛，前两个星期都是不影响的，根本就没有盈利。那几天我还特意选了很多股票，并且选了五个我们可以买的，估计反弹幅度会很大的股票。结果反弹并没有如期进行，而是一段时间的平稳，静待变化。这个时间我已经放了半学期假，在努力学习关于股票的知识。通过学习实践，水平也在不断地提高，终于不断上升，总名次达到了全国第九。放假刚结束，平稳的股市就开始崩溃了，个人觉得很有可能是因为脱欧还有特朗普政策的缘故，赢来的是第二个过山车式下滑，我拼命地阻止下滑，可惜心有余而力不足，我的逢跌买进技巧和策略反而加快了它的大跌，而我们的股票由15% 盈利到了 -8% 盈利，跌到了一个新的低谷。

之后我开始考虑策略，自己总结出了很多的策略，便进行了实践，最终选择了求稳的——不必要最大化一天的涨幅，而是要最大化几天的涨幅，要在几天之内用同样的股票实现持续盈利，这样才是高手。而我也进行了各种实践，而这使我也更加熟悉我喜欢的那些股票的运作规律，还有市场的各种变动和影响。熟悉之后，水平也是更上一层楼。搭上了圣诞节之后年初一波反弹的顺风车，到结束总盈利率已经高达 50%，我持有的几只股票涨幅均在 25% 左右。后来就又是平稳期，涨幅缓慢，不过，到了最后，盈利率应该还是有 60% 这个样子，我就已经非常满足了。

洞见：每一个人都不可能一下子就变成高手，高手首先要有丰富的专业知识，没有知识，那就没有了理论基础，经常会迷糊。其次还有经验来辅助这些专业知识，经验可以决定战略，或者是引导直觉，没有经验的新兵，死得快。最后还是要有耐心和执着，毕竟也不可能是一天两天的事情。

2019 年 1 月 30 日

Constantine（2）

　　已经是 Constantine 的第二个学期，这个学期结束，他就回到德国去了。他刚来的时候我写他的文章，现在左看右看都是不太满意，现在我也知道了更多的事情，决定再写一篇。

　　现在想想，外国的这些人也实在是神奇。体育方面基因绝对是不错的，他们好像什么球都会打，即使打得很差的，也要比我好不少。除了一些亚洲的运动，比如羽毛球啥的比较难上手之外，别的都是小菜一碟。Constantine 就是众多体育天才中的一个。他打网球参加过国家的比赛，而羽毛球我也打不过他，乒乓球他可是宿舍的夺冠黑马，即使德国没有橄榄球，他随便加入几个星期也能到 B 队。特别是他的柔道，实在是真功夫。和我的假中国功夫不一样，他一近身，就能够直接把你撂倒在地上。你用拳脚进行远程的切磋，没有用，即使他全部格挡，他体力和防御力也比你好，人家可是八块腹肌。

　　他的学习还是十分不错的，虽然他考试不咋的，因为在德国学的和在这边学的不太一样，但是凡是上过的东西他都是了如指掌的。他在语言和商科方面也是颇有天赋，能说五国语言，现在在恶补股票知识，他爸爸给了他一些钱进行投资。虽然不多，但他还是一头栽进去钻研。他炒股大赛的成绩也非常不错，全国都是有名次的，毕竟他在我的队伍里头。

他在年级里头也非常受欢迎，又帅，又会讲话。聊天软件里头全部都是女生，在我们男生群里头也算是个有头有脸的成功男士。至于他的缺点，想来想去，也还是蛮少的，就不细说了。

洞见：一个人可以很完美，只要你忽略他的缺点，这样子你就能更加善良地去对待别人。一个人也可以非常地令人讨厌，如果你刻意地去放大他的缺点。你也可以辩证地去认识一个人，这样子可以更加全面，但是如果你忽略他的缺点，也可以达到一样的效果。扬长避短，如果你看不到短只看到长，就会想着扬长，而看不到短，也自然地避短。

2019 年 2 月 1 日

六国橄榄球赛

又是这个时候，六国橄榄球赛再度开始了。同时开始的，就是橄榄球梦之队比赛。我去年可是第一名，今年也不甘心落后，总要好好观察和研究一波。我虽然对于橄榄球什么的都不知道，但是对于这个我还是有一些经验，说不定能够派上用场。

橄榄球梦之队，一个队伍十五个人，前场八个，中场两个，后场五个。一般来说，橄榄球队的得分主力，全部都在中后场，他们有更高的概率进球，因为前场的更多时间都在和别人撞击，近身肉搏，脱不开身。后场的选择尤为重要，一些队伍的实力非常的强大，别的队伍就会相对来说弱一点。对于弱的那些队伍，更多地应该放到前场，因为前场每个人都只能拿那么一点点分。后场的一般都是一些厉害的球员，如果一个队的对手更没有用，比如意大利，完全就是凑热闹的，那么他们得分的概率都会增加，所以肯定要满编。如果是强弱对抗，那肯定都选强，如果强强对抗，那就两边都多压上一点，一般来说分数都会被拉得很高。

如何选择队员很简单，选择哪些队员就有点难度了。一般来说进行了几局之后再进行分析会更加的靠谱，但是现在分析的话，什么也不知道，只能选择去年表现很好的。新人，除非你知道他们厉害，否则最好不要选，因为他们可能只是上来凑个数的，没有经验，也拿不了多少分，厉害的新人一时半会儿也找不到，还是不要用的更好。

洞见：对于一个体育赛事，光看着数据进行分析，一定是非常难的。很多时候就只有空想，没有实际，也是没有打过橄榄球的人难以想象的。要是你有经验，那么你的选择会更加准，要是你有兴趣，那你就会更加投入地去选择，成绩也就更加优秀。

2019 年 2 月 2 日

考试之后的谈话

考试考完也有两三个星期了，我也没有什么印象。考试什么的，早在中国就习惯了，最重要的考试，差不多也就期末考试而已。考完就进入了假期，抛在脑后，置之不理。而现在在英国，考完就是上课，还有各种忙碌的谈话，实在是昏天黑地。

上个星期，老师就通过邮件发下来一张表格让我们填，说什么下个星期就是考试之后的一个单独的谈话和分析。这个分析包括我们年级的所有人，校长和教导主任一天到晚都得和我们谈话，还得谈一个星期。还好是英国人少，不然在中国，可真的是工作量巨大。我看了一下那张表格，大概就是问你觉得你考得怎么样，你高中准备在哪里读，你决定选什么科目之类的。大部分人谈话回来都非常兴奋，听说校长和教导主任竟然非常和蔼，考得差也根本没有关系。也有的人比较沉闷，多半是感觉考得实在太差了，连校长都是冷眼相待。看着总是让我们这些没有谈话过的人十分紧张。

今天我到了谈话的门前等候，有好几个人在按照顺序排队，一言不发。现场的气氛非常凝重，大家一个个都皱着眉头。进去一看，屋里头阳光倒是格外地耀眼，校长和教导主任都微笑地坐着。毕竟我成绩好，没问几个问题，校长就很放心，让我出去了，也才两三分钟而已，虽然没有什么帮助，但是还是让心里舒坦了许多。

洞见：一件事情过后，总要总结和分析一下自己的所作所为是否达到标准。做得不好可以提升效率，即使你做得很好，也总会有上升的空间。即使你觉得上升的空间小到微乎其微，但是分析总结过后，总是能有效果的。

2019 年 2 月 14 日

情人节

又是一年一度的情人节，当然，这一次不是我的节日，所以没有什么好写的，情人节篇，完。

虽然只是开个玩笑而已，但是总感觉情人节确实只是占了个名头而已，究竟有什么意义，还是有待探讨。即使是情人节，大部分的人也和我一样根本不受影响，这么一个闻名世界的节日，竟然如此的小众，也实在是不太厚道。不过这个节日还是应该给情人们过的，至于我们这些没有情人的，还是一边晾着看好戏去吧。

我那个去年的强壮室友 James，今年倒是格外的寒碜，去年这个时候谈的女朋友，老早之前就分手了，而今年他也是毫无进展，反而倒是在同学当中出了很多洋相，闹了非常多的笑话。已经被同学们正式评选为"2018 最失败者之一"。情人节怎么过，他也没有往日的神气了，乖乖地加入了我们单身汉的阵营。

我们学校情人节是可以写贺卡的，再付两磅，学校帮你配送，还给你送一朵玫瑰。这个贺卡上可以匿名的，所以即使是暗恋也照样能够表达自己的心意。我本来想写一个给 James，捉弄他一下，想来想去还是怕他的

321

拳头，想想还是算了吧。我们男生好像一个人都没有得到，好像也没有几个人真的写过，正如我们所预料到的，波澜不惊。

洞见：情人节是一个情人们交流提升感情的平台和阶梯，而大多数人肯定不是情人，而是单身。单身的人们应该怎么看待这个情人节，不能因为自己的想法就去干扰他们的活动，而是要享受这种过程。在旁边看看，说不定也是美妙的风景。

2019 年 2 月 19 日

学生炒股大赛第二轮

　　学生炒股大赛的第二轮在这个周一开始了，等了两三个星期，终于可以投身于炒股大赛的准备中，和最后的五百强进行比拼，还是很刺激的。对规则熟悉了一两天，我就写一篇文章，好好分析一下第二轮的比赛。

　　以前我也说过了，第二轮，就是预测股票在星期五封盘时候的价格。他会给你四只股票进行预测，你都必须把你觉得可能的价格，而不是变化的百分比，输入进去，系统会马上进行提交。你越早提交，当然你得到的分数就会越高，但是难度越大，因为你永远不知道下一天他会怎么变化。你当然也可以晚点交，但是你越晚提交，即使你预测得很准，他也不会给你很高的分数。星期一是给你查资料用的，周二早上才是最早提交价格的时间。

　　对于第二轮，给你的几只股票都是在第一轮当中大家最喜欢的。其中三只我都不认识，我只知道一个卖服装奢侈品的公司，那个公司股票在最凶险的时候一天变化都能达到十几二十个点。拿来炒短线是非常不错，但是拿来预测，还是比较有难度的。我看它好像是双底部趋势，预测它会上涨五个点左右。还有一个是药店股，我根本不认识，它所处在的一个时间段是趋势变化的一个中间点，看不出来趋势。而它现在在一个高点，有种往下跌的趋势，但是时时刻刻都有什么销量上涨业绩上扬的新闻，我仍然预测下跌四个点左右。还有就是美英烟草公司。它还是比较平缓的，但同时也处于一个过渡期，能涨就涨，不能涨就跌，但是我看它的形势逐渐趋于平缓预计不会有太大的变化，保守估计，上涨一个点。还有一个给可口可乐做瓶子的公司，前几天股价飞速上涨，又断崖式下跌，和大盘走势相仿，保守估计应该会上涨三个点左右。

洞见：预测这种东西，是非常难的。很多人都说自己有诀窍，在视频网站、教学网站上都有一大堆方法。还有众多帮助炒股的软件，但是他们都不能够精准，甚至近似乎地预测股票的走势。可以说，股票虽然很真实，但是也是玄乎的东西，要是这个东西都能够预测，那它没有意义了。

2019 年 3 月 2 日

威斯敏斯特新生介绍日

　　昨天风尘仆仆地赶到伦敦来玩，今天早上又急急忙忙地赶过去。还好，时间非常的充裕，九点二十要到威斯敏斯特报到，我九点零五就到了，结果到得"非常之早"，不让你进去，你必须得到外面转两圈，我也巴不得，就出去转了十分钟。

　　等我回来，门口已经挤满了人，密密麻麻的一大片全部都是女生，男生寥寥无几，站在最边上，男女比例严重失调。一个中国人看到了我，好像非常眼熟，就招呼我过去，说什么只招十几个男的，别的全是女的，别看这样子，因为还有升上来的那一批，全部都会是男生，到时候女生又变成稀有品种了。他是从江西来的，六年级就来到英国。旁边看看还有不少中国的男生，女生是很多很多，男生其实也就两个而已，一个小胖子，竟然化着妆跷着兰花指，还有一个看上去像中国的，很可能只是华裔的人。还有几个一起考试的听说都去了圣保罗，我并不认识他们，只是觉得有点可惜。

　　在很长的介绍之后，是学生代表讲学校的活动什么的。这些学生代表一个个都是非常厉害的，不看稿子也能滔滔不绝地随口讲上五六分钟七八分钟。因为生源好，这边的活动也是非常多，毕竟这里不需要把学生学习变得更好，只需要从各个方面让学生更加优秀。讲完就是吃饭，这里的饭怎么说呢，味道一般，不算好吃，但是也不算难吃，给个 6 分，足够了。吃完饭我们见了我们的宿舍头头，我们宿舍叫作 grants，是世界上最老的宿舍，也是这个学校最好的（同学说的）。有两个自动售货机，还有一个食堂。我们宿舍还是男女都有的，男生和女生隔着一个楼梯口，当然，还有一个女生专用的密码锁。房间不大，差不多就我的狗窝大小，但是宽一点长一点，其实也足够了。这宿舍里头是有电磁炉的，我想应该可以烧饭吃。

洞见：新的学校有着新的特点，不仅仅在课程，教学设施，学习氛围，学习环境，住宿环境上都有不同，但是更不一样的是同学的环境。学习是一定要受到同学影响的，具体是怎么影响，还是得看同学。

2019 年 3 月 11 日

食堂阿姨

　　说实在的，食堂阿姨才是这个学校背后的重要人物，没有食堂阿姨，我们连饭都吃不了。要是她们放假了，那我们也就自然而然放假了，没饭吃，留在学校干吗？

　　中国的食堂阿姨，可是以手抖著名。自己辛辛苦苦排几百个人的队花钱买来的菜，少说也得吃好点，结果就看食堂阿姨手起一大勺，看着太多，抖一点，再抖一点，每抖一次都是心碎的感觉，等到了你的碗里，早已所剩无几，只有一丁点的肉，吃两口，就只剩生姜大蒜，实在是不尽如人意。

　　英国阿姨手不抖，毕竟我们的饭钱是早就已经预付的了。虽然英国的东西不甚好吃，但是有时候你想多吃一点，阿姨还是会慷慨地给你的。我们食堂阿姨各种各样的都有，有一个斜眼的阿姨，每次都不知道她在和谁讲话。还有一个胖墩墩的阿姨，反应很慢，好一会儿才反应过来你到底要什么。不过他们脾气倒是也还不错，至少不是整天耷拉着一张脸皮子，偶尔也会和你闲聊扯家常，有些阿姨对我们特别好，经常偷偷多给我们一点吃的，也实在是业界良心。这些阿姨也是非常独立自主，前两年有一个辞职的阿姨，就是因为待遇不好，就潇洒地提包走人了。

洞见：这些阿姨虽然是劳动阶级，或许得不到非常好的待遇，但是她们却是我们生活中必不可缺的存在。我们必须尊重她们，就和我们所有人一样，我们也要尊重她们的劳动成果，不浪费粮食，尽量让她们感觉受到了尊重。

2019 年 3 月 19 日

英语 GCSE 口语

　　今天忙得很，上午是宿舍里头的演讲，昨天晚上才写好的英文版，今天早上一看手机，发现同学的题目和我的一模一样，还得马上改成差不多的话题。一个同学说从失败中学习，一个同学说从成功中学习，我就讲了一个"如何从不断地学习中找到核心的方法，应用到更多的东西里头去"。掌声还是有很多的，至少给我接下来的 GCSE 口语考试增添了信心。

　　口语考试是让你先说一个四分钟左右的小演讲，讲什么东西都行，喜欢什么讲什么，接着他们会问你关于你的演讲的各种问题，要问五六分钟这样子。我之前准备了一个关于股票的小演讲，发现技术性的东西太多了，就删掉了非常多，把中间的东西改成一些自己的和别人的小故事什么的，听着更加有趣，也可以更加简单地让考官问问题。我非常快速地讲完我的演讲，稍微超了点时间，因为我根本不知道到底多少是四分钟，但是不太影响。我原本觉得他们会问我很简单的问题，刚开始的问题也是确实很简单，问我关于一些学生炒股大赛的问题，还问了我影响股票的要素都有什么。我尽量简单地逐一给他们答案。突然问题就变难了，老师给了我一个很长很长的问题，说："投资股票必然会产生一些不好的结果，对于一个企业来讲，你买他们的股票赚钱就相当于赚他们的钱，你觉得这个是不是不道德。"已经上升到道德层面就非常棘手了，还好一看这个老师就不懂股票，问题问得不好，让我有机可乘，我就反驳了股票上涨对公司的好处。最后一个问题，是"股票是否存在腐败"，这个也是非常好回答，一大群花重金炒作的人，不是腐败是什么。

洞见：演讲这种事情，非常容易忘词，非常容易紧张。几个非常简单的方法就可以解决你在场上的各种尴尬。一个是一定要用自己写的文章，反复修改反复阅读，直到熟练，这样子你就不会忘记。至于会不会紧张，还得多练。

2019 年 3 月 23 日

Vlad Popeta

Vlad，我之前可能也有几次提及，一个生猛的俄罗斯壮汉，操着一口生猛的俄罗斯口音。一米九应该还是有的，虽然看他不经常健身，也有一点点小肚子，但是肌肉强健，一座山一样地立在那里，还是非常有战斗民族的健壮体魄。

Vlad 因为健壮，虽然他的技术不是非常高超，我们年级的体育队伍里头都会加他一个，他也很好地发挥出了自己的作用，大前锋大坦克，横冲直撞勇往直前。对面的人看着，都只能望而却步。但是实际上他还是非常温顺的一个人，他留有一撮小胡子，虽然只是可能忘了剃掉，虽然也只有一两厘米，虽然极其的稀疏，但是还真有一种仙风道骨的感觉。比起打架什么的，或许言语上的辩论更能够引起他的兴趣，只要你有时间，他可以和你辩论一整天。虽然逻辑并非一直条理清晰，但是还算是一个比较厉害的辩手，只是一口俄罗斯口音把他的缺陷暴露无遗。

一般来说，像他这个体型的人，我们宿舍有好几个，都比较向往着在运动场上驰骋沙场，参加一个又一个的橄榄球俱乐部什么的。而他向往的东西，是当一个码农，整天坐在电脑前头的程序员。据他所言，以后信息技术就是一切，当个码农绝对非常的有前途，日进斗金。我们年级估计就三四个同学 A-Level 要学信息技术，他就是其中的一个。

洞见：有些人，他的内在和你看见的是不一样的。一个流浪汉说不定是丐
　　帮帮主，一个大壮汉其实内心细腻无比，一个戴着眼镜看着斯文的
　　男生，说不定能一拳把你按在地上。对于一个人，你不能贸然就下定
　　论，你必须有一定的了解，才有话语权。

2019 年 3 月 25 日

Mr. Chapman

Mr. Chapman 是我的两个化学老师当中的一个，戴着一副眼镜，看着略有一些憨。身材从上到下根本就是一个方块人的样子，上下左右根本就是一样宽，一样粗。听说他青年的时候身材还是不错的，也还是很帅的，可是现在步入了中年，肚子渐渐变大，不管穿哪件衣服都是鼓出来的，头小身子大，身子和腿一样宽，现在反而还有点像企鹅。

他是学生最喜欢的化学老师，他教书的技术不错，人还很好，特别是他不是非常严厉，所以同学们都是在他的课堂上大肆地"讨论"，他有时候会发一下火，但是最多也就三分钟热度，就一声不吭地做自己的工作去了。和我的另外一个老师也不一样，那个老师只会让我们做卷子、改卷子，再做卷子，上课极其无聊，大家一个个都是在死寂当中，好像非常认真，实际上神游天际。而在他的课上，至少我们还是比较专心的，虽然吵闹，但是没有人会发呆。对于他的教书，我也只能评价，经验丰富，知识渊博。

但是他比另一个化学老师还是要厉害一点的，他对各种体育活动都有自己的见解，特别是足球和橄榄球。去年的橄榄球梦之队一直都是他遥遥领先，直到最后一个回合我才能后来居上。看他这个体型也打不了多少体育比赛，但是至少他是一个成功的分析师，当个俱乐部的经理或者教练还是会非常成功的。

洞见：老师和我们一样，也会有自己的兴趣爱好。就像老师要尊重我们的兴趣爱好一样，我们也要尊重老师的兴趣爱好，还可以和老师多聊聊，增进师生感情。有爱好的老师也总是会比没有爱好的老师有趣许多。

Constantine 的最后一天

　　不知不觉地，两个学期又已经过去了。Constantine 在学校的日子，除了今天，就只有明天半天而已。本来说今天早上要和他拍个合照纪念一下的，结果还是忘记了，赶紧放在备忘录里，明天可不能忘记，一忘记就拍不到了。

　　虽然是最后一天，但是他的活动安排也还非常丰富。早上大课间就有一个低年级学妹说想找他单独说两句话，我在食堂偶遇他，他就叫我一起等，等了好一会儿，那个女生还不来。很明显，是被放鸽子了。他苦笑几下，就只得和我回宿舍。

　　接下来他的下午和晚上都在整理自己的行李，虽然他东西也不多，但是收拾起来还是要好些时间，他的房间也确实特别乱。这个时候我也在收拾房间，就拿了一桶羽毛球，本来要打的但是从来没有机会拆开过，还有一包我老爸给我的茶饼送他。本来说要送老师的茶饼，却也没有送出去过，唯一送出去的一次，还是上个暑假送给离开了我的西班牙朋友 Paco。他还是欣然接受，对于中国茶，他也是丝毫不感冒，他有一个姐姐对中国文化非常精通，在家还给他们煮饺子啥的，所以茶应该还是知道一点的。

　　一直到晚上，我们老师订了一大堆肯德基，整个年级最后一天去给他庆祝一下，应该算是话别朋友。肯德基订得太少，根本不够吃，但是大家一起吃就感觉特别的香，本来不吃的十包薯条，也被大家齐心协力扫荡个精光。

　　最后一个晚上，我们还偷偷地去攻打了低年级同学的房间，打开门拿起枕头就是一通暴揍。他们在睡梦之中被我们打得稀里糊涂，趁着乱，趁着黑，我们在老师来之前全身而退。

洞见：当一个很好的朋友离开，心里或多或少还是会有非常的不舍。但是更多的时候，还是会想着如何更好地和他一起玩，让他享受这个最后的时光。最后一天当然是要一起疯玩，也不能说"疯"，但是至少要留下深刻的记忆。

2019 年 4 月 25 日

我的室友

风水轮流转，我的室友再次变成了我第一个学期和他住的 James，就那个非常健壮身高一米九多的肌肉男。和他住在一起我还是小小的略有些后怕，毕竟他连续三年成为房间最乱的人，大家都已经公认了，就这样看着他估计还是不太可能咸鱼翻身。

他果然非常的乱，才两天书桌上就已经乱七八糟堆了满满一层书，楼下也有几本，地上也有几本。但是仔细看的话只是看起来乱而已，而且他东西多也比较难整理。除此之外也还都是可以接受的。他经常运动，还是那种特别激烈的体育运动，各种橄榄球造就了他无比庞大的身材。衣服买不到号，看起来紧绷绷的，他露出来的地方又无时无刻不是红的，感觉就像被打肿了一样。虽然看上去非常可怕，但是和那种路霸也不太一样，他不经常发脾气，除了对自己发脾气，一般来说还是非常和善的。他非常的大嘴巴，自己一有糗事就马上告诉别人，生怕别人不知道，然后传得沸沸扬扬之后才开始后悔自己为什么要这样。他也承认自己犯了非常多的错误，他乱七八糟稀里糊涂的恋爱经历也让他在整个年级非常有名，变成一直有的一个黑料。他自己也经常说，要是有些事情我没有做，反而做了更多别的事情，或许我的人生就会完全不一样了。在他的口中说出来，还是非常幽默的。

他每天没日没夜地都在放音乐，各种音乐册，估计是经典老歌和排行榜上那些，所以基本上还是比较好听的。但是听歌有时候实在是太影响效率，特别是他唱着歌还要跳着舞，他又会无比激情地哼哼两句。跳舞不好看就算了，老年迪斯科，唱歌也不好听，但是还是非常的陶醉，非常地忘我。我不赞扬，也不反对，还想让人怎么样，不要暴乱就好了。

洞见：和室友生活在一起，和自己一个人生活是截然不同的体验。和室友生活你必须同时也体会到别人的感受，享受别人给你带来的这个独特的氛围，也享受他给予的陪伴。你在享受的同时也要给予他你方方面面的帮助，室友关系才会更加融洽。

2019 年 4 月 28 日

室友的音乐

　　我的室友对于音乐，还是有非常执着地追求。他自诩自己的歌单天下第一，无人能及，每天不管白天黑夜都把音乐开得震天响，即使有时候他不在宿舍里头，音乐也是开着的，让我二十四小时受到他的熏陶。

　　他听的歌都是那种非常流行的歌，当中也不乏那些非常经典的老歌，在中国也远近闻名的那种。还有就是比较有精神，有节奏感，听着听着能够跳起来的那种。不是什么摇滚，大多数还是情歌。音乐我其实也不懂，我估计他也不太懂，只是凭感觉哪首歌好听就下载哪首歌。他对自己下载的歌单还是非常自信的，以至于对别人的音乐大部分都是拒之门外，并且大言不惭其"如此之难听浪费时间"。对于自己的歌倒是格外赞赏，有时候开得最响，有时候戴着耳机一个人在那里陶醉地唱唱跳跳。跳得也不好，老年迪斯科，精神病患者既视感，就是毫无章法地扭动自己的四肢和身体。睡觉之前脱个精光也还在跳，只见一身雪白的肉在我的面前蠕动，让我不知道说什么好。有时候跳着跳着他自己还会突然一嗓子号出来，突然来个什么"多么痛地领悟"，唱得极度走调，但是极其投入，表情肢体动作异常丰富，好像自己就是一个巨星的既视感，只要来个调音师，就一定能叱咤风云。

洞见：一个人喜欢的音乐决定着一个人的性格，而一个人对于自己喜欢的音乐也是颇为自信的，不允许被侮辱，也不允许被替代。音乐慢慢就成为了人的一部分，能让人精神亢奋，如痴如醉，也能放松心情，修养心性。

2019 年 5 月 14 日

学习的庞氏骗局

庞氏骗局，如此高大上的名字，简单来说就是拆东墙补西墙。用投资者的钱去弥补之前的投资者的收益，虽然自己很轻松，但是之后会越来越差，就像用贷款还贷款一样，只会越来越多，利滚利。

有点常识的人都知道这是最忌讳的事情，但是有些时候人们却在不知不觉地实行。在学习上也有庞氏骗局。比如说你决定每天都至少要做十道题目，但是今天因为你自己贪玩结果少做了两道题。这个差别当然要补偿回来，用什么补偿，用明天补偿。要是，明天你仍然不停地打闹，那么做的题目就越来越少，就越来越得用未来的时间来做现在的题目，这个只会导致非常恐怖的结果。有时候，这种今天放到明天做的事情还是非常多的，因为各种不可抗力的原因，总会有时候拖延一下的。但是如果你天天都有不可抗力，我还是建议你降低目标。但是如果你是因为想自己吃喝玩乐起来更加轻松，逃避学习，你只会越来越差，没有起色。

如何避免，首先你就要有一个计划，一个按照自己的实际指定的合理的计划。然后就要有制订计划的决心，同时这个计划也要有一些可调整性，万一真的不可抗力。更重要的还是自己不断地告诉自己不能拆东墙补西墙，不然只会倒塌。

洞见：偷懒的方法有很多种，有些时候完全就是因为偷懒而且偷懒。要是不了解清楚自己不断地偷懒，那么现实多半完蛋。我们要时刻反省自己，勉励自己，想想自己有没有在不断地浪费时间，想想自己怎么样才能做得更好，才可以避免各种骗局。

2019 年 5 月 15 日

集体复习、独自复习

　　复习的方法有很多很多种，有些人喜欢和朋友在图书馆约会，顺便炫耀一下自己到底复习了多少，对复习多么的有信心。也有的啥都不知道，神色慌张地找同学求助。甚至连我的室友，最近也过了一把老师瘾，虽然他不太行，但也有比他还差点的，他就能轻松地找回自信。

　　集体复习和单独复习是两个非常对立的东西，他们不能同时进行。很多人有时候就很纠结，到底什么时候集体复习，什么时候单独复习。如果你对自己的知识点没有什么把握，因为知识点太多了，自己看也看不出来哪里可能会有漏洞。这个时候找一个朋友来就是很好的主意。找一个朋友来，不仅仅帮助了你调节你的气氛，因为有别人在，你的注意力就会更多地在他们身上，而不是在手机或者电脑上。但是你找来的人一定要好，要是不务正业地一天到晚只打闹不想学习，那和他一起复习估计也没有什么前途。要是如果对方很想复习，但是知识也不扎实，你可以通过问他很多问题或者让他问你很多问题来复习，问问题的同时不仅仅是不断地对考试问题进行推导，还非常容易查漏补缺。如果对方是个大神，那赶快抱大腿，不仅仅要学知识，还要学方法。知识我五百年前就会了，但是方法我不知道，最近才学会，所以最近的成绩有所提高。

如果你的水平已经非常扎实，那你就必须想到要推导方法。方法你当然可以让别人告诉你现成的，有些或许非常有用，但是有些局限性非常的大。还不如自己一个人以最快的速度做完 N 张卷子，很多很多错之后，逐步地检查为什么第一感觉会出现问题，出现了什么问题，这些问题到底有什么规律。这样子有助于快速拔高成绩，前提是得自己做东西，在课上做也可以。当然，如果自己不能解决自己的问题，还是别自信，找别人帮忙吧。

洞见：自己复习或者集体复习，完全取决于你对自己的感觉。如果你感觉集体有归属感才有动力，有成就感，那你就可以融入集体。如果你相信自己的方法，而且有分析能力，知道自己到底需要什么，自己再帮助自己变强，自己一个人也无妨。

低年级同学

总感觉时代正在悄悄地改变，低年级的同学，总感觉和以前的我们变化还是非常大的。这么说，在某些层面上来讲，我个人认为一届还是不如一届了，以前就只有十年级的学弟吵闹异常，现在九年级新来的那一批，更是让人伤脑筋，还好伤我们的脑筋不多，伤的还是宿舍老师的脑筋。

我们现在是十一年级，底下十年级，可以说是最聒噪的一届了。什么不好做什么，突然就大吵大闹发出各种奇怪的声音，或者在走廊上就开始打拳击。他们的破坏力极强无比，一下子，学校新糊的木墙上就会出现一个洞，或者厕所的某一个锁又卡了，或者谁的碗又支离破碎甚至变成陶瓷粉了。老师对这种事情也是非常地苦恼，他们经常会被叫去谈话，好像也没有什么效果。厕所的马桶照常一直堵，有时候他们还偷偷喝酒什么的，结果喝不过几十毫升就一塌糊涂，整个走廊乌烟瘴气。

今天不知道又惹什么事情了，我十一点出去洗澡，发现宿管老师正在盯着几个男生，我也没怎么在意，等洗完澡出来，发现老师还是在那里，听脚步声很晚了老师才离开。估计也是十分心累。

底下九年级就更不用说了，才来两个学期，就挨了全校的处分，主任还特意到我们宿舍进行训话。每天看他们，都是各种得罪高年级学生，自己得罪了高年级同学，反而还向宿舍老师求救，结果宿舍老师根本不鸟他，这种事情估计也是见怪不怪了。真是一群熊孩子。

洞见：学弟们，比自己小，但是正在经历自己以前经历过的事情。理所当然地，我们会把现在的他们和以前的我们进行比较。如果你用你以前的眼光去看现在的事情，就会感觉非常的难以置信，但是也绝对不能歧视他们，毕竟也许用高年级的眼光来看现在的我们，也一样聒噪。

2019 年 5 月 22 日

知识还是方法

我的室友也终于进入了疯狂的复习阶段，他平时不认真，到现在啥也不会，所以他一天的安排，就是去外面踢很久的足球，然后回来开始复习。复习就是看很多知识视频，用最短的时间教会自己所有的知识。

他的办法，要花很多的时间，如果你什么都记不起来，只能记住一点点，有一点点印象，那还可以。把视频的速度开到最快，走马观花地全部过一遍，就差不多都能记起来一点。看书和一大堆复习资料也是一样的道理，快速地翻过去，看看自己能够记住多少。如果记住的比较多，你可以看看自己记不住的那些，然后不停地往回看，加深短期的记忆力。这种临时抱佛脚的行为，不能说肯定行，但是对于一般的简单考试来说，你记住了知识点，就大概至少能拿一个 B。当然，如果你真的啥都不会，从 0 开始，我劝你还是少费点心，一天的临时抱佛脚基本上没啥用，能记多少记多少吧。

我的室友的基础虽然差了点，但还是应该有及格的水平。我看他一直记知识点，还是有些担忧。我自己是不喜欢一直记知识点的，一多半时间至少得用来看题目，分析题目的做法。他光记知识不看题目，第一对题目

347

没有任何的准备。第二知识点很多，你不能保证复习的考试就能考到。你全部都复习，时间太久了。第三，知识点是死的，但是题目是活的，题目随便问得刁钻一点，或者和别的什么东西综合一下，你就卡壳了。当然，第四，你会知识点，按照答案的要求，那是只有一半的分数。另外一半是按照题目给的问题展现你自己对相关知识点的理解和表达。这些问题都有自己的独特的套路来回答，你可能觉得普普通通的套路已经足够了，但是防不胜防，他会给你分数，但是肯定不会高。你考试主要是做题目，要是你连题目都不去复习，回答问题的方法都不了解，那又有何意义。

洞见：你可以有很多很多种药，然后对着这个病症不断地尝试到底怎么样才能治好。或者你知道要用什么药，但是不知道要打成粉，还是熬成汤，要用多少量也不知道。还有一种，就是头脑清晰，看到这个症状，就知道要用什么药。如果你仅仅是把药材功效大全给背下来，那没用，你得知道这个病应该怎么治，再用你的知识，对症下药。

2019 年 5 月 25 日

群殴校长

今天是 Commemoration Day，就是一系列活动来纪念丁克洛斯这个学校的建立，感谢应该感谢的人。早上在 tewksbury abbey（教堂）度过了一个充实的早晨，然后再到学校临时搭的帐篷里开全校的表彰大会，给很多很多人发了奖，也奖了我一本书。又是又长又无聊地演讲，在座的人都按捺不住躁动的情绪，开始各种抱怨。

正好，各种活动结束之后，在我们宿舍的后花园开了一个义卖活动。任何东西都一磅，棉花糖、抽奖、爆米花什么的，通通一磅。赚来的钱就会被送去慈善基金会。我们宿舍就比较粗暴，投篮，一磅五次机会，还有最厉害的重头戏，暴打校长。我们的校长被锁在特制的一个枷锁里，只要一磅，就能有五块装满了水的海绵，可以向校长随便扔。这可激起了我们广大学生的兴趣，终于可以出口气了，平时高高地站在演讲台上够也够不着，现在终于可以堂堂正正地打着捐献爱心的名义打校长。校长的女儿身先士卒，撸起袖子冲上去就扔了五次，激起了广大群众磅礴的热情，大家奋勇报名，巴不得可以轮到打校长，不放过任何一丝机会。一个小女生，尽管与校长无冤无仇，还是要努力地让自己的海绵吸进最多的水，然后啪啪砸在校长的脸上。校长也很大气，知道这是不可避免的命运，反而伸出头来让他们随便砸，每一次爆头，都只能默许地发出赞扬的声音，鼓励着更多人消费，实在是楷模。

洞见：有些时候一些事情比我们自己的事情，或者自己的一些喜好更为重要，有时候是为了集体，有时候是为了给予，有时候是为了回报。这些时候我们需要放下自己的地位，献身去做更有帮助的事情，或者去帮助其运行。

写程序

　　现在已经是半学期假期，不得不感叹时间还是太快了。不过现在我有一个星期的假期，还有三个星期的考试。这个星期的假期里头复习肯定还是要复习的，但是复习多了肯定会无聊，得找点事情做。想了想，还是找出来一本编程的书，学习学习。

　　虽然在学校我已经学了一点编程，但是想想实在是比较基础，和我本来想的东西略有差池。所以我觉得得好好练习一下我自己的技术。正好，我找到一本书可以教人循序渐进编程序，要是我把整本书都啃下来，估计就至少已经有入门的水准了。虽然这本书里面最难的游戏好像就是一个很简单的撞击游戏，但是比我现在的水平还是要厉害一点。我现在即使做一个简单点的 hangman 游戏，没有任何的动画，完全就是文字，还会觉得吃力，至少要半天，别的就更不用说了，当个码农还是比较棘手的。

　　这本书给我举了很多例子，对于一个任务，他会先告诉我大概的结果，然后告诉我具体的答案。我一开始就只看任务，不看答案，先自己用自己的理解把这个任务啃完，之后再看有什么更加合理的例子。虽然这个更花时间，但是我做出来这个任务的成就感还是很大的，而且说不准也是会非常有帮助。

洞见：对于有挑战性的东西，自己首先尝试肯定是非常重要的。即使你手上有答案，但是你看了答案，顶多也只能用答案的想法，马后炮地来推导出一系列的结论，而如果你用开发者的眼光循序渐进，虽然没有那么快，但是学到的东西更多。

2019 年 6 月 5 日

生疏

　　因为我的考试是三天两头考一次，每个考试之间大概隔一天或者干脆一天都不隔。复习的话，肯定是首要复习离自己考试最近的那个科目，但是有些科目的两张试卷实在是相隔甚远，等到复习那个考试，早就忘记到十万八千里了，实在是令人痛苦。

　　明天就是生物考试，前面几天全部都用来复习重要的古典文明和地理，因为如果不复习的话那些就会超级爆炸，虽然考试考下来，即使我超级复习了，试卷也不会给我一个好脸色。然而今天准备复习生物的时候，也是非常的慌乱，一天的时间，虽然全部看完一遍基本上没有什么问题，但是还是很难把自己调整到一个考试的状态。我过去的经验告诉我，即使你什么都知道，所有知识点都是一清二楚，考试确实能够发挥出大作用，你把所有东西都按照课本按照题目的要求一字不差地写到试卷上，虽然肯定能拿到满分，但是也实在是太难了。

　　生物这种东西，虽然说是一门科学，可是记记背背的东西完全不比别的少，要是把整个课本都记下来，那不知道要花多少时间。但是如果不把整个课本都记下来，你就得用技巧去交换知识，你就得去揣测出题者想要

353

你回答的东西，但是这个也需要不断地训练才能找到窍门。我现在好久没有练过，不仅仅是技巧还是知识，都觉得有些生疏，这就麻烦了。

洞见：一个事物上的生疏是由技巧上和知识上的生疏引起的，如果你知识倒背如流，不管怎么问你都会非常有把握。如果你一眼能够看穿他想要知道什么，你也能踏遍天下。但是长久了之后两种能力都会衰退，只有不断地温习结合，才是长久之计。

2019 年 6 月 6 日

Barnaby

　　Barnaby Huxtable 也是我的一个同学，把他拎出来写是因为这个学期都要结束了，考试也又要考完了，总要把同一个宿舍的人都拎出来写一遍，虽然大家都住在同一个屋檐下，但是每个人的兴趣爱好和各种表现都不相同，但是全部合起来变为同一个群体又异常融洽。

　　他有一颗很大很大的脑袋，大到什么程度？就是一般大小的头盔，根本就戴不上。虽然不知道如此大的脑袋里面到底装的是什么，只是看起来非常像外星人而已。

　　Barnaby 和平常的人体育爱好不一样，别人，特别是我的室友，超级钟爱橄榄球，也有的特别钟爱板球，但是他偏偏要去骑自行车，不是在公路上胡乱飙车的那种，而是在非常陡峭的山坡上或者崎岖不平的地上骑山地自行车。他给我看了几个他骑自行车的视频，展示了一下他优秀的技术。他本来就非常喜欢剪辑视频，特别是他自己骑自行车的视频，反正就是各种剪辑，加上各种音乐和好笑的录像，也经常拿来给我们看。虽然我们看了笑不出来，他看了倒是能够常常开怀大笑。不过我倒是打心底佩服他的技术，像我这种在公路上骑车都能撞上停着的车的人，简直想都不敢想。

不仅仅是自行车有一手，跑步他也还是比较在行，八百米我们小镇里头是没有人能跑得过他的。他物理也很厉害，至少按照他自己给自己的评价，在年级里头还算是数一数二。不知道是他跑得太快了，还是因为他的脑细胞用得太多，英俊的脸上，顶着仅仅一小撮头发，马上就要变成地中海的样子，有一点秃头的迹象，还真是天妒英才！

洞见：单单介绍一个同学，这一个同学就是非常好玩的，也是非常特别的。每一个同学都有自己擅长的东西，每一个同学都喜欢自己擅长的东西，如果你非要去劝说那个同学去喜欢你喜欢的东西，那就非常难，但是他们的不同的爱好对我们不会有影响，反而更加融洽、好玩。

2019 年 6 月 7 日

Henry Blunt

Henry Blunt，我们年级的，住在我隔壁的兄弟，在我们年级可以说是一个正面教材，成功人士。正当我的室友 James 犯了一个又一个政治上和思想上的错误，还被女生宿舍的老师沦为反面教材公开批评的时候，他已经努力耕耘，找到了女朋友。

他看起来也是其貌不扬，长方形大马脸，也没有什么气质，整天笑嘻嘻的，甚至同学经常嘲讽他像隔壁的面瘫人士。身体看起来不是很健壮，特别是和我的室友摆在一起，那他就变得更加瘦削了。虽然看起来不是很健壮，但是精干，还是打橄榄球好手，实在也是想象不出来。

他在学校里好像也没有什么建树，也没有什么有名的事情，和大部分同学都一样。我的室友是不知道干了多少糗事才全校闻名的。但是他仍然能在我们年级里面有很高的地位，不因为别的，只因为他是一个成功人士——他有一个女朋友。在他没有女朋友之前，他的绯闻就已经传遍天下，也实在是难以置信，但是只能说明他的情商还是非常地夸张。他好像是我们年级第二个脱单的，当然，第一个脱单的，我的室友的日子从此就走向了人生低谷，只有他蒸蒸日上，不仅仅找到了女朋友，还经常一起出去玩，甚至还见了家长。从他的口中我们了解了各种谈女朋友的注意事项，还有他和"岳父"谈笑风生的各种片段。他在这个方面始终站在最高点，我们的几个同学也开始脱单挑战他的权威，但不是分手就是被绿了，实在是颜面扫地，退出竞争。

洞见：每个人在某个方面总是有自己的特长，不一定所有人的特长都在学习上，都在运动上，有时候交际能力，或者待人处事的能力也是一种重要的特长。我们不能仅仅通过一个指标去给别人定位，因为别人在另一个角度上或许其实是王者也说不定。

2019 年 6 月 8 日

中国高考作文

　　有一种观点认为：作家写作时心里要装着读者，多倾听读者的呼声。

　　另一种看法是：作家写作时应该坚持自己的想法，不为读者所左右。

　　假如你是创造生活的"作家"，你的生活就成了一部"作品"，那么你将如何对待你的"读者"？

　　根据材料写一篇文章，谈谈你的看法

品格标签

　　小明饥肠辘辘地走进一家看起来比较华丽的西餐厅。站在门口的接待员通过智能眼镜看了看小明的品格标签，"大方""平和""举止文明"，便满脸堆着笑把他迎到了座位上。

　　智能眼镜是前几年刚出的新产品，戴上去，就相当于一台小型的计算机。其中的一个功能，就是可以给同样戴着眼镜的人贴上品格标签，而前三个收获最多的标签，会被高高地挂在头顶，让所有人看到你是怎么样的人。而且只要戴上一次，数据就会跟随你这个人一生。智能眼镜一经公布，就轰动全世界，基本上人手一个。

这个品格标签出来之后，全国的不文明指数直线下降，要是你做了不文明的事情，你的标签就会被别人的差评所轰炸。如果你差评过多，你将不能享受任何社会保障服务，而且会被大部分的公共场所禁止入内。

小明还是很看重面子的人，和所有人都一样，每天都是兢兢业业地要想着如何让别人给自己更多的赞，争取不让不好的标签挂在自己的头顶上。只可惜，天公不作美，前几天他在街上不小心打了个喷嚏，而且没有用手遮住，这立马就给他自己招来了漫天差评，"粗鲁""不文明"的收获数直线上升，现在离第三个标签"举止文明"只差十几个差评了，得小心行事才好。

小明搓搓手，想在菜单上点一个品味比较高的菜，说不定别人会觉得他比较高尚。于是他找来服务员，故意大声强调，要一份肉眼牛排，五成熟。果然，吸引了旁边的食客的一些目光，收获了几个"大方""会享受"的标签，但是也有一个食客因为"叫得太响，吵闹"为理由，给了他一个"粗鲁"的标签。小明在心中暗暗骂了几声，怎么会有这么斤斤计较的人，这可怎么是好。

牛排上来了，粉嫩的牛排嗞嗞地冒着热气。小明看着仍然明显的红色，不禁皱了皱眉头，硬着头皮切了一刀，发现不仅仅外面看起来生，里面更加是嫩嫩的鲜红色，似乎还有非常明显的血浆。小明心里暗暗叫苦，平时自己都点的是至少七八成熟的牛排，今天怎么逞强点了这种夹生的东西。送回去再烧也太没有面子，只好硬着头皮吃了。

小明艰难地把一块块牛排放进嘴里，装着非常享受的样子咀嚼。突然跑过来一个熊孩子，好奇地凑过来看着他。说是熊孩子，因为他的品格标签确实置顶是熊孩子。他突然深感不妙，连忙找个借口要把熊孩子支走，没想到熊孩子突然开始找麻烦。不仅仅说要吃牛排，紧接着拿着一个小水枪开始在他身上乱射。小明感到大难临头，心想自己的衣服如果被射湿走在街上，那该是多么的狼狈，该有多少差评。所以他狠狠拍了拍桌子，想把熊孩子吓走。

没想到，熊孩子竟然一下子哭了起来，全部人的眼光都被吸引了，还有几个人已经给他贴上了"粗鲁"标签。他连忙转变态度，对小孩子哄起来。熊孩子的妈妈看见自己孩子吃了亏，就连忙过来搂住熊孩子。她一看就是狠角色，标签就是"大嗓门"。还没等小明摆出诚恳道歉的表情，孩子妈就开始一顿狂轰滥炸"你这么大个人了和小孩子较什么劲啊""你怎么突然吓唬我孩子啊""怕衣服弄湿了显示出你粗鲁的内心"。小明一时语塞，根本无话可说，刚刚想为自己辩解挽回声誉，却又遭到了持续的轰炸，这次不仅仅是宝妈，旁边的食客也开始吐槽起来。"虚伪，你这个假高尚的人在我们这群人里面做什么？"一大群人突然都四处呼应起来，开始围攻哭丧着一张脸的小明。只见无数的差评不断地飞来，一下子小明的头上就变成了"粗鲁""虚伪""凶悍"。

餐厅突然一阵警报响起，餐厅的服务员连拖带拉地把哭号着的小明赶出了餐厅。小明沮丧地在街头徘徊着，头上红灯依然亮着，街上的人纷纷和他保持安全距离。小明愤恨地把眼镜摘下来扔到一旁的垃圾桶里，可惜天空永远不再像从前那么明亮。

2019 年 6 月 9 日

Isaac Barlow

Isaac Barlow，我们一般都叫他 Barlow，因为艾萨克这个名字发音实在是有点困难，然而 Barlow 又响亮又有气势，所以几乎没有人叫他名字，全部都是指名道姓。

他身材健壮，虽然没有我的室友那么高大，但是整个人一看就是重量级的，肌肉强健，整个人简直就像一个水泥墩子。他运动天赋很高，乒乓球在整个宿舍里也是数一数二，今年刚刚赢了个第一。我虽然乒乓球的水平已经大有长进，和宿舍八强的水平不相上下，和四强相比还有好一段路要走，但是估计也不远了。我和他打乒乓球，真的有一种被完全压制的恐惧。不知道他到底是如何做到的，在有技巧的同时还有令人看不懂的爆发，我球都没有看到，手都还没有抬起来，竟然就死了。和他打比赛，十一比三、十一比四还是最好的结果。他羽毛球之类的也是不错，虽然没有技巧，但是似乎是无师自通，还是比较厉害，不禁让人羡慕不已。他这个体型，在宿舍里也都是可以横着走的那种，没有人敢惹他，毕竟打不过啊，他的拳头，还真的和铁锤一般硬。

他长着一张大方脸，戴着方框眼镜，脖子上挂着一个基督的吊坠。他体育好，人又是很聪明的那种，数学科学什么的也是上层人物。数学竞赛他是除了中国人之外最厉害的外国人。按照他下棋的水平，我还可以看出他真的聪明。他聪明如此，但是成绩还是达不到顶尖，虽然看得过去，按照中国的理论，如此全才，送到各种补习班里头加大培养，那还不是神一样的存在。不过我估计他打死也不会去一个补习班，他有很大的一个特点，就是非常的懒。懒成什么样子，我和他的课基本上都是重合的，所以每次有作业他都会到我这里抄。抄了我快要两年，还是看不懂我的字，都给他抄了，还要我到他房间给他用语音叙述一遍，因为他懒得看。我觉得他是看得懂我的字的，当然部分除外，只是懒而已。很多事情他也都拉上我，除了体育。要是他不懒，那是难以想象。

洞见：有时候我们看到一个人，一开始总会觉得他很厉害。接触了之后才发现，厉害是非常厉害，但是或许因为他们的坏习惯，他们还可以再厉害一点。这是真的吗？不一定，人也总是会有一些缺点的，如果一部分弥补了，别的地方又会蹦出来，这个时候的这个人已经不是原来的人了。与其变成另一个人还没有什么帮助，还不如就保持原样，也是一种尊重。

2019 年 6 月 17 日

Mr. Poxon

Mr. Poxon，我们的宿舍头头，顺便也是一名我们学校的宗教研究老师，虔诚的基督教徒。他人看起来非常的严谨，英国中年男子特有的地中海头闪烁着独特的大智慧，一个圆框眼镜衬托着他去做礼拜用的黑色披风，还真有点神秘的意味。

他好像是四年前来到我们宿舍的，也当了四年的宿舍头头。我刚来的时候以为他是一个特别严肃的人，确实，他的作风非常严谨，整个宿舍在他的各种筹划下井井有条。我们经常和对门的宿舍吹嘘，我们宿舍请客吃肯德基，请客吃比萨，他们除了干瞪眼，什么都不能做。他们宿舍请客，一下子就被瓜分干净，不像我们宿舍排队拿吃的，每个人都有份，而且分量管够。

在整个宿舍，他也是最受尊敬的人，毕竟他也是头头，每时每刻展现着领导力和统御力。但是最近他好像遇上点麻烦，看他的样子确实有点吃力，毕竟低年级同学实在是麻烦，我看着都是无法无天，还好不用管到他们，即使是在各种管教下，他们仍然大大咧咧，持续犯错，也是令人无助，Poxon 再怎么厉害，也似乎束手无措。

我们之间的中国人都叫他咆森，不是因为他吼得特别响亮，只是因为名字听着像，而且我们喜欢他罢了，给了他爱称。他其实是一个非常好的人，他会去了解我们宿舍当中的每一个人，这样可以对我们更好地对待。他同时还每时每刻地给我们渗透各种核心理念，坚持、友善、尊重等等。也是看得出来他对整个宿舍的爱。

洞见：咆森虽然有义务要管好我们的宿舍，但是管好和管到极致是另外一码事。一个人超出自己的职责更好地去完成一件事情的时候，就足以看得出他的负责程度还有他对那件事情的热爱。我想，他对我们宿舍付出了那么多，理解尊重他，也是应该的。

2019 年 6 月 19 日

Alton Towers

今天我没有考试，所以就跟随学校，参加他们组织的差不多是修业游的活动，来庆祝一下大家考完了试。我们驱车去离我们学校大概两个小时的游乐园，Alton Towers。

来之前不知道，我只听说是一个游乐园，就稀里糊涂地报了名，结果到了才知道，是一个专门玩过山车的游乐园，整个园区有十几辆过山车，大的小的，形式各异，看着都是非常地刺激。我和两个相同宿舍的朋友一起组成一个"三剑客"，然后四处征战，就让一个来了好几次的同学，把我们带到一个又一个，一个比一个更危险的过山车上去。

第一个我们去的，听说就是这个游乐园最刺激的过山车，听说有十四次你会三百六十度翻转。等候队伍大概只要四十分钟，比中国的游乐园要短得多，人口少还是非常有好处的。我们的队伍就在过山车的底下，头顶上过山车疯狂地呼啸而过，上面的人鬼哭狼嚎，我在底下瑟瑟发抖。扩音器不知道在哪里放着非常恐怖的音乐，实在是让人精神紧张，头脑发凉。

队伍渐渐地向前，终于轮到我们了，同学们连拖带拉地把腿软的我供上第一排，我也没法拒绝，只好把安全栓弄得格外紧，牢牢地抓住，望向眼前的黑暗。车发动了，一下去就是一个大下坡，实在把我吓得不轻，一直大喘气。但是过山车并没有给我喘息的机会，就是一顿大回环，除了呼呼吹来的风，不断地灌进我嘴里，似乎也没有什么别的感觉，任何失重的感觉也荡然无存。很快地，只有一顿呼呼呼呼，车就停了，什么感觉都没有，只有因为抓了太久安全栓而劳累和手痛的感觉。

洞见：过山车这种东西，其实并不可怕。但是在坐上去的时候那种可怕的感觉，是通过许多不同的东西宣传得到的，迷惑你的感官，操纵你的思想。相同地，广播、文章等等都可以改变你对某种事物的看法，但是只有亲身体验，才是正确的体验。

2019 年 6 月 20 日

离开

早上考完最后一场数学，还是非常简单的，看来又看去，好像没有什么题目做错了，实在是耐不住性子，提前交卷。想早点回去把东西都整理好，省得到时候匆匆忙忙。

回到宿舍整理东西，翻出来一堆又一堆的垃圾，垃圾桶都不堪重负，非常不争气地被我填满了。我也没有任何办法，只能再要了一个垃圾袋来装，居然也装满了。平时我竟然会有这么多垃圾，实在也是稀奇。书和本子等一共装了四大箱，想要带回去那当然是不可能的。我把全部衣服都装到箱子里之后，箱子早就已经重得不行，更别提塞两三本书回去，那更是不可能的事情。没办法，这么多书，别人也不要，只好全部倒到垃圾桶里，还是有点小小的舍不得。毕竟倒掉的是两年来在学校做的所有东西，现在都能被一张小小的成绩单所替代，也是造化啊。

房间很快就整理干净了，所有大的小的，全部都装起来，放到一大一小两个箱子里头。其实我的东西还是非常少的，只要两个箱子，即使是仅仅带两个箱子回去，还是又累又重，但也确实没有别的东西可以扔掉了。全部干净之后，我的房间又回到了我住进来前的样子，干净、整洁、空荡荡的，好像没有人来住过一样。下一个来住这个房间的人，也大概不知道我以前住过这里，更不知道我是谁了。

　　一顿操作，把该做的事情终于都做完了，也没有多少时间剩下来让我自由玩耍。都到这一刻了，也不叫玩耍，应该叫各种告别才对，和老师，和同学，他们也都希望我考试考砸了，好重新回到这个学校。

　　四点半，在Kevin的目送下，我坐上了去伦敦的大巴。

洞见：离开，永远都是一个伤感的话题。离开一个地方，意味着离开那个地方的一切，花草树木，还有不同的建筑物，还有不同的人，还有在那里生活时的每一点时光。全部都因为必要的、不必要的原因而抛在脑后，也有可能永远不再见到。

第 **6** 章

英国威斯敏斯特求学记

2019 年 8 月 28 日

再出发

　　早上 8 点多醒来，醒来之后竟然感觉不到一丝疲惫，嗯，又是出发的时候了。

　　和老妈在家待了两个多月，也终究是到了要再次出发的时候。又一次在安检口面前分别，比起怀瑞弟弟他们，看着他们哭得稀里哗啦，我妈和我明显显得要成熟稳重得多了，毕竟我们也都是过来人了，毕竟我还有这个弟弟要带。虽然我自己一个人本来也没什么感觉，现在多了个弟弟，总要把腰杆子挺起来一点。

　　这次运气比较好，买到了优越经济舱，出奇意料地，优越经济舱竟然可以早一点登机。于是我们就完美避开了巨长巨长还在不断往远方延伸的队伍，顺利登机。

　　我们的座位还比较靠前，毕竟是优越经济舱，我们的座位挨着，一前一后，都是过道，这样子出入舒服一些。怀瑞看起来是第一次坐这种跨半个地球航班的样子，不过他看起来也是淡定自若，毫无任何纠结或者焦虑的样子，目不转睛地摆弄着他面前的手机和显示屏。看他如此安定，我也开心一些，正好这里有我一直想看却没得看的两部电影，趁着这个机会可以好好地大饱眼福。

　　看了两部电影，睡了一会儿觉，玩了一会儿三国志，飞机就这么有条不紊地降落了。其间怀瑞也三番五次地找我聊会儿天，不得不说，这也是防止无聊的最好办法。窗外是一片耀眼的金光，让人根本无法往外看，只能去想象其背后的五彩，伦敦的奇妙世界，就将要展现在眼前了。

　　洞见：一个旅途，旅伴不同，旅行的目的，旅行的经历，沿途的所见所闻，旅行时的侧重点也会不同。和别人一起旅行，和自己一个人去旅行是两种完全不一样的感受。有些时候摒弃一下孤独的高傲，和别人一起出行，也是极好的。

2019 年 8 月 30 日

开学第二天

早上起来，吃了早饭，感觉味道还是可以接受。吃饱了，心情就好了，可能就只有早饭才吃得最饱的样子。接着去教堂做礼拜，威斯敏斯特大教堂还果真庄严雄壮，威武无比，这个以后再讲，现在不提。

早上本来应该是数学课，结果被一些冗长的领导讲话什么什么的所替代，威斯敏斯特也改不了又臭又长的毛病。让人激动振奋的还是化学课。科学课的几幢楼都隔得非常的远，要走好一会儿，实在是令人头疼。还要爬五层楼，电梯更不让用，也是坑人。我们的化学老师有两个，一个是 Mr.Chapman，一个是化学教导主任，丁克洛斯的化学老师也姓 Chapman，我怀疑这个姓可能有化学老师的基因。

第一节课也没什么特别的，就介绍了一下，然后就给我们一些简单的玩意做。也许第一节课难度不能放到太高，但是似乎的确简单了一些。我虽然一下子就做完了，但在发呆的同时，顺便观察各个同学的水平如何。发呆着发呆着，竟然发现自己做错了，又得赶快改，知己知彼，才能百战百胜，事实证明，也没有特别突出的天才一般的人物，或许也有，可能也像我一般低调。

　　吃饭是一个大难点，因为我的班里也没有我认识的人，排的队也没有我认识的人。但饭还是要吃的，躲得过初一，躲不过十五，现在不进去，以后就更进不去了。拿完饭，端着餐盘子，四下望，好像一个人都不认识，没啥花头，就只能找一个稍微空一点的地方坐下。还好，运气过硬，刚坐下就有一组同年级的人坐过来。虽然我根本不认识任何一个人，但是他们也是新人，就这样，大家也能慢慢聊上。

　　下午是数学课，班里的人我也是一个都不认识。老师是一个过于膨胀的中年男人，虽然很胖的老师我也看见过几个，但是像这样胖成球的还真没见识过。要是不小心摔一跤，真不知道要怎么样才能爬起来。同学们看起来好像都很聪明的样子。我做题像中国人造房子，干脆利落，手起刀落。他们做题像英国人造房子，慢吞吞地垒砖，慢吞吞地堆瓦，实在略有逊色。我做完好多，他们才做完一点点，这多半不是最好的班，现在好像不能换，只有努力做题做得很快才能升班的样子。

　　洞见：到一个新的地方，很多事情都不会和想象中的一样，很多时候我们会感到惊喜，很多时候我们会感到失望。我们首先要了解这个环境，对这个环境做出自己的解析，然后找到办法去慢慢地改变这个环境。有些办法或许会比较快速，有些办法或许会需要很长的时间进行调和，有些办法或许你根本不会想着去落实，但是都是必要的。

2019 年 9 月 1 日

伦敦游记

　　早上迷迷糊糊地醒来，醒来又睡去，睡去又醒来，如此浑浑噩噩，竟然美梦连篇，实在是令人通体舒畅。睡到实在不想睡了，一看时间，竟然已经 11 点了，连忙爬起来穿戴洗漱，去吃学校的早午饭。

　　迷迷糊糊地走到吃早餐的地方，一看已经坐满了人，极其整齐地坐在一排桌子旁，记起来好像有啥活动，一问老师，确实如此。我们五个五个分到一组，一共两个小时，玩转伦敦，终点伦敦格林尼治。我们小组两男三女，我也不认识，只记得一个 Steven，他数学课坐我旁边，他略微轻柔的声音和体态让我记忆犹新。后来我们都交换了名字，Shuhan，Reina，Ruyi，都好像是中文名字，其实也确实都是中国人，十五个人里头几乎都是中国人。但是中国人大家也不说中文，说中文说英文其实都一样，都听得懂。他们也都是从大城市来的，北京的有好多，当然，他们也从来没有听说过永康。

　　从学校走出去，就是国会在的地方。整幢房子庄严地闪着金光，外面的围墙上倒是有一些不堪入目的涂鸦，都是那些游行抗议者留下的。我们继续走，过一座桥就是伦敦眼，虽然距离这么近，但是我也从来没有去过，风景虽好，但是人多纷杂，我们快速地走过了伦敦眼，开始不断地沿着泰晤士河南岸往下行。一路上我们也没怎么说话，只是按照地图沿着泰晤士河往下行走，途中也经过了几个有名的景点，一个圣保罗教堂，一个什么博物馆，每一个都有自己的特点，每一个虽然不是富丽堂皇但是都有自己身后的文化底蕴。至于外貌嘛，也最多就用用雄壮几个字，因为人在伦敦，实在是有些审美疲劳。

我们走着走着，发现事情好像没有想象的那么简单，从我们在的地方走到终点站竟然要一个半小时，这样还是算了吧，按照小组里头的意见，找一个快速便捷的方法到达，便宜当然也要。于是我们就开始货比三家，坐船至少 40 镑打底，恐怖。出租车不知道要多少钱，在这种市中心开，估计堵死。自行车嘛，虽然看到了好几辆摩拜，但是大家也不想费这个力气，搞来搞去，还是选择了叫 uber，顶多只有 25 镑钱。在一番周折之后，我们便宜的，舒服的，快速的，第一个到达目的地。

洞见：在一个旅途中，旅途中的风景可能很美妙，但是你看了很多相似的东西之后，会逐渐地失去兴趣。行程或许会很兴奋，但是行走了好久好久之后就腻了。只有旅行的同伴，可以和你不断地交流，这样才能够维持旅行的乐趣。

2019 年 8 月 31 日

吃饭

在新学校吃饭是一个非常棘手的事情，俗话说得好，饭局上做外交，吃饭就能够很好地和同学进行聊天啊，侃大山啊，种种社交活动。即使你一时心里忐忑是否应该去，去了其实就好了。

既然吃饭就是一个社交，社交最怕的是什么？社交最怕的就是没有人和你社交，而别人都在拼命社交。去吃饭最害怕的就是自己一个人一张桌子孤独地坐着，别人三三两两七七八八在讲话，你孤苦伶仃只能埋头吃东西。一般来说，你去吃饭如果不是和别人约好了的话，大概就只有一个人端着餐盘子乱逛的情景了。不过本来也就这样，如果没人和你一起，那你也别指望不认识的人会主动找到你，只有自己去找到别人，才是最有用的样子。大家好像都知道这一点，齐刷刷地都把盘子端到同一张桌子上，不管以前认识不认识，只要坐着就对了，再聊几句天就好了，至少看着不会那么的孤立无援。不过和不认识的人坐一起也是非常令人纠结的，做出这个决定就需要莫大的心理鼓舞。在这些方面，别人就比我强多了。

威斯敏斯特的饭还是可以接受的，不是特别特别好吃，当然，本来也不可能达到中国食堂的那种水准，但是至少比丁克洛斯的还是要好吃一些。虽然我还没吃几天，但是至少基本上没有剩下过太多东西 当然也有可能只是东西太少了，好像每个人都只吃那么一点点饭，这么一个小盘子，怎么样才会够吃呢？

洞见：社交，都是要迈出第一步的。如果你想要有人和你社交，就必须找到那些人，如果你都不去找别人，那么社交成功的概率微乎其微。只要迈出了第一步，在他们旁边了，和他们讲话了，就可以逐步地成功。

2019 年 9 月 2 日

威斯敏斯特教堂

　　威斯敏斯特学校就在威斯敏斯特教堂的旁边，所以我们有一个得天独厚的优势，如此大的教堂，走两步路就能到，当然要经常去做礼拜才好。所以，托学校的福，我们每周一三五早上都要去做礼拜。

　　以前在丁克洛斯也是一三五做礼拜，我想想也好像没有什么区别，只是丁克洛斯的教堂小一些，威斯敏斯特教堂大一些，多了一些琉璃，多了一些雕像，多了一些富丽堂皇，除此之外，似乎也差不多。威斯敏斯特教堂确实非常的大，我们只是在一个小分区，一个横截面做礼拜。走在大教堂外面，即使没有走进去看，你也能看见外面的地板上，墙上，嵌满了石碑，上面写着一些奇奇怪怪的人的名字，然后落款一六几几年，一七几几年，晚一些的也是一八几几年，要是能搞一块砖头回家，老爸也得乐开花。

　　那些是威斯敏斯特教堂外面的东西，教堂里面更可谓是奇珍异宝。从里面看，抬头看屋顶，虽然不是金碧辉煌，也没有特别多炫彩的琉璃，仅仅只有几个金色的花苞一样的东西，在淡雅的墙体上显露开来。整个教堂唯一金碧辉煌的东西就是奏乐的地方。在教堂中间一整块，从上到下通透的金色，略微黯淡而淡雅的金色，一层一层被无数地雕刻，渐渐显现出百年王朝更替的光辉。浮夸然而同时却深邃，神秘而又震慑，圣乐的起始，颂歌的辉扬。

　　我们一排排坐下，旁边围绕着一群雕像，我都不知道是谁，看起来不像耶稣，也可能不是圣母玛利亚，可能是以前的一些国王，也可能是王后。一些爵士的墓碑也放在这个教堂里面，有时候就在我们脚下，当作砖块铺垫了信仰。礼拜很简单，按照流程来，主教说几句话，就是我们唱歌的时间，就结束了。做礼拜的过程并不好玩，但是这个教堂确实是不简单。

洞见：一个人类的卓越的建筑，不仅仅是要高、要大，而且我们身处那个地方，会对那个地方自由地感到憧憬。那个地方一定是有着丰厚文化底蕴的，我们到这个地方，要说得出这地方的文化、历史，这些文化饱满了整个建筑，填充了粗壮浮夸的线条。

2019 年 9 月 3 日

大师

这个学校里头，这么一轮看下去，好像有一大批非常厉害的人，这些人不仅仅是学习好，别的更加是无比的强大，音乐、美术、戏剧等等，好像上通天文下晓地理，从莎士比亚到比尔·盖茨，没有什么不了解的，无所不能。

这个学校里头的人这么厉害，我还是比较低调的，毕竟我想要高调我也做不到，水平不达标，也没有什么办法，只能仰望一大批大佬。别的什么音乐啊美术什么的，我也就不和别人比了，我一没有艺术细胞，也没有学艺术的决心。但是下棋这些，我自诩水平还是可以接受的。在老的学校或许可以称霸，在这里绝对不行，会被按在地上摩擦，还好我留了后手，可以说我什么棋都会下，因为我确实都会下，但是都不厉害，我和别人实在是没有办法比。我有个朋友 Bob，他的国际象棋可是一流的水平。我或许能看到两步之后，他可能至少能看完三步，在想第四步的构思了。高手的思维也是非常的奇妙，想着的不是死死的规则啊什么的框框条条，而是自己对各个棋子，局势，还有对手意图的理解。在脑海里有一个清晰的导向，要赢到底要如何去前进，而不是盯着一个小角落发呆。

今天我倒也是见识到比 Bob 厉害的人，Shawn，是真的厉害。也是我们年级的，下棋技术高超，他玩的都是计时赛，三分钟打 Bob 十分钟，Bob 竟然还频频失误，计算时间非常恐怖，手起子落，天下竟然有如此神人也。还真是天外有天，人外有人。

洞见：比自己厉害的，都叫高手，比高手更加厉害的，叫超级高手。我们对待这样的人要保持尊敬，他们比我们厉害不是没有原因的，不只是因为不断地练习，还是因为他们脑海里的思想，把这些思想给实现了，学会了，你也不由自主地会厉害起来。

2019 年 9 月 6 日

数学课

　　我四门课里面，有两门是数学课，所以我一个星期有一半的时间都在上数学，数学课之多，实在是令人有些头疼。还好数学课分成了三个部分，机械学，统计学，还有纯种数学，分别由三个完全不一样的老师来上。

　　我们这个班虽然不是最好的班，最好的班进不去，也不想进去，因为里头实在有点累。班里同学的水平也还是非常不错的。能来这个学校读的，数学打底也得是一个 9，至于别的水平我也不清楚，但是感觉还是挺水的，不过再水放到丁克洛斯也算是顶顶高手。在这群人中间，速度我还是有自己的优势，不管是哪门课，不仅仅是数学，别的学科我都非常快，只是因为数学课我们班没有那些非常高调张扬的人，我还是显得比较突出。我不喜欢把速度高调地张扬出来，大家心里有数就好了，大大咧咧的也没啥意思。

　　机械学的老师是个高个子光头，可能是因为机械学也有物理的缘故，就没有了头发。他上课的时候光头油光锃亮，光线随着他的头移动而到处乱窜。看他脸就会不自主地看向他的头，瞄一眼，再瞄一眼。他的课比较无聊，他说话超级唠叨，叽叽呱呱能讲很长很长时间，基本都在重复一些奇怪的东西，然而讲的东西却也是十分的简单。至少到现在还是非常的简单，或许老师讲的时候令人十分的糊涂，但是一写在纸上，马上就会清晰明了起来，也是一下子就做完了。

统计学的老师就是那个我第一次见到的，巨肥无比，横截面几乎呈圆形的老师。这个老师还是比较好的，虽然有时候自己也会比较糊涂，但是他会给我们很好的发挥空间，上黑板讲题目什么的，我也讲过。他和光头老师截然不同，这个老师说话慢条斯理，富有哲理，上课还是比较舒服。

纯数学的老师是个亚洲人，至少看着就像亚洲的数学老师，整个人精瘦的，戴着一个黑框眼镜。他上课啊，说话啊，停顿的时候总会露出笑容，是一种很奇异的笑容，不知道怎么说，他问你问题，或者指出你的问题的时候也会有这种同样的笑容。就盯着你看，还对你傻笑，看得你头皮发麻，脚底出汗，拿笔的手都颤抖起来。他也和中国老师非常的像，第一节课就指出了我过程太少，我把过程写好之后，第二节课他又指出了我的纸张太乱。没办法，只好买了一个夹子，他又说我的各种题目排版有问题，没办法，现在只好改掉我的排版了。

洞见：不同的老师都会有自己不同的教学方法，都有自己的方法去引导学生。但是不同的老师的目标都是非常明显的，不仅仅要提升我们的做题能力，更要提升我们的思维能力，让我们学会表达自己脑海里的思维，让我们怎么架构脑海里的思维，不需要做过某一个题型，自己也能推理出方法，高效学习。

2019 年 9 月 7 日

SAT 模考

昨天学校公告牌上发着，要申请美国大学的同学请到某某地方了解详情。我们宿舍同年级三个住校生都参加了，也是好事情。其实就讲了一大堆有的没的，然后说要报 SAT 的班，让想报名的明天参加某个测试。

因为是测试，所以我就没怎么放在心上，带了一支水笔就过去了，结果过去一看，房间里面已经坐满了一个个蓄势待发的同学，好大一本试卷摆在桌子上，心里暗叫不好。不是小测试吗，怎么来真的，现在已经误入白虎堂，怎的脱身了得？监考老师是留着一撮小胡子的光头，把我安排到一个座位上坐下。我心里头明明知道这一屁股坐下就再也没有回头路了，但是双腿还是把我放倒在了这个椅子上。看着面前厚厚一叠纸，再看着黑板上三四个小时的考试时间，恨不得眼前一黑，昏了还好些。

没办法，已经坐着了，就要开始做 SAT。SAT 第一个部分就是阅读，十分的令人头痛，那些故事还是一如既往地无聊，政治文章还是一如既往地互掐，我拿着笔，昏昏欲睡，缓慢地做着每一道题。做着做着，我突然清醒一些了，一看时间，好像要不够用，只能开始一目十行，奋笔疾书。SAT 的语法还好些，时间刚好，稳扎稳打。数学就算了，数学还是过于简单了，我能边打瞌睡边做，还能再睡上个二三十分钟。要是你没有睡过觉的话，接下来你干什么都不会是清醒的。而且在考试的时候睡觉，格外有成就感，睡得也是异常的舒适。

洞见：模考是对于你大考之前的摸底考试测试，可以用来测试你的水平。虽然不一定能测出你的真实水平，但是也可以给你一些建议和警告，指引之后的方向。模考的时候，要是你不认真发挥，那就和不测试没有两样，如果要得到自己最高的水平，那认真是必要的。

2019 年 9 月 8 日

周日的住宿生活

每到星期五我们宿舍都会有一个集会，老师会统计星期六住在学校的人。整个宿舍二三十个人，然而星期六住着的只有寒碜的五六个七八个，我们年级的只有两三个，也实在是有些孤立无援。

学校还是很好的，每个星期都会组织一次活动，让周末住校的人也会有意思一些。这个星期的活动是去吃比萨，听爵士音乐，也是一个社交的大好机会。周末都还住在学校的大多都是中国人，大家也都加了微信什么的，只是很奇怪的，还是用英文聊天。

周日就没有这么多好事情了。周日最好的事情，就是可以睡到早上11 点，不用担心迟到，也不会睡不着，即使你醒来早了，一头扎下去，就又可以呼呼大睡，令人神清气爽。11 点就是吃早午饭，想吃什么竟然可以自己点，我点了个三明治，没想到有四层，格外的巨大，令人由内而外地感受到痛苦。吃完它吧，怎么吃得完，简直就是一整条面包摆在了我的面前。剩在那里吧，这么大的三明治，剩这么大一块，我的良心也过不去啊。最终经过我的努力，我还是没有吃完，下次还是点半个吧。

吃完饭就没啥事情做了，一个下午可以尽情地无所事事。如此宝贵的时间怎么可以荒废呢，当然要锻炼自己的生活技能。于是乎我就一路小跑到超市，买了点肉买了点姜，自备了油盐，准备炒点菜吃吃，更多的还是练习。本来要买料酒的，结果料酒没得卖，到网上买，料酒竟然有酒精，必须十八岁以上才能买。我们宿舍里头绝对不能放酒，真不知道料酒有没有关系。题外话不提，于是乎我就花了一个下午，差不多一个小时炒一盘生姜肉。我的刀工实在是逊色，主要也没有砧板，我都放到盘子里面切的，肉就切不成丝，都是一小块一小块的。我切了一点，混着酱油，葱拌在一起，让它腌制一会儿。生姜什么的也都顺利，除了刀工太差切不出来薄片，红椒切不出丝之外，都令人满意。炒的时候，也总感觉没有那么香，可能没有料酒的缘故，肉还是肉的味道，姜也是姜的味道，但是混在一起，却没有那种混合的醇香。吃起来还是可以接受的，事实上还挺好吃，只要再多练习就好了。

洞见：一个周末，有很多很多的时间，拿来干吗，你可以拿来做很多事情，你可以打游戏，也可以看书，也可以睡大觉，都没有任何关系。但是这么多时间，你需要把这些时间花在你自己喜欢的事情上，你现在对于时间的利用，不能让未来的你为之后悔叹息。

2019 年 9 月 9 日

土耳其烤肉卷

　　下午我从机器人比赛训练的地方回来，可能今天是新生参观日，来这个学校参观的学生和家长纷至沓来，一批接着一批，我们也自发帮忙接待，至少不能让自己的宿舍看着难堪寒酸，就像酒店服务生一样端端正正地站着就好了。

　　接待完，饭点已经晚了，在宿舍土耳其舍友 Olgu 的盛情款待下（其实只是没有办法的办法），我们宿舍一行五个人徒步五分钟，向着他最近刚刚发现的一个土耳其餐厅进发。Olgu 对此激动不已，他心心念念着土耳其烤肉，午饭边吃学校的香肠一边像唐僧念经一样子念叨，也丝毫没有消停，说得我鼻孔里都飘进去一股子土耳其的味道。Olgu 雄赳赳气昂昂地带着路往前冲锋，在走了五分钟之后，我们也是终于到达了目的地，一个小小的店铺，就在街的拐角，大概一个店面那么大。整个色调是咖啡色的，里面摆着一些咖啡色的桌椅。

　　Olgu 就像回到了自己老家一样地走了进去，看了看吃的就开始和厨子交谈土耳其话，他们说，我们也听不懂，就在那里干看着。不过看这里的肉串倒是大得恐怖，就像新疆烤肉串一样，但是超级大块，一串能顶上二三十串，当然，吃一串就饱了。我没点串，旁边炉子上转着一排烤得略微金黄，油光发亮的土耳其烤肉，这才是精华所在。点了一个烤肉煎饼，加了点蔬菜，大家坐下就开始大吃。饼有点硬，口感非常厚实，一嚼一股美妙的羊肉香味就散发出来，确实要比中国街边的普通烤肉好吃一些。他秘制的酱料香醇鲜美，蔬菜香脆可口，而且中和了肉的油腻，真是人间美味。Olgu 看着我们吃得开心，他也开心得像个孩子。

洞见：家乡的食物，永远都是最好吃的食物。不管自己家乡的食物好不好吃，你都会为自己家乡的食物进行辩护，因为那些才是你土生土长所吃之食，应该为之而自豪。作为中国人我们有最丰富的美食文化，我们应该珍惜，弘扬，这些也是尤其可贵的。

2019 年 9 月 11 日

我的宿舍

　　我来的第一天，宿舍的一个高年级女生就和我说，我们 Grants 是最好的宿舍，虽然别的宿舍都说他们是最好的宿舍，但是没有之一，我们的确就是最好的宿舍。我们有两个自助售货机，一个食堂，还有整个学校仅有的一个灶。

　　我们宿舍有四层，地下一层到地上三层。其中最底下那一层我也从来没去过，那一层是走读生的地盘。我们宿舍大概六七十多个人吧，感觉一半多是走读生。走读生和寄宿生，即使是在同一个宿舍里头，也完全像是在两个世界。他们在地下室，我们在上面，一般来说根本没有交集。平常上课也碰不到，即使碰到了我也不会怎么去和他们说话，他们都太遥远了，即使在同一个宿舍里头，但是永远碰不到，也没有什么感觉。即使三十几个寄宿生，我也总感觉只有十几二十个，另外的那一群都待在自己的房间里，也不出来，更别提见到他们，和他们打交道了。

　　从第二层往上都是我们的房间，二楼的房间都挺小的，比较长，但是不宽，撑开双臂能够碰到周围的墙壁。我的房间在三楼，那是真的又大又舒适哦，中间的空位还可以摆一张八仙桌，可以让大家一起来吃饭。更舒服的是，我房间还有一个冰箱，虽然最低只能调五摄氏度，但是也足够了，放些肉什么的，烧菜也方便。冰箱这种东西超级无敌奢侈，别的宿舍的同学参观了我的房间之后，都纷纷传开了来，我有冰箱的故事竟然成为了神话。显然他们都没有，我的运气还是不错。我出去走两步就是电视房，也是厨房，是大家晚上做完作业聊天玩耍的地方，我一般有事没事也会去，和大家一起耍耍，也是开心的。

洞见：宿舍是一个大家庭，是一个大家交流，互相帮助的地方。要融入这个大家庭，你就必须要更多地投入到此去。如果你一直待在自己的房间里，那什么也做不了，要试着突破自己的社交圈，融入到集体的活动里，才可以和更多有趣的人交流。

2019 年 9 月 13 日

威斯敏斯特的中秋节

今天是中秋节，星期五，最忙的一天，满满的都是课，令人头疼不已。虽然说是中秋节，好像也没有什么外国人知道是中秋节。但是至少中国人知道，昨天就有邮件发过来，邀请我们去参加一个中秋节的小聚会，我也为此激动不已。

9 点钟准时，我就在楼下等候舍友 Macy。虽然我不知道聚会的地点到底在哪里，只知道好像是在隔壁某个宿舍。拨了好多次号码，终于把她叫出来了。高年级的 Alex 大哥带我们去了聚会地点，其实就是隔壁宿舍的休闲区。隔壁宿舍是专门给 scholar 住的，所以活动区域超级大，还有好几个人在宿舍里兜兜转转差点迷路。但是和我们宿舍还是不能比，毕竟我们宿舍有全校唯一的锅。

聚会的地方还是比较宽敞的，一进去就看见人群攒动，挤在分月饼的地方。从来没有看到过一次有这么多的中国人。有中国人，有根本和中国没有关系的人，都在这一刻聚在一起，心是中国心，就理所当然都聚在一起，欢聚中秋。

当然，如此挤挤攘攘的一大批人，主要目的还是过来抢月饼吃。过来就吃，吃完就跑回去做作业，所以人群来来往往，看起来纷乱错觉，其实只有两批人，想吃完赶快跑路的人，还有吃完想再和别人聊聊天玩会儿的人。我反正回去也没有事情做，和别的宿舍的中国人交流交流也是极好的。即使没有东西交流，电视上还在播《无问西东》，虽然看了好久还没看出来一点名堂，但也总会有点东西聊聊。我就在那里一直待到活动结束，总之还是非常的开心的。

洞见：过一个节日，不同的人都会有着不同的过法，有些人就吃点，过把嘴瘾。有些人可能会喜欢和别人一起过。不管哪一种过法，都能在这个异乡找到自己灵魂的一点归宿。

2019 年 9 月 14 日

September Saturday

今天是学校最盛大的一个义卖活动，每个人都可以穿自己的衣服，每个宿舍都有一两个项目，我们宿舍的项目是摇奖还有狗狗表演比赛秀。和狗狗相关的东西，我不是非常擅长，但是摇奖这种东西，只要站在那里吆喝两声，再收钱就好了，所以我毫不犹豫地报名帮助摇奖。

吃完午饭，所有宿舍的项目都慢慢地弄起来了。从高智商的快棋赛，密码解密，再到暴力地泼老师水，吃穿喝玩乐，应有尽有。广场一时半会儿就挤满了人，同学只占了很小半，更多的是不断涌入的家长，还有看上去像小学生的一堆小屁孩。当然，我对这些活动从来都不是特别的感兴趣，吃的比不上中国小摊小贩，玩的我也不是特别感兴趣，和朋友绕来绕去转了一圈，好像也没有什么值得我花钱的项目，只是到自己宿舍的摇奖里头摇了几次，三镑五次，一次抽个尽兴，结果五次全部都是谢谢参与，也算是积点德了。本来想买几件二手的衣服穿穿，看着都八成新，没有超过十镑钱的，可谓物美价廉，童叟无欺。要是我有足够的钱，恨不得把这些全部包下来，便宜又耐用，我的 shopping 就是如此简单。在衣服面前来回踱步了许久，甚至回宿舍拿了钱，但是都没有适合我的尺寸，只得望而兴叹。

在街上转了一会儿，我就被叫去摇奖的地方打下手了。我们这些新员工需要学习的东西也是非常的少，只要记住一镑一次，三镑五次，然后把钱放到盒子里面就好了。吆喝都不怎么重要，毕竟只要玩具奖品摆在这里，小孩子就会蜂拥而至。果然在几个小朋友中了奖之后，就来了一样小孩子。小孩子都是大款，一下子就把自己所有的积蓄都拿出来抽奖。也们抽得焦头烂额，偶尔抽到一个，而我们收钱一直都是满面春风，开心得不要不要的。

晚一些的时候，盖浇校长活动开始了。只见我们的校长，伦敦教育界甚至英国教育界最厉害的大佬坐在一个装满史莱姆的大桶子下面，等待着主持人竞拍拉下栓的权力。最终一个同学以二十五镑赢得了拍卖，走到校长旁，拉下了那一个拉杆。粉红色的史莱姆瞬间进满了校长的后背，校长也极其配合地让自己的前面也被淋到。只是几秒钟的时间，校长已经变成粉红人了，在大家的搀扶下才能站起来，最开心的还是我们。

洞见：这么一个义卖活动，吸引满了人们的眼球，也鼓励大家不断地对公益事业做贡献。对于某个事业，一定会有某个领航的领导人，大家最喜欢看的就是领导人身先士卒地站在最前线，而奉献的精神，也足矣可贵。

教小学生国际象棋

　　听说在体育课结束之后可以选择去教小朋友，我就毅然决然地报名了。别的我根本也不会，也没有别的选择，只能选国际象棋。国际象棋我可不是非常的精通，所有学识都局限于我一年级的时候看的一本国际象棋入门。在一年级的时候还是很管用的，我记得我拿了第一名，收了徒弟，从此走向人生巅峰。但是二年级因为没有学新的，就被按在棋盘上摩擦了。

　　下午打完乒乓球，我就和同宿舍的大哥 Alex 一起走到 Churchill garden 学校。那是个不大的本地小学，里面白人学生不是很多，放眼望去都是黑人或者棕色皮肤的中东小朋友。相比魔方课有十多个小孩子，我们就惨淡得可怜，只有五个小朋友。最大的五年级，最小的三年级，都格外的活跃，格外的激动。我脑子里本来想着要有一堆东西好讲，什么什么高大上的理论，什么高大上的思想，我本来还在上课之前临时抱佛脚了，现在什么都忘记了。棋盘摆好，小朋友马上欢欣鼓舞地自己开始下棋。这个时候给他们上课完全是不太可能的，我就和大哥下了一盘。我的功力果然退减不少，甚至连那本入门的书都有所不如。我自己的一些问题还没有解决，更多的问题又显露出来，还是要多练练才好。不出意料，被大哥打得落花流水。输得很惨，看看小朋友，几个小朋友也玩得津津有味，只是他们不怎么会下。很明显，那个五年级的小朋友要厉害一点，低年级的一些规则都不是很懂。厉害的小朋友就很得意很拽，让我和他下一盘。虽然打不过大哥，和小朋友下下还是非常简单的事情。想着边下边聊顺便教他点什么，聊着聊着聊到了中国，他说他去过中国玩，中国的火车非常厉害，很多很多，中国菜很好吃。当我说我会做中国菜的时候 他的眼睛都瞪大了，真是可爱的小孩。

洞见：小孩都是非常活泼的，他们有自己的思想，不管是对还是错，都有一种固执的镜头。要和小朋友交流，就必须让他们喜欢上你，只有他们觉得你有趣，才会去不断地接触你，跟你交谈，从你这里汲取意见，把你像老师一样看待。

薯片

　　经过两个星期的波折，我两个星期前买的薯片终于到达了我们学校。本来三天就应该到的，可是我却是迟迟没有看到，问老师也不知道。前几天我似乎知晓了我薯片的下落，我的地址竟然填错了，最后两个邮件编号写反了。估计在威斯敏斯特转了一圈，没有被寄到国会大厦被当成炸弹就已经很不错了。

　　我兴致勃勃地把薯片搬到我的房间。好家伙，好大一箱，竟然和我的冰箱差不多大。拆开来，里面一共六大包薯片，每一大包里头都有十小包，总共六十包薯片，作一堆堆在那里。六十包合起来才十来块钱，便宜得很，正是因为便宜，才令人剁手。六十包合起来才十一二镑钱，大概一两毛一包，和小店五毛一包比起来，不知道便宜了多少倍。要是我转手卖掉，也是一份大单子。这么多薯片，也是巨大的利润。只可惜我问了问周围的同学，没几个喜欢吃这个味道的，那难怪这么便宜，比其他的口味都便宜，就是因为没有人吃。我近期肯定是吃不完的，毕竟全部都是一样的味道，一天吃一包就腻了，还得两个月才能吃完，突然有些后悔。

　　我买六十包薯片的消息很快就已经传遍了全宿舍，因为我慷慨地拿了一大堆薯片到活动室。嘴巴里刚刚还说着不喜欢吃的大家伙们，现在在大嚼着薯片，果然白嫖的力量是无穷的。我和他们说，他们都会笑，可能是理解不到我的长线投资，虽然我也理解不了。

洞见：一个小小的东西买得很多，就会产生富裕。消耗品还好，但是会有很多多出来。虽然买得越多越便宜，但是如果数量在自己无法解决的范围内，那几乎都是没有什么用处的。多出来用不上的东西，从来都只是资本主义的花瓶。

2019 年 9 月 20 日

保护环境游行

　　不知道怎么回事，早上下课从胡克科教学楼走回来的时候，看到一大批在街上逛游，拿着招牌的英国青年。我以为约翰逊或许又说了什么好笑的话了，定睛一看，他们的招牌上挂着一个灰不溜秋的地球。谜题解开了，原来是保护环境的游行。

　　本来以为只是一个小小的游行，和上次我们偷偷溜出去看的差不多，但是在街道上游荡的人数远远超乎了我的想象。以前从科学馆到学校的那条路上只有学生在走，现在已经挤满了游行的人，都也不怎么叫嚣，就举着牌子在那里像僵尸一样地走。我对游行从来都不是非常的赞同，不知道他们为什么要游行，似乎也都没有什么实际的作用。不管他们人有多少，在英国政府面前叫嚣要保护环境，节能减排，也阻止不了整个世界都在排放的现状。当然，当 Olgu 说别的学校的学生只要参加就可以不用上课的时候，我就理解他们了。至于为啥我们学校不让，可能因为我们学校周边的游行太多了，都去的话，那不是一直放假？

　　不过学校说我们不能参加游行，不代表我们不能去观看游行。穿着校服，我们就挤进了拥挤的人群中，慢慢地向人群深处走去。越往中心，人渐渐变得浓稠，我从来都没有看到过有这么多人一起游行，好像中国上海虹桥火车站里头的行人，一个个都举着牌子，在那里搞抗议。虽然从他们的表情中很明显可以看到，他们在这里实在也是比较无聊，更多的是来玩的，或者发朋友圈，而真正认真的抗议者，还在中间，围绕着这次游行的组织者，听着他们讲话。我们挤进去，周围的人看着我们三个西装革履，不禁投来诧异的眼光，我们也不理会，就听着他们讲话。他们讲了一堆客套话，我提炼出几个中心点，英国政府应该调整资本主义的制度，甚至应该废除资本主义，因为资本主义造成了更多的环境污染。英国政府在关心经济的同时要更关心工作者，不能把他们放下。说实话，和环境相关的多吗，真的不多，更多的还是为人民群众获取更加多的利益。我当然佩服这个活动最初的发起者，那个勇敢的瑞典女孩，大家所崇拜的，敬仰的也是她，只可惜我们不能和她一样走在抗争的最前线，只能举着个牌子，无精打采，嬉嬉闹闹，甚至不知道到底在发生什么。我们听了一会儿，就走了。

洞见：游行是一个盛大的活动，能让如此多人走在一起，大家心中都必须有一个共同的愿望，是一个共同的期盼。而这个共同的愿望的提出者，才是最强的人，背负着无尽的使命提出如此的话题，又将把它贯彻到底，这是多么伟大磅礴的能量。

2019 年 9 月 21 日

EPQ

EPQ，大概就是一个独立的研究项目，由你自己主导，你自己安排，你自己计划，你自己完成，大概相当于半个 Alevel 差不多。简单来说，我所做的这个 EPQ，就是用学校的钱，去做自己想要做的东西，所以我对此异常兴奋。

我本来是做科学 EPQ 的，结果去听了一节课，原来你要主导一个研究，或者记录一个实验。对于实验这种东西我实在不是很喜欢，一想到要各种记录，各种研究，就令人头大。因为现实和我脑袋里想的东西严重不符，所以我就转到了造东西的 EPQ。这个还是比较轻松点，只要造一个东西出来，然后对东西写一点文章就好了。大家都好像在搞什么高级的东西，什么高级芯片啊，人工智能啊什么的，结果被老师直接驳回，去做了智慧存钱罐，低了不止一个等级。我本来也是想要做一些高大上的东西，比如什么可以预测股票走势的软件，但是这个一想就不现实，最终还是没有告诉老师。

想了好久，做了一些搜索，终于决定了我的 EPQ。我要搞一个机器人一样的东西，我可以通过 Wi-Fi 对它进行远程控制。机器人上会有一个可以自由旋转的摄像头，传送信息到一个头戴式 fpv 设备，好像中文叫什么图传。这样我就可以通过转动头来进行一个自由的观看，好像我就在那个地方一样，英文就叫什么 telepresence。在老师面前展示我的计划的时候，我还是展现了卓越的凑数技巧，各种引用词汇，让老师看起来我好像做了很多搜索的样子，最终终于得到了老师的资金赞助。

洞见：你提出一个点子，一个研究计划，首先要确定它们的可行性。只有能够实现，才能够有继续下去的可能。第二个是你的新颖性，还有就是你的吹牛皮功底，只要让别人觉得你这个实在是宏图远大，那别人也会非常欣赏。在最后就是你的表达能力，要向别人宣传你自己对这个的把握，显示你自己的自信，才让别人信服。

2019 年 9 月 22 日

机器人比赛

每个星期一，都有一次机器人比赛的一个课。虽然只去了三次，其实也不算是上课。有一个老师监督我们，告诉我们哪些具体的规则，我们主要负责听他的话去做，去设计，去建造我们的机器人就完事了。

这个比赛的规则还是非常的独特，一个场地上有很多不同颜色的方块，可以把这些方块放到自己的区域里面叠起来叠好，这样子每个方块加一分。也可以把方块放到一些杆子上面，叠着同颜色方块时可以多加一分。简单来说，就是越多越好，同时要做到可以把方块叠起来放好，也要做到可以把方块抬到高处，这样的一个机器人，是非常复杂非常恐怖的。我们队伍六个人，三男三女，在经过漫长的思考之后，最终决定了一个最好用的方法，借鉴。我们把去年的决赛视频找出来，发现其实都是差不多的机型，同时可以叠非常多的方块，也可以把他们放到高处，简直是全能机器人，怪不得可以拿冠军。

当然，我们的点子有了，不代表我们就能用意识把这个机器人给建起来。我们给每个人都分配了一个职位，这样子大家可以各司其职，非常快速地建造。我因为什么都不会，自封一个工程师，开始选择我们机器人所需要的材料，经过一通对比和讨论，我们还是一致决定底部四轮驱动，用钢材保护好底盘，然后决定了各种的位置。我还画了一个蓝图，非常丑，但至少可以凑数。我们就这样子缓慢开工了。

洞见：我们有一个目标，我们需要建造一个东西来达成我们的目标。这个东西需要达到一些标准，而不同的改造可以让它满足不同的需求。理想状态下，我们需要一个可以解决所有需求的东西，如果不行，再逐渐降低要求，要保证在我们能力许可的状态下，满足更多的要求，或者满足得更好、更精。

2019 年 9 月 23 日

威斯敏斯特的同学

在威斯敏斯特，也可谓是神仙打架了，不管在哪一方面，好像都有一部分遥不可及的天才，他们就高高地在上面，你碰不到，也摸不着，他们包揽了几乎全部的荣誉。我们，同样是别的学校的天才，在这里就变成了普通人，瞻仰更天才的天才们，努力勤恳地耕耘自己的一亩三分地。

威斯敏斯特知道自己手下不是那些四处活蹦乱跳的大猩猩们，他们也知道如何培养有教养、有学识的学生们。和我们这些新学生不一样，我们明显能够感觉得到老学生所带来的压力，他们或许在学术上不是最强的，或许也非常的幼稚，经常犯傻，这些和我们一样。不一样的是，他们表现自己的能力，是无与伦比的。因为性格的不一样，一部分人会抓住所有的机会来表现自己的学识，和普通吹吹牛皮的人还是不一样的，他们真的知道他们在说些什么，他如果在对你言传身教一些量子力学，那么他确实对这个东西非常的有把握。因为在这个地方你永远不知道对方的城府有多深，要是没有把握的东西，怎么敢拿出来惊讶别人？当然也有一系列较为低调的人，他们不会每次都举手，他们也不一定每个题目都会做，但是他们确实都有自己很厉害的地方。当我在机器人课上拧螺丝拧得焦头烂额时，对面那个看起来笨手笨脚胖胖的女生已经几乎把机器人都建好了。这些人也不是不懂，他们只是没有那么聪明，不是什么都懂，或者懂的东西不在课堂里面罢了。如果你进入了他们的领域，他们就会展现自己的三头六臂，和你辩论和你探讨，直到你语无伦次，臣服于他们为止。

至于我，我啥都不知道，我只是来学习的凡人，诸神之战的朝拜者。

洞见：厉害的人，一定要会显示自己的厉害的程度。如果你什么都厉害，而且你什么都有理有据，大家会把你供奉为神明。但是大多数人都不是神明，这不代表他们不会表现自己，在自己擅长的领域，就会大放光彩。大家各有各的长处，不一定要全部都会，但一定要跳出自己的长处，集思广益，谦虚地学习别人。

2019 年 9 月 24 日

比萨

上个星期我们就收到一个邮件，说什么今天晚饭宿舍请吃比萨，不仅仅是住宿生，就连走读生都有份。这可是大喜的事情，终于有一天不用忍受学校难吃的饭了，今天要是能好好吃饱一次，倒也值得。

从教下棋的学校出来，五点半我还是准时到了吃比萨的地方。已经有许多人在那里等待，只是桌子空空如也，比萨还没有来，但是我脑袋里已经浮现出丁克洛斯比萨之晚的盛况。每个人一个比萨，口味还可以自己选，可以边吃边看电视，边看表演，舒服如斯。不仅仅我很期待，别人也都特别期待，特别是那些走读生，竟然被邀请过来，就一定有好吃好玩的东西，肚子饿甚，话也不想说，大家直勾勾地都盯着空空的桌子发呆。只听谁叫了一声比萨来了，大家直得转过头去，几个人拿着大概十几盒比萨就走来了。我看着他们把比萨拿过来，心生疑惑，就这么一点点比萨，难道够我们这三四十个人吃？这学校大抵也算阔绰，但是在这个节骨眼上竟然如此节俭。打开比萨，连肉都没有看见，只有光秃秃的奶酪，但是也经不住大家的强夺，只一下子，就不见了。说是晚饭吧，还不如说是尝尝鲜，虽然不及想象中的场景，但是绝对也比学校的晚饭要强一些。毕竟我们宿舍老师说的也是尝尝鲜而已，尽管邮件上写的是晚饭，可能有一些虚假宣传。

洞见：很多时候都会出现这样僧多肉少的情况，特别是在需求大于产量的时候，就会产生一阵子的混乱。每个人都想要，也没有人说有谁不能要，那么这样子就得靠抢。只有你吃得快抢得快，才可以吃得多，尽管吃相也难看。当然，你也可以等待，等待更多的货，或者等待这个潮流过去。

2019 年 9 月 28 日

卡拉 OK 之夜

　　草草地吃完饭，我们周末住校的一行人就去了其中一个宿舍唱卡拉OK。这卡拉 OK 也不是啥时候想唱就能唱的，似乎还借了专业的设备，学校为我们组织的一次活动，不得不说，还是有点感激涕零。

　　我们一群人坐下来就是各种叽叽呱呱，歌还没有开始，就各自兴奋上了。这次的歌单虽然是我们自己弄的，每个人提出建议送上去几首歌。我也没闲着，搞了几首红歌给放了上去，排面还是要有的，虽然知道不会选到唱，放上去凑个数还是好的。歌突然就放起来了，大多都是英文的流行歌曲，我基本上全都没有听到过，同学好像全部都听到过，他们在那里叽叽喳喳地唱，我也不能在原地不动发呆啊，于是我也跟着唱，发现自己当跟屁虫水平还是比较高的，基本上没听过的歌跟着就能唱。虽然技术不精，音准有时候唱不准，有时候歌里面无可预料的各种变音怪音我也接不上，基本上还是能唱上来的。至少不会无聊，不管什么歌跟着吼就行了。她们那些女生唱歌厉害的也倒是真挺厉害，不管多高都能上去，一群人抢着要麦克风，我这种新手就比较无欲无求，毕竟不能露馅儿。在底下吼吼那叫一个慷慨激昂，要是站起来抢到麦克风就得拿来正经地吼了。

413

不得不说，人多就是热闹，本来也觉得会挺无聊，但是人多，每个人都吼两声就已经震天响，混杂在里面不自觉地就会跟着音乐的节拍激动起来，真是神奇的力量。

洞见：卡拉OK这种团体的娱乐项目，是一个人自娱自乐完全体会不到的快乐。在里面的每一个人都会被吸引，贡献出自己的一份快乐，一份激动。这些能量又可以接着影响到更多的人，让所有人都一起享受这个过程，就像在一个大家庭中一样。

2019 年 9 月 29 日

日本祭

　　早早地在学校网站上看到一个推荐，好像在 Trafalgar 广场有一个日本的什么活动，有很多日本的食品和文化的展览。本来也不远，一直想去，可惜没有人去，宿舍还是一如既往地空无一人，还好，在饭桌上碰到 Ethan，也算是志同道合的朋友，我们打算一起出发。

　　披了件破风衣，就走出学校去。天色阴沉，不知道要不要下雨，好像有一点，只感觉源源不断地有细小水花拍到头上脸上。尽管我不知道接下来的天气会不会像往常一样突然变脸，我们还是出发了，心里暗自庆幸自己的穿衣选择。从学校出来，尽管天气变幻莫测，游客的热情还是丝毫未减。教堂旁边总是有一大群人在各种摆拍，甚至连一个不起眼的红色电话亭，里面邋遢地摆着一些废弃盒子，周围都围满了一群好奇的人。我们沿着旅游团的行走路线一直走，慢慢地就走到了 Trafalgar 广场。

　　大老远就能看见一个硕大的舞台建在中央，周围围着一大圈白色的帐篷，多半就是那一些小店。我们走到广场的边缘，做戏的声音已经不绝于耳了，好不容易挤到人群中间去，看到舞台上盘着几条五颜六色的龙，好像还有一个日本武士，龙上下翻滚，武士动作浮夸，声音戏剧化，感觉这就像在中国做戏一样，中间是戏台，周围一周小贩。日本的戏剧实在是让我提不起什么兴趣，看了一下，就寻香去找旁边的小摊小贩去了。不得不说，果然这些小摊小贩就和中国的不太一样，虽然种类和香味都没有中国的多和丰富，但是更加干净整洁。没有特别油腻腻的食物和案板，也没有锈迹斑斑的器材。当然，中国永康的小摊小贩和在伦敦市中心的小摊小贩肯定没法比，但还是给人一种舒服的感觉。

洞见：吸引游客目光的，一般有两种东西，一种是风景。可能是自然风景，飞流直下三千尺的壮阔美丽，让人流连忘返。可能是宏伟的建筑，觉得赏心悦目，合个影，参观一下，也不会再多了。第二种东西就是文化，特别是美食文化。不像戏剧、故事，美食这种东西，是最有效，最吸引人的。要是能让游客满嘴流油，那肯定满意至极。

2019 年 9 月 30 日

威斯敏斯特的各种讲座

在丁克洛斯也没什么讲座，一个学期也不会有很多个，一般也不会多么有意思，因为一参加就是要求全校都得参加，自己还不能选要听什么。在这里讲座就超级超级多，每个星期的一三五，都会有各种不同的人来讲话，当然，除了几个学校规定你必须要去的之外，我们可以自己选择去哪个。

一般来说，学校规定你听的讲座，都不会非常有意思。虽然邀请的都是各行各界的名流，但基本上都是老头之类的人物，见多识广，经验丰富，但是讲话还是少了一点激情，声音低沉得可以，我不认真听还听不清楚。尽管他们的故事有时候引人入胜，但是总是绕来绕去，直到把你绕晕在拐角，然后你昏睡过去，不省人事。睡觉也不是不可以，但是必须很有技术，让人感觉你不在睡觉，想欺骗在座的一大圈高智商成员，还是有点难度的。

还有一些讲座是学生社团的讲座，这些讲座就是学生组织，学生领导，学生讲话的。就像科学社团的各种关于科学发现的讲话，种种种种，你去听的时候总感觉那些讲话的人都很厉害，有着一种由衷的敬佩。当然，因为是学生讲座，所以水平不一定会很高，有些话题根本没有很好地展现给我们。或许我去参加这些社团，或者自己搞一个社团，也会有这么多讲话什么的。

还有的讲座，就是某个大学的教授过来讲课，比如说物理，那么学物理的我们一般就会选择参加。这些讲座一般都是比较好的，特别是剑桥大学的教授过来讲课，那叫一个舒服，总能够学到不同的东西。

洞见：不同的讲座里传授的东西不一样，不同的讲师也会造成巨大的区别。我们要选择自己喜欢的讲座积极参与，如果发现不喜欢，和想象中的不一样，也要尊重讲课老师，细心听讲。我们要把握住这些机会，不断地扩展自己的知识面，提升自己

2019 年 10 月 1 日

国庆节

今天是国庆节，新中国成立七十周年纪念日，朋友圈再次被各种为祖国庆生的话语、图片、祝福所覆盖，从头翻到尾，红通通一片都是国家的光辉。不仅仅在中国的软件里，英国的软件里也是差不多，海外华侨一同庆祝祖国的生日，真是看着令人心情愉悦。

早上爬起来看了阅兵式，以前从来都没有怎么注意过，今天一看实在是令人惊讶。他们的步伐怎么可以那么整齐，简直就是一模一样复刻出来的，笔直的身子，整齐的步伐，几乎完全一致，在气势上就已经压倒了对方。已经不是普通的军队了，也算是天兵天将下凡平定世界了。中国的武器装备也已经进展不少，注重中国制造，而且竟然还异常的不错，那些新的东风导弹，随便搞掉一个英国应该是不在话下的。我把这些令人欣喜的事情告诉我的一个英国同学，包括超音速十五倍的新东风导弹，还有各种高级的东西。结果他就开始了大吹英国的海军实力是多么的强大。众所周知，英国的海军已经比以前强盛的时代衰落了许多，怎么能够和现在强盛的中国比较？他吹嘘英国有 3 艘核潜艇，眉毛都扬到头发上了，我简单地百度了一下，中国竟然有 27 艘，直接把他打回原形，叫嚣什么"要看人均"，"人均我们肯定比你们强"实在是非常幽默。

即使在海外，大多数中国人都还是对家乡有着强烈的感情。

洞见：中国经过了一段时间的飞速发展，已经逐渐展现往日的雄光。这是
　　全体中国人共同努力的结果，我们热爱祖国，我们敬仰祖国，我们也
　　在为祖国做贡献而学习。总有一天，中国能够真正地在世界上觉醒起
　　来，为全体人类创造福音。

2019 年 10 月 2 日

戏剧演出

才一个月，学校的剧院就已经搞出来了一个演出，不得不说，还真的是高产。而且不是以前那些有经验的人，而是和我同年级的同学们，这就有点恐怖了。刚刚认识一个月，就已经可以一起演出了，技术果然高超。

今晚 7 点钟，我们宿舍三个人准时来到了剧院，剧院门口已经挤满了人。一群人从我们面前挤过去，我们一直都在队伍的最后面，只能说他们素质极低。学校的剧院也还是真的小，最多就只能坐一百个人，我们因为最后进去只能坐在边上。座位很小，很难想象能够适合一些肥胖的英国人。

在短暂的介绍后，演出就开始了。这次的演出是几个演员一组，演绎一些经典电影里面的片段。虽然大部分的电影我都没有看过，但是他们的技术还是让人非常佩服的。演得不好的至少也能让人看出来他们在演什么，演得好的那怎能是一个好而形容。首先动作非常到位，进入角色，面部表情身临其境，从情绪层面上对角色进行注入。台词力道把控非常好，我们都能听得清楚，听得出来他的情绪，听得出来言语之间背后的故事。他们的角色，虽然我没看过电影，虽然里面的角色我一个都不认识，但是我能通过短短几分钟的片段了解这些角色，搞清楚他们的关系，知道他们的烦恼，种种种种，都在这里头体现了。剧台管理人员也十分敬职敬业，搬东西那叫一个迅速，而且从头搬到尾，虽然说是体力活，也还是不容易。

虽然有些片段有些无聊，但是里面的舞蹈还是非常的中看。好像杂乱无章一锅粥，但是感觉就是赏心悦目。团体的舞蹈一定要做好音乐的选择，要选择动感的、欢快的舞蹈，这样演员投入，感染力强，我也不自觉地打着节拍。虽然他们跳的舞不是世界级的舞蹈，但是我能看出来他们在享受这个过程，他们在表现自己，展现自己的能量。这就是舞台的感染力。

洞见：一个人在舞台上演出，大喊大叫没有感染力，生硬地跳舞也没有感染力。不管你是什么角色，干什么，你都要享受这个过程，进入你的角色，你就是那个角色，你的感情、你的思想、你的能量都是那个角色的，和那个角色要产生共鸣。你是一个舞者就去享受跳舞的过程，展现快乐，表现出最真实的角色，才是有灵魂，有感染力的。

2019 年 10 月 3 日

学生炒股大赛

　　学生炒股大赛又开始了，对于一个狂热的股票爱好者，我对此还是表示极度的兴奋。但是我估计威斯敏斯特以前多半没有参加过，因为我以前看到过伊顿的，圣保罗的，就是没有威斯敏斯特的。这些学校的都是老对手了，一定要把他们打下来才好。

　　还好我们的宿舍管理老师就是经济老师，非常方便，我和他说，他竟然都没有听说过这个比赛。我只好把流程都教给他，也总算是注册成功，他也带上了我的名字把这个比赛宣传了出去，真是令人兴奋。第一是因为又可以参加比赛了，第二是因为可以和威斯敏斯特的学生同台竞技，决不能从任何层面否决那些天才们，否则很容易就会吃瘪。为了这次的胜利，我也组织了一个队伍，我，Adi，Tim，还有 Celine。其中 Tim 和 Adi 两个是学经济的，把长期的交给他们，我自己操作短期的股票，互相弥补短板，岂不美哉。虽然按照我和 Adi 打赌的表现来看，他的技术实在是不敢恭维，但是现在还在练习赛，让他们好好磨炼一下，以他们的脑子，那应该不会特别坑。实在不行我自己上手，其实也差不多，但是我还是很希望他们特别的厉害。

　　今年的这个起点和去年其实是差不多的，市场走势持续走低，英国股票那叫一个无比低迷，低迷得令人头皮发麻，消费水平持续疲软，那些实体超店的股票，只有持续下跌的趋势。一排看上去基本都是亏的，去年厉害的公司很多已经看不到了，因为已经跌没了。很多别的公司上来，也一样在跌，我不准备为他们抱有太大的希望。只能把希望寄托于一些小型的公司，他们变化大，来钱快。特别是电子，信息技术，软件开发，这些股票不管经济如何低迷，只要有研发，有爆款，就可以逐步攀升。至于初步的计划，等比赛快开始了再继续制订，现在嘛，熟悉放松就好。

洞见：经济和人们的购买力完全挂钩，人们的购买力和各个股票的价格也是紧密贯通的。在经济低迷的时候，人们购买力低下，股票就会跌。但是科技是促进科技发展的一大重要因素，只要科技有进步，就会有市场，股票就会涨。这个涨幅不被市场影响太多，涨得快，而且可以更好地预测。

2019 年 10 月 4 日

保险箱设计大赛

因为我的物理作业在课上没有交（不小心没有放进夹子里面），只好放学了之后再走到科学楼教室。在路上碰到了一群同学，简单地聊了聊，原来有什么保险箱设计大赛，我一头雾水，交了作业之后决定过去看一看。

参加这个比赛的人还是非常多的，大家都是学物理的，看起来也都很厉害的样子。虽然每个小组暂时都已经满人了，但是还好我知道我隔壁的 Olgu 他的小组刚刚解散，我就把他挖过来，再加上同样是新来的 Sophy，我们的小组就这么建好了，非常不靠谱的样子，但是也是最好的情况。

保险箱设计大赛，顾名思义，你要设计一个保险箱，你自己能在五分钟之内打开，然后让别的小组十分钟之内打不开就算完事了。不过和普通的黑漆漆、硬邦邦的保险箱不太一样，我们的保险箱必须运用精妙的物理知识，还有机关的巧妙结合，而不是铁皮搞得越厚越好。简单来说就是出一道物理题目，越难越好。我看到别人的设计都非常的恐怖，一堆我看不懂的图形，还有别的奇奇怪怪高大上的东西。虽然很有可能造出来之后连我们都看不懂，但是还是要往高大上的方向去做研究。我们搜索了各种共鸣反应，特斯拉线圈，各种电磁铁效应等等，几乎毫无建树。不过我现在稍微有些点子了，根本不用高大上的东西，就普通的电路，普通的齿轮组，一搭起来，看着简单，其实难，到时候再和他们说。

洞见：一个比赛，当大家都在选高级的东西的时候，其实都在给自己和别人施加心理压力。如果每个人都追求完美，你作为同样的一员，你也会选择高大上的东西。其实根本不用那么困难，用简单机械，只要足够复杂，就已经足够了。

模拟联合国大会

模拟联合国大会今天终于开始了，我们可以不用上学校的课，到大概坐地铁和走路加起来三四十分钟时间的别的学校去参加。那个学校不大，正好可以放得下我们全部人，惊讶的是，如此一个政治关联的活动，女生的数量竟然比男生要多得多，或许她们的确厉害一点，我也摸不到头脑。

我们很多人按照学校分为好几个国家，每个人代表自己的国家的一个部门。我就是沙特阿拉伯的特殊外交和反殖民部门，虽然这个部门的名称没有什么意义，只是决定了我们讲话的内容而已。我们一共有两个讨论主题，一个是关于以色列和巴勒斯坦的看法。一个是关于对于别的国家掺和别的国家的内战的看法。

我们这个部门的人都到一个房间，按照原来的位置坐下，我的左边是墨西哥，右边是某个不知名的国家。这个大会的流程非常简单，某个人把自己的提案放到白板上，大家可以根据每个提案修改、废除或者添加。每个人的发言大家都可以进行讨论，虽然有很多时候我觉得根本没有必要，大家的水平都是这个水平，只是谁嘴皮子油一点而已。我的嘴皮子就不行，如果是中文的话，那还是非常简单的，但是是英文，就有点难度，有点令人头大了。一般情况下，一个提案打出来，大家都会踊跃举手发言，这个时候我一般还在想。大家开始发言了我才想好，也总感觉他们的发言不是很精确，质量也不是很好，但是我也已经没有发言的机会了。他们舌头快脑子也快，精精的，想都不用想也能长篇大论，也是非常恐怖的本领。这个活动对于我来说，还是过于慢性子了。

洞见：说话是一个很简单的本领，用官腔说话或许要高级一些，但是训练后依然还是有着同样的效果。面对一个问题，如何深刻地思考，并且快速地给出答案才是更高级的本领，快速地给出答案，并且还要完美地表达展现自己的答案，就能立足于辩论的不败之地了。

2019 年 10 月 6 日

机器人大赛（2）

　　因为过了很久我们的机器人还是没有任何的进展，所以老师组织了一个周末加急机器人建造时间。本来周六周日两天下午有五六个小时，昨天我在模拟联合国没时间，所以就只能等到今天，准备要把机器人建得差不多。

　　我记得上次我们只建了一个正方形的框架，今天我去看，竟然连框架都不见了。只看到一根撬棒一样的东西建在那里，实在是令人费解。问我的队友，队友说拆掉就拆掉了，我们现在在建机器人的手臂。实在是更加令人费解，我拿起那根撬棒一样的东西看了又看，实在不敢相信这个竟然是我们机器人的手臂。他们给我比画了比画，大概这样子搞起来，我才恍然大悟，原来他们一下午就搞了这么个玩意，我花了二十分钟又给他们造了一根一模一样的。当然，我是按照他们一模一样抄的，所以轻松很多。那个建好，我们的技术发展又陷入了停滞。一般我想不出来，就会去别的队伍里看看，或许可以借鉴到什么东西 ，看了又看，和我们的机器人设计极为不同，只好放弃。

最终我们队员决定分开，自己研发自己的，Adi 在组装一个翻折的玩意，两个女生自己组装两条手臂，我研究许久，准备搞一个手臂的传动装置，至于 Olgu，他是我们的驾驶员，所以现在无所事事，口袋里装着三四把螺丝刀四处转悠，当一个转螺丝专员。我们的效率还是比较高的，我的传动装置也满满地堆起来了，加了一大堆螺丝还有齿轮，到头来发现这样子根本一点用都没有，还不如换一个大的齿轮，才能让它们转起来，浪费了不少时间，但是至少还是搞定了。再看别的队伍，他们的机器人看起来都要做好了，我们的还是一大堆散着的部件，还真是麻烦。

洞见：当研发遇到瓶颈的时候，我们要努力寻找一个方法往前突破。可以大家一起研究同一个大问题，然后不断推进，或者把一个大的问题分成小块，然后每个人一块一块地解决，到时候互相检查错误。实在不行，偷瞄别人的，也是没有办法的办法。

2019 年 10 月 7 日

宿舍答题大赛

　　整个宿舍好像有什么答题大赛，就是问问题，然后我们回答的各种比赛。本着好玩的精神，我就报名参加了我们宿舍的队伍，现在想想还是个明智的选择。

　　人很多，一个偌大的房间都挤满了从各个宿舍来的天才选手们。我们宿舍的选手格外多，别的队伍坐一两张桌子，我们四张还不够坐，椅子也不够多，只能再拿出来几张桌子，就坐在桌子旁看戏，也可真是人才济济，给予别人不小的压力。开始问问题了，第一个部分是基本知识，我听了一些问题，什么也听不懂，听懂了我也不会做，感觉自己似乎根本没有任何基本知识，也可能是因为这个太变态的难了，令人各种头大。我的队友看起来还是神情自若的，竟然没有一个人抓耳挠腮，也没有一个人很明显地在发呆，问题一出来，就围在一起讨论，然后就能马上搞一个答案出来，实在是恐怖。有一个低年级的大神，简直就是百事通，不管说什么他都会，虽然好像有点精神不正常，但是脑子就是好使。有了强力的队友，即使我什么都不会，我们的答案纸上也是密密麻麻写满了答案。我本来以为到后来总有几个我是会的，从头到尾听下来，即使是我比较擅长的地理等等，还是迷迷糊糊，坐在那里发呆，让队友搞定一切，或许我根本就不用来。

当然，因为我们队伍的精彩表现，我们还是成功拿到了第一名，和往常一样可以轻松预料。

洞见：队友是很奇妙的东西，在你一样东西很厉害的时候，或者自我感觉很好的时候，队友就感觉没有什么帮助，更像是一个累赘，但是当你碰上不擅长的东西的时候，你就只能依赖于你的队友，或者他们知道。我们一定要时时刻刻尊重我们的队友，谁知道什么时候他们就变成救世主了。

2019 年 10 月 11 日

半个学期的生活

不知不觉，明天又已经是半学期假期了，这半个学期，过得也实在是太快了一些，前三四个星期纯属梦游认识新的同学，直到现在才稳定一些，至少平时不会迷迷糊糊，每天也都忙得可以，一大堆活动三头跑。

这半个学期，在宿舍也还是混得风生水起。主要还是运气好，被分在一个有灶的宿舍，不然真不知道应该怎么打发时间。我这半个学期也不断地研究新菜，各种谷歌，看网上的教程。先排除一些材料买不到的，再排除一些外国人忌口的，剩下的也没有多少了，准备一个一个好好地做过去。从猪肉，到牛肉，鸡腿什么的最近也煮得挺好吃的。不得不说，吃自己做的菜，即使不那么好吃，也令人心满意足。别人吃了说好吃的话，那就是双喜临门，无比感谢了。

威斯敏斯特的活动啊比赛啊也是非常的多，我现在参加的有什么保险箱设计比赛，机器人大赛，炒股大赛，还报名了一个科学的研究项目，说不定还要再报一个网络安全大赛和临时工。这么多东西全部堆在一起，现在看着还是没有多少，我总觉得会堆到一个临界点，总感觉喘不过气来，但是又舍不得放弃任何一个。虽然说不一定每个比赛都需要做到完美，甚至都不需要赢，但是我们还是争取能做多好就做多好，我会的东西尽量帮助队伍取得胜利，不会的东西就虚心学习抱大腿。

学习上，学科还是没有什么难度的，我觉得现在自己的水平还是不错的，到时候要是跟不上那也另当别论，至少我不会让这些事情发生。

洞见：在一个充满机遇的地方，我们要把握好我们可能的任何一个机会，评估自己的能力、自己的时间、自己的目标，目标是冠军，还是进步就好。是自己引导团队，还是向高手大佬学习。每一个活动，要是能在自己接受的范围内让你空虚的时间得到满足，那就应该积极加入。

2019 年 10 月 12 日

打代码

因为在朋友一个 discord 服务器里当管理员，有好一阵子没有时间上线帮过忙，正好服务器需要一个模拟货币的系统，我就决定发挥自己仅有的一点点编程知识，给他做一个出来，一个月之前就定下来了，给自己定的工期大概一个月。

我刚开始以为还是挺简单的，早就在脑海里设计好了，也不用太高级，大概就只要能够支付，然后每个用户都能拿点工资就好了。毕竟是一个打牌类的服务器，不是金融类的服务器。开始前以为小菜一碟，开始之后才觉得麻烦至极，这个 discord 竟然还是用的一个我不会的编程语言，只能下载了一大堆插件，才能开始慢慢地往里头啃。这个编程语言不是特别难，但是网上教程竟然也不多，特别是专属于 discord.js 的教程，也没找到几个有用的，只能硬着头皮啃 youtube 上的各种教程。这些教程和我要研发的东西差别甚远，他们教的那些东西我都根本用不到，也不管什么高级的语言组织结构，直接按照我自己以前会的老一套，生搬硬套搞上去。

就这样打了一个月，基本上一个星期敲上几行就好了。虽然东西是弄出来了，根本无法运行，除了会和你说"你好"之外，别的什么也不会干，简直就是一个笑话。我盯着自己的代码看，里面鱼龙混杂，充斥着从网上一大堆不同的教程里面生搬硬套来的代码。勉勉强强拼凑在一起，几乎没有逻辑性可言，只能推翻重做。还好我又找到了一个完整的教程，现在还在慢紧慢敲，不得不说，程序员的生活还是非常累的。

洞见：解决一个问题，你可能一下子就想到了解决方案，大概在脑子里有个逻辑思路。但是难处在于把这个思路变成实际的操作，那这些方法的学习就变得尤为重要。学习了好的方法，才能让你的思路更加清晰，更加完善地表达出来，而不是一团乱麻。

2019 年 10 月 16 日

我的世界

　　学校的同学搞了一个《我的世界》服务器，好像非常高级的样子，在会玩的同学当中拉了个群，都邀请我们来加入。自从美国回来起，我都没有打开过《我的世界》，也已经好久好久没有更新过了。丁克洛斯根本没有几个人玩这个玩意，更别提有自己服务器的大佬。当然要过去赏赏脸。

　　进入大佬的世界，乍一看，果然非常厉害。一个空旷的海上亦然屹立着一座城堡，海面下还有一个巨大的玻璃金字塔闪着温和的光芒。对于建造建筑非常不上心的我来说，这些已经算是无与伦比的建筑了，也不知道他们花了多少心思，多少时间，才把这个建起来。我建自己的房子，不要太大，不要太华丽，里面只要什么都有，能够自给自足，我就已经非常满意了。我也设计不出来金碧辉煌的玩意，更别提什么精密的机械结构了，更加令人头疼不已。主要是我没有那个耐性，必要的自然要，但是不怎么必要的，就可以省略了。

　　同学新开了一个存档，这次我们出生的地方是个热带雨林。这是最麻烦的地方，因为认路根本认不到，走陆路其实不管朝哪个方向看起来都没有任何的区别，只有走水路才能认得到路。于是我就在水边造了个自己的小房子，偶尔去参与一下同学超级大的树屋的建设，简直就像是个飘浮在空中的航空母舰，也是令人佩服。

洞见：高超的技艺，完美的设计，这些都能够完美地吸引人的眼球。能做出这些东西的大师，我们肯定要给他们足够的尊敬和欣赏。当然，你也不必如此完美，外观上可以不是那么好看，设计上也不是那么精妙，但是目的一定要达成，基本的功能一定要完善。

2019 年 10 月 18 日

初入 dover

和阿姨把一大堆箱子，袋子都一股脑地装到车里，从来都没有感觉一个车会有如此拥挤过。后备箱里头确实都已经塞满了东西，椅子后面放脚的地方也已经被塞得满满当当，勉强容得下我的脚，也有些许不自在。

经过一个多小时的翻山越岭，我们终于到了英国的海边——多弗港，听说是一个著名的港口。那些想象中庞大的龙门架什么的倒没有看到，一些小小的快艇在海浪的打击下浮浮沉沉，远方静立不动的游轮也倒是格外的悠闲，享受着不远处法国的异国风情。离多弗港隔海不远就是法国，伸长脖子看能隐隐约约地看到一点法国的沿海。虽然法国看得到，过不去，但是法国的信号倒是格外强大，我搜不着英国的手机信号，竟然还能搜到法国的，也是不禁感叹其强大。

我们租的小房子，准确地说其实要比叔叔家大好多，可以变成两个人一个房间，还感觉有一些宽敞。从门口硕大的花园往上走，打开缠着蜘蛛网的门把手，踩进去，木地板略微塌陷的嘎吱声有一种 20 世纪的独特芬芳。虽然柜子、桌子、椅子略微老旧了一些，也都保存得非常的完善，甚至还是有些温馨之感。从阳台探出去，迎着强烈的海风，大海就在我们放眼可及的地方，是时候好好去领略一下 dover 的海岸风情。

洞见：来度假了，就要好好放松放松，虽然有一个非常舒服的地方居住，但是度假的目的不是家里蹲，而是到另外一个地方去全身心地体会异域风情，融入他们的基本生活，欣赏本地的自然风光，是比休息睡觉还要美妙的事情。

2019 年 10 月 22 日

dover 小镇

从家里的后门走出来，走上一排砖垒起来的台阶，打开一个略微长满青苔的湿润的木门，就走到居民区的大路上了。在海边的房子一律的朝向大海，我们后面那位还特异搞了一个 180 度全景玻璃窗，其现代设计和我们的 20 世纪 80 年代的小屋子根本没有办法比。

一路走下去，这些房子大多都非常宽敞，些许比较老旧，些许非常奢华，但是在这个靠海的地点能买到这些房子的人，一定都不简单。要是你往背海的方向走，你会经过一个极其宽敞和巨大的草坪，草坪的一头是我们面向大海的高端居民区，草坪的另一头则是人口更为密集的中心，房子自然没有这么宽敞和漂亮，大多都是矮小且老旧，或许 20 年前也是这个样子的。石砖砌起来的墙上长满了青苔，门框低矮，有些许裂痕，或者就是斑斑驳驳的掉漆，有一种幽幽的静和冷。要不是屋里面两盏橙色的温光，或许真有点胆战。

这个地方唯一的一个超市离我们住的地方大概有十五分钟路程，就在草坪对面还要走到小镇深处去一点。不管你住在草坪的哪一头，你都必须走到这个小小的超市里头来获得补给。这里面也倒是什么东西都有，从日用品到吃的，还是比较齐全。我在这个超市里头看见的也都是头发花白了的老头子，可能这确实也只是一个养老的地方。

洞见：一个英国的小镇，宁静而又美好。不管是普通的人还是有钱的人，虽然住的地方不甚相同，但是都是这个小镇里头的人，享受着这里头同样的设施，同样的环境，同样的文化，同样的待遇，平静而又自由。

2019 年 10 月 28 日

物理材料研究

　　这一整个星期都没有物理课，可谓是极为美妙的事情，但不好的是，我们物理课的时间还是得去物理教室，然后搜索一个自己想要了解的材料，花一个星期的时间去做研究，然后搞一个 PPT 出来。

　　这实在是令人头大的事情，我这个人是极其不喜欢做搜索的，因为总感觉这边的一些研究材料非常不合胃口，而中国的报告都不是中文的，这就令人不知所措。不过没法子，学校布置的任务还是得做下去的。不过做什么材料比较好呢，这个也是令人头大的事情，对于有选择困难症的我来说，要选一个还是太难了，我只好在脑子里随便想，突然第一个跳出来的是硅胶，虽然不知道为啥，那我就做硅胶了。谷歌了一下，外国好像没有有机硅胶这种东西，百度上是这个名字，直译到谷歌就是奇奇怪怪的一堆保健品，要不就是没有什么意思的无机硅胶。在一通研究之后，才发现有机硅胶是硅橡胶的一种，谷歌上正好也有，就顺理成章地换成那个了。

　　又深入地研究了一下，发现硅橡胶实在是太恐怖了，好像什么都可以干，除了更贵之外，别的所有都要比普通橡胶要好上几倍。除了可以做人体器官，还可以密封电线，做涂层等 好多高级的东西。而报告里面你主要是写它的什么微观结构让它有如此的耐性，而这么多品种，只好写得又臭又长，实在也有点麻烦。

洞见：当你要研究一个东西，你第一次找到的东西或许不是你想要的，我们要不断地查找，直到找到最准确，最贴切的那一些。也要查找很多个网站，集思广益，确保自己的研究搜索是正确的，全面的，有迹可循的。

2019 年 10 月 29 日

亚美尼亚访学生

　　Turner 这几天一直有说到他的亚美尼亚学伴，叽里呱啦叽里呱啦，但是人在哪里我还真的没有看到过。听说今天吃完午饭就过来，我也倒是要看看亚美尼亚人和别的人有什么区别。

　　我从小学上课回来就已经很晚了，回到宿舍还是没有看见那个亚美尼亚人，心里想着要好好招待他一下，就去买了猪肉，做红烧肉吃。吃饭之前我把肉焯过水，煎过，保证不油腻，味道好。吃饭的时候我终于看到那个亚美尼亚人了，好家伙，真是个大个头，和我以前打橄榄球当前排坦克的室友差不多。站在我前面就像一座山在那里杵着，实在是有点恐怖。怪不得亚美尼亚国力如此强盛，有这种壮汉，一个至少也得打三个吧。

　　和他说了几句，他叫 Steve，其实是非常非常和善的一个人，虽然他壮，但是看他的脸，完全没有那种威慑感，而是非常纯朴非常好的人。虽然他最后还是没有吃上我的红烧肉，但是他一看到我做的饭就对我表示感谢，说一来就准备烧饭给他吃，比别的同学的感谢诚意多了。

　　洞见：亚美尼亚是一个非常坚毅和友善的民族，其实所有的民族也都一样，总有一些这样子的人，同样也会有一些正好相反的人。我们要公正地对待每一个国家，每一个宗族，没有人生来就是更好的，而尊重应该是生来就在我们心中的。